골초검

骨艸劍

끝초검 4
최필 新무협 판타지 장편 소설

초판 1쇄 찍은 날 § 2004년 7월 20일
초판 1쇄 펴낸 날 § 2004년 7월 30일

지은이 § 최필
펴낸이 § 서경석

편집장 § 문혜영
편집책임 § 유경화
편집 § 장상수 · 김민정 · 최하나
마케팅 § 정필 · 강양원 · 이선구 · 김규진 · 홍현경

펴낸곳 § 도서출판 청어람
등록번호 § 제1081-1-89호
등록일자 § 1999. 5. 31
어람번호 § 제2-0403호

주소 § 경기도 부천시 원미구 심곡1동 350-1 남성B/D 3F (우) 420-011
전화 § 032-656-4452 팩스 § 032-656-4453
http://www.chungeoram.com
E-mail § eoram99@chollian.net

ⓒ 최필, 2004

ISBN 89-5831-180-0 04810
ISBN 89-5831-070-7 (SET)

골초검

骨艸劍

최필 新무협 판타지 소설

Fantastic Oriental Heroes

4

— 혼돈의 검 —

도서출판
청어람

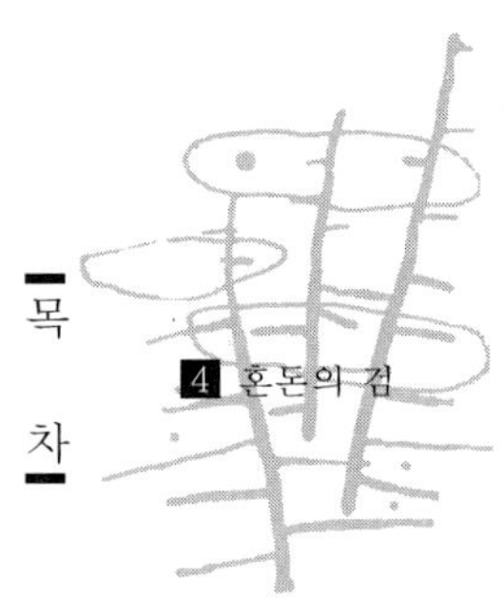

목
차

제1장

십선각의 방문객

스팟—

성검의 좌수가 가볍게 호선을 그렸다. 순간 검집에 들어 있던 검이 예리한 파공성을 내며 허공을 갈랐다.

"……!"

계단을 올라 막 몸을 틀던 주허자가 천천히 고개를 들었다.

한순간 성검과 주허자의 눈이 정면에서 마주쳤다. 물론 그 사이엔 빠른 속도로 쏘아지는 검이 있었다.

쇄애액—

주허자는 화들짝 놀라며 한 걸음 물러섰다. 그 바람에 신형이 기우뚱했고, 검이 귓불을 스쳐 백발 몇 올을 잘라내며 지나쳤다.

"어이쿠!"

왼쪽 귀를 어루만지며 주허자가 어리둥절한 표정을 지었다. 그의 뒤편 벽면에선 방금 전 날아가 꽂힌 검이 바르르 검신을 떨고 있다.

"……!"

성검의 눈이 파르르 떨렸다.

지저분하게 흩어진 백발과 골 깊은 주름 사이로 드러난 주허자의 입에 잠시 묘한 미소가 스쳐 지나가는 것을 보았기 때문이다.

성검의 시선이 주허자의 얼굴에 고정되었다. 분명히 검로는 바뀌지 않았다. 그렇다고 주허자가 검을 피한 것 같지도 않다. 그저 한 발 물러서느라 잠깐 균형이 흩어진 것뿐이다. 어찌 보면 지극히 운이 좋았다고도 볼 수 있다.

하지만 아니다. 이미 짐작했던 것처럼 주허자는 상당한 고수다. 그가 왜 십선각 같은 낡은 주루에 은둔해 있는지는 모르겠으나, 정체를 안 이상 성검은 쉽게 물러설 수 없었다. 정식으로 한판 붙거나 가르침을 받아야 한다.

"내가 잘못 보지는 않았구려."

성검은 천천히 몸을 일으켰다. 그의 손이 가볍게 경련하고 있었다. 상황에 따라 몇 수 더 공격을 펼칠 생각이었다.

하지만 주허자는 고개를 갸우뚱하며 딴전을 피웠다.

"허허, 그러고 보니 지난번에 왔던 손님이구려. 늙은이가 성질 좀 냈기로서니 거기에 앙심을 품고 검을 날리다니. 게다가 내 점괘는 한 치의 어긋남도 없었거늘."

"말학 류성검이 노선배께 정식으로 인사 올립니다."

성검은 자리에서 일어서서 정중하게 포권지례했다.

하지만 마주한 두 손에선 무형의 강기가 이글거리고 있었다. 쌍수를 펼쳐 내는 바로 그 순간 벽을 무너뜨릴 만큼 강한 공격이 펼쳐질 것이다.

한순간 주허자의 눈에 이채가 어렸다.

"오호라, 나와 뿌리를 같이하고 있었구려. 도가의 기공(氣功)을 그 정도까지 성취했다니 놀랍군. 기껏해야 약관을 전후한 나이일 텐데 말이야."

"……?"

'생각보다는 쉽게 정체를 밝히는군.'

성검은 양손에 끌어올린 기를 갈무리하며 자세를 바로 했다.

"음회회. 역시 도가의 무공고수셨군요. 하지만 의외입니다. 노선배 같은 고수께서 이런 변두리 술집에 은거해 계시다니. 아무쪼록 잠시 시간을 내주시지요."

가볍게 웃으며 성검이 빈 의자를 가리켰다.

주허자가 담담하게 자신의 정체를 인정한 만큼 더 이상의 시험이 불필요했다. 사실 십선각에 온 목적도 주허자와 허심탄회하게 무학을 논하기 위해서였다.

하지만 주허자는 가볍게 손사래 칠 뿐이었다.

"허허, 무공고수는 무슨. 나는 평생 무공을 익힌 적이 없소."

"예? 하지만 방금 전 노선배께선 도가에 뿌리를 두었다고 하지 않으셨습니까."

"당연하지. 보시다시피 나는 평생 술도가에서 인생을 보냈고, 지금도 그렇게 살아가고 있으니까. 흐허허."

"엥?"

차분하게 가라앉던 성검의 기가 몸 안 여기저기서 자폭하기 시작했다.

'젠장, 노인네가 지금 날 놀리고 있군? 좋아. 그렇다면 한번 정식으로 붙어보는 수밖에. 하지만 마땅한 명분이 없는데? 하긴, 벌써 검까지 날렸는데 명분은 무슨. 게다가 흐허허, 라니. 어쩐지 내 웃음소리보다 더 불쾌하단 말이지?

한동안 주허자를 노려보던 성검은 지그시 손을 뻗었다. 그 순간 벽에 박힌 채 바르르 떨던 검이 빠른 속도로 성검의 손에 빨려 들어갔다.

"감히 노선배께 비무를 청합니다."

성검은 검을 검집에 밀어 넣으며 다시 한 번 포권을 취했다.

"허허, 공자. 도대체 왜 나같이 천하고 늙은 것을 핍박하는지 모르겠구려. 비무 상대라면 도처에 널렸을 텐데?"

"도처에? 음회회, 아직 몰라서 하는 말씀입니다. 제 상대는 그렇게 흔치 않지요. 아마 이곳 정주 땅에서 제 검을 막아낼 사람은 다섯 손가락 안에 들 겁니다. 물론 그중엔 주 노선배가 끼겠지요?"

"흐허허. 이거야 참. 좋소, 정 그렇다면 어쩔 수 없지. 대신 장소는 내가 택하겠소. 이미 말했듯 나는 무공을 배운 적도, 검을 잡아본 적도 없으니 내 방식대로 싸울 수밖에."

주허자는 야릇한 미소를 내비치며 천천히 몸을 돌렸다.

한편 성검은 오 척에도 못 미치는 주허자가 구부정한 모습으로 걸어가고 있는 뒷모습을 보며 고개를 갸우뚱했다. 외양만으로 볼 때는 그가 정말 무공을 익혔는지 의심할 수밖에 없었다. 내일 죽는다 해도 전혀 이상할 것이 없는 반송장으로 보였으니까.

'아니지, 항산의 초자영 사부도 외모만 봤을 때는 싸가지없게 자란 애새끼였잖아? 도가 쪽의 고수들은 확실히 음흉한 구석이 있어. 암, 조심해야 하지.'

성검은 낮게 고개를 끄덕이며 주허자를 따라 계단을 내려가기 시작했다.

하지만 채 세 걸음도 떼기 전에 발이 계단에 딱 달라붙고 말았다. 아래층에 아는 인물들이 있음을 생각해 낸 것이다.

"흥, 정말 천박하고 꾀죄죄한 식당이군. 왜 하필 여기로 오라고 한 걸까?"

싸가지없는 삼매의 투덜거리는 소리가 들려왔다.

그녀의 목소리를 듣던 성검은 잠시 고개를 갸우뚱했다.

'도대체 누굴 만나려고 온 걸까. 혹 취봉접과 초지? 음, 그럴 확률이 높지. 어차피 취영오매가 찾는 상대가 그들이지 않은가. 그렇다면……'

성검은 뒷걸음질로 하나하나 계단을 올랐다. 취영오매를 만나는 게 싫지는 않았지만 오늘은 피하는 게 좋을 것 같았다. 괜히 취영오매에게 수작을 부리다 취봉접 조손이 나타난다면 일이 복잡해질 것이다.

'이거야 원, 이래서 세상이 넓고도 좁다 하지 않는가. 하필이면 저들이 원수 같은 그 할망구의 후학들이라니……'

이층으로 돌아온 성검은 창문을 훌쩍 뛰어넘어 주루의 입구에 내려섰다.

마침 주루의 문을 나서던 주허자는 고개를 모로 돌리며 성검의 얼굴을 빤히 쳐다보았다. 왜 멀쩡한 문을 놔두고 도둑괭이처럼 창을 넘느냐는 표정이었다.

"음회회. 술값은 식탁 위에 놓고 왔으니 그렇게 노려볼 것 없습니다."

성검은 배시시 웃으며 살짝 주루 안을 살폈다.

마침 주허자의 뚱뚱한 아들이 새로 안주를 내와 취영오매는 거기에

정신이 팔려 있었다. 삼매는 또 무슨 트집을 잡을 게 없을지 탐색하는
듯했고, 일매는 천천히 젓가락을 드는 중이었다. 이매 비취화, 사매 이
옥향과 오매 공유향은 뒷모습만 보였지만 여전히 귀엽고 관능적인 몸
매였다.

'쩝, 이 노인네와 적당히 싸우고 돌아올 때까지 얌전히 기다리고 있
어야 할 텐데……'

아쉽다는 듯 입맛을 다시는데 이번에도 주허자가 애매한 표정으로
성검을 쳐다보고 있었다.

"음회회. 가시지요, 주 노선배."

성검은 아무 일도 아니라는 듯 배시시 웃어 보였다.

2

주허자가 성검을 데리고 간 곳은 십선각에서 백 장가량 떨어진 허름
한 술도가였다.

아마도 십선각의 술을 대는 양조장인 듯했는데, 오십여 평의 그다지
크지 않은 건물이었다.

마당에는 여기저기 천을 입힌 멍석이 깔려 있었다. 한쪽에는 지에밥
이 널려 있고, 또 다른 한편엔 구기자나 국화 등의 약재와 꽃, 누룩 따
위가 햇빛을 받았다. 언뜻 보기에도 수십 가지가 되었는데 모두 술의
재료로 쓰이는 듯했다.

"공자, 관상이 참 좋소."

마당으로 들어서던 주허자가 성검의 얼굴을 빤히 올려다보며 말했다.

황혼 무렵의 햇빛이 주허자의 몸을 황금빛으로 물들이고 있었다. 잠시나마 성검은 항산 초자영의 모습이 주허자에게 투영된 느낌을 받았다.

"음회회, 그래 보입니까?"

"물론이오. 하늘의 별들 가운데서 가장 빛나는 별이올시다."

"예? 음회회, 아무렴요. 주 노선배, 언제 시간이 나면 그동안 제가 살아온 이야기를 들려 드리지요. 젖도 떼지 못한 나이에 경치 좋은 절간에 버려진 것부터 시작해서 천하의 색승 밑에서 색마 수업을 받은 것, 술 마시면 진짜 개로 변하는 수적 우두머리와 의형제 맺은 사연, 술 마시러 주루 갔다가 죽을 뻔한 사연. 음회회, 정말 복받은 인생이지요."

성검이 빈정거리듯 말했다. 그런데 정작 주허자는 한술 더 뜨고 있었다.

"허허, 하지만 내 보기엔 앞으로 더 기막힌 일들이 일어날 것 같소이다. 우주가 어떤 식으로든 공자를 축으로 운행하고 있으니 말이오."

"엥? 그게 무슨……."

"서서히 알게 되겠지요. 자, 그나저나 비무 방식은 내가 정해도 되겠지요?"

"그야……."

"굳이 주먹과 검을 써야 비무겠소? 저 멍석 위에 있는 것들을 저기 쌓여 있는 소쿠리들에 누가 먼저 담느냐로 승부를 냅시다. 한데 그냥 하면 재미가 없겠지요?"

담 한편에 쌓인 소쿠리와 지에밥을 번갈아 쳐다보던 주허자가 묘한 미소를 지었다. 검버섯이 돋아난 그의 얼굴에 장난기가 어리기 시작한 것이다.

"아니, 그걸 어찌 비무라 할 수 있소?"

"그야 생각하기 나름이지요. 아까 주루에서 검을 다루는 실력을 보니 내공이 대단하더이다? 하지만 그 정도는 나도 할 수 있을 듯한데, 손을 대지 않고 누가 더 빨리 소쿠리에 담나 내기를 하는 거요. 그 정도라면 비무라 할 수 있지 않겠소?"

"음회회! 하긴, 저 역시 지난번 주 노선배께서 술을 다루던 솜씨를 보아 구미가 당기는군요. 게다가 내기라… 좋습니다. 무엇을 걸면 되겠습니까?"

"흐허허, 글쎄요. 나는 한평생 원없이 술과 함께 살았소이다. 하지만 나이가 들다 보니 후계자를 찾아야 하는데 그게 쉽지 않소. 그러니 공자가 지면 이 늙은이의 후계자가 되어주었으면 하오."

"음회회. 제자가 되란 말씀입니까? 하지만 십선각에서 보니 우량한 아드님을 두셨던데……."

주허자의 아들을 떠올린 성검이 배시시 웃었다.

어쩌면 그가 주허자의 친아들이 아닐 것이라 생각했는데 그런 의혹이 더욱 짙어졌다. 사실 그 뚱보와 주허자는 아무래도 닮은 구석이 없었다.

"허허, 글쎄올시다. 비록 그놈이 우직한 데가 있긴 하지만 워낙 색을 밝히다 보니 좀 곤란할 듯하오. 자고로 사람은 한 가지에만 미쳐야 하지. 돈이면 돈, 여자면 여자, 일이면 일. 내 보기에 그놈은 술 만들 팔자는 아니오."

“정 그렇다면 좋습니다. 하지만 현재로선 제가 어딘가에 묶인 몸이라서……”

“허허, 이 늙은이가 명줄이 긴 편이오. 그러니 최소한 십 년은 기다려 줄 수 있소이다. 자, 공자가 이긴다면 내가 무엇을 어떻게 해주리까?”

주허자는 구부정하게 서 있는 게 힘들다는 듯 평상 위에 걸터앉으며 물었다.

“음회회, 그저 약주나 한 동이 주십시오.”

“엥? 고작……. 허허. 이러면 재미가 없는데.”

“아닙니다. 비무에 응해주신 것만 해도 제겐 큰 은혜입니다. 어차피 주 노선배께선 비무를 대신해 내기를 제안하신 게 아닙니까?”

“흐허허. 아까 주루에선 호래자식처럼 굴더니 제법 예의를 아는군. 그래도 내 짐작이 틀리진 않은 모양이오. 좋소, 만약 이 늙은이가 진다면 나름대로 도움될 만한 거리를 찾아보지. 자, 시작합시다.”

주허자의 신형이 가볍게 허공으로 솟구쳤다.

그의 표정엔 싸늘한 미소가 어려 있었다. 눈빛도 달라졌다. 이제까지 숨겨왔던 강한 승부욕이 드러난 것이다.

“수룡회수(水龍回水)!”

마당을 쩌러렁 울리는 음성에 이어 주허자의 손이 가볍게 뻗었다.

파파파팟—

담장 근처에 높다랗게 쌓여 있던 소쿠리가 하나씩 주허자를 향해 날아들기 시작했다. 소쿠리들은 마치 잠을 깬 한 마리 신룡처럼 유연하게 허공을 날다가 차례로 마당에 깔렸다.

“창룡각성(蒼龍覺性)!”

허공에서 가볍게 회전하던 주허자가 이번엔 물수제비를 뜨듯 좌수를 털었다.

츠츠츠츠츳—

멍석 위에 널려 있던 약재와 고두밥들이 바람에 쓸려 한 방향으로 날렸다. 기이한 회오리가 형성되며 허공으로 머리를 치켜들었다. 한 마리 이무기가 몸을 비트는 형상이다.

“흡!”

마당을 휘도는 강기의 회오리에 성검은 한 발짝 물러서며 낮은 신음성을 흘렸다.

주허자의 수법은 그야말로 절정에 달해 있었다. 지극히 부드러우면서도 사방 십여 장 안팎의 영역을 완전히 제압하고 있다. 기를 운용하는 방식 역시 자유자재다. 검법으로 따지자면 기식(起式)과 결식(結式)이 구분되지 않을 만큼 자유로이 변초를 만들어낼 수 있는 수준이다. 아니, 초식 자체를 필요로 하지 않을 만큼 완성된 고수다.

하지만 묘하게도 그 모습은 낯설지 않았다.

‘잠룡유해(潛龍遊海)!’

항산 초자영의 수법이 그랬다. 골짜기를 가득 메웠던 낙엽들이 용의 형상으로 변하면서 골짜기를 타고 꿈틀거리며 뻗어오지 않았던가.

‘열해뇌풍(裂海雷風)!’

거친 폭포의 물살들이 일제히 일어서며 늦은 가을의 꽃잎들을 흩어 골짜기를 덮었다. 도저히 감당할 수 없을 듯하던 강기의 회오리.

‘참고 견디거라. 그저 온몸으로 받아들이면 되느니……’

당시 초자영이 보여주었던 초식들이 뇌리에 맴돌았다. 실제로 기폭풍과 함께 꽃잎과 낙엽이 그의 몸을 뒤덮을 때 그는 짜릿한 쾌감과 희열을 느꼈었다.

'용봉일우(龍鳳一隅)……!'

폭포가 거세게 역류하며 용이 승천하듯 하늘로 숫구치는 일대장관은 결코 환상이 아니었다. 그저 대기 중에 떠도는 기를 다루어 그 흐름을 잠시 역행시킨 것에 불과했다.

항산에서 보낸 몇 해 동안 성검은 그런 기 운용의 묘미를 맛보기 위해 얼마나 노력했던가. 허리까지 자란 억새밭에 서서 바람의 방향과 반대로 억새 잎새들을 눕히기 위해 보름 이상 움직이지 않았다.

하지만 정작 성검이 그 일을 해낸 것은 그 보름이 지나고 꼬박 삼 년의 시간이 더 흐르고 나서였다.

'세취골초……. 그 비급에 적힌 골자와 같다. 한 가닥 의지가 세상을 움직인다. 그 의지는 무위(無爲)와 같아야 한다. 그런데 지금 주허자의 기 운용 방식이 그렇다. 역시 주허자는 도가의 무공고수다. 그것도 초자영 사부에게 뒤지지 않는.'

실로 오랜만에 성검은 온몸을 휘도는 전율을 느꼈다.

"화룡점정(畵龍點睛)!"

사뿐히 바닥에 착지한 주허자가 검지와 중지를 튕겨내는 순간 두 송이의 국화가 강기의 회오리 속으로 휩쓸려 갔다.

캬오오—

환청이었을까. 신룡의 형상으로 변했던 강기의 회오리가 긴 울음을 토해냈다.

팟, 팟, 파파팟—

잠시 허공을 휘돌던 신룡이 물결 모양으로 소쿠리를 찍어갔다. 그때마다 신룡의 몸통이 가늘어졌고, 약재와 고두밥이 소쿠리에 가득 담겠다.

소쿠리의 수는 열세 개. 신룡은 좌측부터 시작해서 이미 여섯 번째 소쿠리를 찍어낸 후 다시 몸을 트는 중이다.

"화룡유퇴(火龍流退)!"

성검의 쌍수가 반 바퀴 회전하며 뻗어 나갔다.

츠츠츠츠츳—

묘한 일이었다. 일곱 번째 소쿠리를 향해 쏘아지던 신룡의 머리가 빠르게 한 바퀴 회전하며 여섯 번째 소쿠리의 약재들을 회수하기 시작했다.

성검 자신도 놀라고 있었다. 틈틈이 '세취골초'를 읽긴 했지만 숭산에서 고지기를 만난 이후엔 이렇다 할 진전이 없었다.

비록 만류귀종이라고는 하지만 성검은 아직 궁극의 경지에 다다르지 못했다. 따라서 고지기를 통해 정석으로 배우기 시작한 불가의 무공이 은연중에 성검을 혼란하게 만들었다. 게다가 심공에게 받은 청해류가의 비전 검법서 '활인류검' 역시 혼돈을 가중시켰을 뿐이다.

초자영의 지도로 급격히 진전한 내공에도 불구하고, 성검은 아직 활인류검의 묘용을 깨우치지 못한 상태다. 그 점 역시 성검의 기 운용에 방해가 되었다. 저도 모르게 여러 가지 무공을 뒤섞다 보니 내부에서 강한 상충 작용이 일어났고, 그 때문에 오히려 기의 운용 능력은 퇴보하고 만 셈이다.

물론 그것이 전체적인 무공의 퇴보를 의미하지는 않는다. 최근 일 년 사이 성검은 많은 실전을 통해 실전 무공을 익혀온 바 있다. 취봉접과 초지는 물론 호각을 이루었던 화향검, 그리고 아수라라는 별호로 다가왔던 아버지 일검수 류추영, 비학검 이가성, 사비검 정천현 등 숱한 고수들과 진검 승부를 겨룬 바 있다. 그런 싸움들은 은연중 성검의 검에 날을 세웠고, 살기에 본능적으로 반응하게 만들었다.

하지만 문제는 그런 날 선 검이 아직은 기와 합일되지 못하고 있다는 점이었다. 그런데 묘하게도 성검은 지금 주허자의 기 운용을 보면서 새로운 깨달음을 얻기 시작했다. 즉, 이론에 갇혀 보지 못했던 더 큰 경지를 보게 되었고, 그로 인해 하나의 벽이 스스로 붕괴하는 것을 느끼게 된 것이다. 신룡을 다스리는 지금의 초식이 그것을 증명하고 있었다.

"허허, 공자. 제법이구려."

주허자의 표정에 이채가 어렸다.

성검이 자신의 결계에 침범하리라고는 미처 생각지 못했던 것이다. 허공 중에 떠도는 기를 모아 자유자재로 다루기 위해선 무엇보다 끌어들인 기가 흩어지지 않도록 일정한 결계를 쳐놓는 것이 중요하다.

주허자가 친 결계는 현재 멍석 위의 약재와 고두밥들이 이룬 신룡의 형상 그대로였다. 즉, 주허자는 그 결계 자체를 이동시키며 필요에 의해 결계의 일부를 허무는 방식으로 소쿠리에 약재를 담고 있었던 것이다.

성검의 반격에 주허자가 놀라고 있는 것도 그 때문이다. 신룡을 밀어낼 수는 있지만 소쿠리의 약재로 신룡을 살찌우는 것은 쉬운 일이 아니다. 그것은 분명 결계를 깨뜨렸다는 의미다. 주허자로서는 뜻밖일 수밖에 없었다.

"그렇다면 이건 어떻소이까? 화탐접무(花貪蝶舞)!"

구부정하게 허리를 굽힌 채 신룡의 움직임을 살피던 주허자가 크게 허리를 휘돌리며 쌍수를 번갈아 내쳤다.

촤아아아—

다섯 번째 소쿠리를 향해 퇴각하던 신룡이 갑자기 허공으로 치솟다가 힘없이 무너지며 바람에 흩어지기 시작했다.

"……?"

성검의 두 눈이 가볍게 경련했다.

결계가 무너지며 사방으로 비산하던 약재들이 자잘한 나비의 형상을 이루며 하늘거리고 있었다. 잠시 후 나비들은 꽃봉오리에 내려앉듯 부드럽게 휘어지며 나머지 소쿠리들을 향해 내려앉기 시작했다.

"음회회, 이런 방법도 있습니다. 풍비박산(風飛雹散)!"

성검이 소쿠리들을 향해 쌍수를 연달아 내쳤다.

파파파파팟—

소쿠리가 빠르게 회전하며 그 위로 사뿐히 쌓이던 나비들을 흩어놓았다.

"점잖지 못한 수군. 공자는 아직 멀었소이다. 우화비상(羽化飛翔)!"

주허자가 다급히 신형을 회전시켜 허공으로 치고 올라가며 말했다. 흩어져 가던 약재들이 그의 움직임을 따라 또다시 나비로 화하며 하나의 회오리를 이루었다.

"내기에 점잖고 않고가 어디 있습니까. 이기면 그만 아니겠습니까? 열해뇌풍(裂海雷風)!"

허공으로 치솟던 나비들이 격랑에 휘말리는가 싶더니 빠르게 흩어지며 주허자를 난타하기 시작했다.

어느새 성검은 주허자를 상대로 공격을 펼치기 시작한 것이다.

"이런, 고얀— 정녕 이 늙은이를 상대로 싸움을 거는 것이오?"

"흥! 어차피 내 목적이 그거였소이다!"

성검의 쌍수가 눈에 보이지 않을 만큼 빠르게 주허자를 향해 뻗어 나갔다. 나중 일이야 어찌 되었든 일단은 속이 시원해지는 것을 느꼈다. 성검은 어쩔 수 없는 투사였으므로.

3

성검과 주허자, 두 사람의 싸움은 점입가경으로 치달았다.

그들이 내뿜는 강기는 마당이라는 한정된 공간을 벗어나지 않았다. 하지만 그로 인해 강기가 상충되는 힘은 커질 수밖에 없었다. 공간이 잔뜩 일그러지고, 마당은 쩌어억 갈라져, 당장이라도 술도가를 날려 버릴 것처럼 심하게 요동쳤다.

'괴물이 따로 없군. 저 찌그러지고 꼬부라진 늙은이에게 이만한 힘이 남아 있다니……. 젠장, 마음만 먹으면 앞으로도 자식을 열은 더 생산할 수 있겠군.'

'버르장머리없는 놈. 오냐오냐 해주었더니 기어코 이 노인네를 이기려고 드네? 술도가를 공짜로 물려주겠다는데 그게 그렇게 싫더냐? 흥! 그래, 어디 누가 죽나 보자!'

두 사람은 섬전처럼 빠르게 위치를 이동해 가며 상대의 빈틈을 노렸다.

처음엔 강기의 폭발력으로 서로를 견제하려 했으나 시간이 지나며 양상이 달라졌다. 자칫하다기는 술도가가 박살날 것을 우려한 주허자는 손가락을 팅겨 성검의 요혈을 집중적으로 공략했고, 그것을 방어하던 성검 역시 어느새 비슷한 공격을 펼치기 시작한 것이다.

하지만 허공으로는 여전히 약재와 고두밥 따위가 결계 안에 갇힌 채 천천히 부유하고 있었다. 황혼이 그것들을 황금빛으로 물들였다.

얼마쯤 더 시간이 흐르며 서서히 황혼 빛이 사그라지기 시작했고, 어둠이 성검과 주허자의 발목을 잠식하며 조금씩 밀려들었다.

두 사람의 싸움을 일단락 지은 것은 엉뚱하게도 주허자의 아들이었다.

"아버님……!"

느닷없이 들려온 목소리.

"엥?"

술도가의 지붕 위에 살짝 내려앉았던 주허자가 성검의 공격을 튕겨 내며 획 고개를 돌렸다.

"아버님, 지금 뭐 하시는 겁니까? 그리고 손님은 언제 이곳으로 옮기셨수. 혹시 술값을 떼먹은 건 아니우?"

주허자의 아들은 주허자와 성검을 번갈아 쳐다보며 뚱한 표정을 지었다.

"음회회, 무슨 그런 오해를."

"이놈아, 지금 술값이 문제더냐? 아비를 죽이기 위해 온 자객인지를 먼저 확인하는 것이 아들 된 도리 아니더냐?"

성검이 말을 얼버무리는 사이 주허자가 팽, 소리를 내지르며 마당으로 내려섰다.

"그럼 이자가 자객이란 말씀입니까?"

주허자의 아들이 매서운 눈으로 성검을 쏘아보았다.

하지만 그 모습은 좀체 어울리지 않았다. 뱀눈 자체는 살벌했지만,

코끼리 같은 체격에 입술도 굵어서 뭘 하든 미련해 보일 뿐이었다. 무엇보다 그가 주허자와 나란히 서자 부자지간이라기보다는 마치 곡마단을 막 탈출한 원숭이와 코끼리처럼 희극적이었다.

"이놈, 흰소리 집어치거라! 그나저나 웬일인고? 이 아비가 볼일이 있어서 좀 나왔기로서니 그새를 못 참고 좇아오냐? 한참 손님이 몰릴 시간이건만, 주루는 어찌하고."

주허자는 영 마음에 안 드는 아들이라는 듯 뚱한 음성으로 물었다.

"아이고, 이런 정신을 보게. 아버님, 큰일났습니다!"

"큰일?"

"예, 지금 선대로부터 누누이 이어져 내려온 우리 십선각이 박살나게 생겼습니다. 흐흑, 이 일을 어찌합니까. 당장 아버님께서 가셔야 합니다아―"

주허자의 아들이 발을 동동 구르며 말했다.

"그건 또 무슨 소리더냐?"

"흐흑, 그것이… 약 일각 전에 흡혈 조손이 나타나선 다짜고짜 예쁜 오선녀들… 아니, 싸가지없는 지옥나찰 같은 계집들이랑 대판 싸움을 벌이지 않았겠습니까요? 그런데 어디서 나타났는지 또 하나의 늙은 노파… 아니, 염라사자가 나타나서는……."

"헤잉― 도대체 뭐라고 지껄이고 있는 게냐! 부실한 놈. 자잘한 싸움 하나를 해결하지 못해 이리 허둥지둥 뛰어왔단 말이더냐? 에히잉― 자고로 자식을 생산할 때는 동쪽에 머리를 두고 관계하라 했거늘, 내 그 말을 우습게 여기고 서쪽에 머리를 두고 대사를 치렀다가 너처럼 맹한 녀석을 낳았어. 으이그. 아니지, 술이 웬수다. 아무리 술이 당겨도 아무 술이나 마시는 게 아니었어. 무턱대고 마셨다가 농간에 빠져

너처럼 덜된 놈을 낳았으니……. 젠장, 명도 짧은 여편네가 자식은 뭐 하러 낳아서……."

"……?"

성검은 멍한 눈으로 주허자를 빤히 쳐다보았다. 자식을 좀 지나치게 구박한다 싶었던 것이다.

"이놈의 노망난 할망구가 작정을 하고 내 주루에 온 게지? 히히, 좋다. 내 오늘은 기필코 끝장을 볼 테다."

주허자는 곧장 대문을 향해 걸어가며 헤벌쭉이 웃었다. 성검 따위는 안중에도 없다는 태도였다.

'엥? 도대체 뭐가 어찌 되어 돌아가는 게야. 가만, 흡혈 조손은 아무래도 취봉접과 초지일 테고, 오선녀… 아니, 싸가지없는 지옥나찰은 분명히 취영오매이렷다? 하지만 염라사자는 또 누구지? 그리고… 그래, 도대체 주허자 이 늙은이의 정체는?'

주허자의 뒷모습을 보며 성검은 고개를 갸우뚱할 수밖에 없었다. 사연이야 어찌 되었든 일단 따라가 보는 수밖에 없을 듯했다.

"엥?"

대문을 나서기 전 무심코 마당을 살펴보던 성검은 화들짝 놀라 외마디 신음을 내질렀다.

열세 개의 소쿠리에 약재와 고두밥, 꽃 따위가 종류 별로 요연하게 담긴 채 나란히 늘어서 있었다.

결코 성검이 한 일이 아니다. 당연히 주허자의 솜씨일 게다.

'저 늙은이가 이제껏 날 데리고 놀았단 말인가?'

등줄기로 서늘한 한기가 치고 내려왔다. 주허자, 예상을 뛰어넘는 고수가 분명했다. 그리고 내기에서 패한 것은 분명 성검이었다.

철룡방에 머물고 있던 철행궁과 모용각, 변금은은 하루 종일 따분한 시간을 보냈다.

아무리 찾아도 성검의 모습은 보이지 않았다. 이제나저제나 성검이 돌아오기만을 기다렸으나 저물 녘까지 아무 소식이 없었다.

그런데 마침 요즘 한참 바람이 들어 저 혼자 저자를 쏘다니던 장순금이 돌아왔다.

"네 이놈!"

막 방문을 열고 들어서던 장순금에게 변금은이 불호령을 내렸다.

"헉— 무, 무슨 일입니까요, 변 대협?"

"용병 주제에 허락도 없이 근무지를 이탈해?"

"그, 근무지요? 하지만 화 대협께서는 '애, 순금아. 이제 별로 할 일도 없으니 바람이나 쐬면서 여기저기 구경 다니렴. 음회회' 하고 말씀하셨는뎁쇼?"

장순금은 두 눈을 끔벅거리며 억울하다는 듯 말했다.

"뭐? 그거야 형님 얘기지. 감히 네가 우리 허락도 없이 마음대로 나돌아다녀? 가만, 혹시 우리의 기밀을 적에게 누설하고 그 대가로 돈을 받아 용돈으로 쓰고 있는 거 아니냐? 아무래도 용병은 믿을 수 없단 말이지."

"아우님 말이 맞네. 요즘 저놈의 씀씀이가 예사롭지 않아. 그 돈이 다 어디에서 나는 건지 늘 궁금했단 말이야. 말 나온 김에 이실직고할 때까지 주리를 틀까?"

"헤헤. 형님, 좋은 생각입니다. 손톱을 하나씩 뽑고, 그래도 실토를 하지 않으면 이도 몽땅 뽑지요. 그 다음엔 머리카락을 한 올 한 올 뽑고, 그 다음엔 겨드랑이 털, 그 다음엔 흐헤헤……."

변금은을 필두로 철행궁과 모용각이 입맛을 다시며 배시시 웃었다.

그들은 심심하던 차에 장순금이 나타나자 마구 행복해지기 시작했다. 용병 무사라고는 달랑 그 혼자 남은 데다, 평소 장순금의 행동이 여간 귀여운 게 아니었다. 약삭빠른 만큼 겁도 많아서 조금만 으름장을 놓으면 늘 재미있는 거리를 마련해 왔다. 그리고 이번에도 다르지 않았다.

"헤헤. 대협들, 설마 진담은 아니시겠지요? 투전이라도 준비할깝쇼?"

"흥, 네놈이 또 엉뚱한 수작으로 우리 돈을 긁어모으려는 게지? 어림없다, 이놈. 어서 이 녀석 몸을 의자에 묶어. 그래야 주리를 틀고 손톱을 뽑지."

변금은은 심드렁한 표정으로 대답했다.

아닌 게 아니라, 요사이 투전이 재미없어졌다. 장순금은 전직이 의심스러울 만큼 빠른 손을 가지고 있었다. 그가 손장난하는 것을 잡기 위해 매번 두 눈을 동그랗게 뜨고 지켜보았지만 번번이 돈만 날릴 뿐이었다.

심증은 굳어가는데 아무래도 현장을 잡아낼 수 없었다. 철행궁, 모용각과 짜고 손장난 할 상황을 만들어 범행을 유도해도 장순금은 유유히 그들의 함정을 벗어났다. 그리고 언제 어떻게 한 것인지 늘 판돈을 쓸어갔다. 다른 사람은 몰라도 천하의 살수 철행궁의 예리한 눈까지 피할 수 있다니, 장순금은 확실히 도신(賭神)으로 불릴 만했다.

또 하나, 장순금에겐 뛰어난 재주가 있었다. 적어도 그 부분에 있어 수호성들은 대단히 만족스러워하고 있었다. 그 재주라는 게 바로 이런 것이었으니까.

“쩝, 제가 한 잔 사겠습니다요.”

장순금이 인심 쓴다는 표정으로 짧게 말했다. 사람의 마음을 정확히 헤아리는 것, 그게 바로 장순금의 숨겨진 재주였던 것이다.

“응? 우헤헤, 진작 그럴 것이지.”

“역시 순금이는 통이 커!”

“이왕이면 십선각으로 가자. 어제 보니 거기선 모두 웃통을 벗고 술을 마시더군. 헤헤, 혹시 알아. 오늘은 여자 손님들이 있을지.”

철행궁과 모용각, 변금은이 차례로 말했다.

어쨌거나 그들 네 사람은 그렇게 해서 십선각으로 걸음하게 되었다.

십선각의 운명은 풍전등화와 같았다.

오동나무 현판이 반쯤 잘려진 채 대롱대롱 매달려 있었고, 은은한 소나무 향을 내뿜던 건물은 여기저기 패이고 부러진 상태였다.

“오호호! 기영옥, 네까짓 게 감히 내 상대가 될 듯싶더냐? 사부님만 아니었어도 넌 벌써 바닥을 나뒹굴며 피를 토하고 있을 게다.”

괄괄한 취봉접의 음성이 십선각 밖으로 흘러나오고 있었다.

“여, 영옥?”

부러져 나간 현판을 보는 순간부터 두 눈에서 신광을 폭사시키던 주허자가 갑자기 걸음을 멈추었다.

“주 노선배, 갑자기 왜 그러십니까?”

성검은 고개를 갸우뚱하며 물었다.

주루에서 오 장여 떨어진 거리. 성검은 취봉접의 목소리를 듣는 순간부터 길게 한숨을 내쉬었다. 그녀와 만나면 늘 일이 꼬였다. 다행히 주허자가 옆에 있어 모처럼 남의 싸움이나 구경해 볼까 했는데 갑자기 그가 걸음을 멈춘 것이다.

"여, 영옥이 왔단 말인가?"

주허자의 두 눈이 가볍게 경련했다.

성검의 생각을 아는지 모르는지, 그는 뭔가 큰 충격에 휩싸여 혼자 중얼거릴 뿐이다. 언뜻 옛사랑을 그리워하는 듯한 모습이기도 했으나, 성검은 설마 싶었다.

"영옥이란 여인을 아십니까?"

"정녕 여, 영옥이 왔단 말인가?"

"젠장, 환장하겠군."

뿌루퉁한 표정으로 주허자를 쳐다보던 성검이 가볍게 고개를 흔들었다.

도저히 말이 통하지 않았다. 도대체 어떤 관계인지는 알 수 없으나, 주허자는 확실히 제정신이 아니었다. 맑고 깊던 두 눈이 몽롱해지며 안개 같은 것이 어리기 시작했고, 입술은 바르르 떨렸다. 금방이라도 울음을 터뜨릴 것처럼…….

하지만 그런 애매한 분위기는 결코 오래가지 않았다.

"홍! 소란, 비록 동기라 하나 나는 엄연히 천년밀문의 문주가 된 몸. 감히 내 앞에서 불경을 저지를 작정이더냐?"

냉랭한 음성이 주루를 감싸던 어둠을 밀어냈다.

묘한 음성이었다. 차가우면서도 영롱했다. 마치 음공(音功)을 펼친 듯 귀를 자극하면서도 한편으로는 부드럽게 휘감겼다.

'문주? 그렇다면 바로 저 여인이 흑화신녀? 일이 참 묘하게 되었군.'

성검의 표정에 이채가 어렸다.

그는 이미 취영오매를 통해 천년밀문의 사연을 얼마간 들은 바 있다. 은하대맥과는 다른 또 하나의 신비 집단인 만큼 관심을 기울일 수밖에 없었다.

"호호, 문주? 그렇군. 하지만 그게 나와 무슨 상관이란 말이지? 나는 이미 밀문을 떠난 몸, 사부님과의 인연만 아니었어도 이 자리에서 너를 만날 일은 없었을 것이다."

"소란, 참 이상한 일이구나? 네가 밀문과의 인연을 끊었다면 어째서 저 아이의 얼굴에 천년밀문의 징표를 문신한 것이지?"

취봉접에 이어 다시 신비한 음성의 여인, 흑화신녀가 말했다.

"오호호, 엉뚱한 상상은 하지 마라. 그저 우리 초지가 매화를 좋아해 문신을 새겨준 것뿐이니까. 이젠 문신을 새기는 것도 네 허락을 맡아야 하나 보지?"

"흥! 여전히 제멋대로구나, 소란."

"당연하지. 난 너처럼 가식적이지 않거든. 문주의 자리에 앉기 위해 사랑하는 이를 저버리지도 않고, 고매한 척 내숭을 떨지도 않아."

"……."

취봉접의 말에 주루 안은 잠시 정적에 사로잡혔다.

"여, 영옥……."

이제껏 멍하니 주루를 쳐다보던 주허자가 걸음을 옮기기 시작한 것은 그 순간이었다.

하지만 그것도 잠시, 주허자는 갑자기 걸음을 멈춘 후 빤히 성검을 바라보았다.

"아이야, 내 모습이 보기 흉하냐?"

“예?”

갑작스런 주허자의 하대에 성검은 당혹스런 표정을 지었다.

“내 몰골이 많이 흉하냐 물었다.”

“그, 글쎄올시다.”

성검은 어떤 식으로 대답해야 할지 몰라 잠시 멍하게 주허자의 두 눈을 응시했다.

더없이 맑고 깊은 동공, 그 눈빛에 얼마간의 온기가 어려 있었다. 어찌 보면 기쁜 듯했고, 또 어찌 보면 슬퍼 보였다.

“혹시 두건을 가지고 있지 않느냐?”

“두건이라니요? 보시다시피…….”

“허리에 두르고 있는 천이라도 벗어주지 않겠느냐?”

“예? 그, 그러지요, 주 노선배.”

엉겁결에 대답한 성검은 곧바로 검은 허리띠를 풀러 주허자에게 넘겨주었다.

“고맙구나.”

주허자는 성검에게서 넘겨받은 허리띠를 넓게 펴 곧장 머리에 친친 둘렀다.

검은 천이 몇 번 휘감기자 듬성듬성 난 그의 백발이 금세 감추어졌다. 천을 팽팽하게 당긴 탓인지 주름도 한결 부드럽게 펴진 것처럼 보였다.

“될 수 있으면 너는 나서지 말거라.”

주허자는 성검 쪽은 쳐다보지도 않은 채 담담하게 말했다. 그리고 주루를 향해 천천히 걸음을 옮기기 시작했다.

“……?”

성검은 영문도 모른 채 멍하니 서서 주허자의 뒷모습을 바라보았다. 그런데 한순간 그의 눈이 점점 커져 갔다. 걸음을 옮기던 주허자의 허리가 조금씩 조금씩 펴지기 시작한 것이다.

제2장

주허자의 내력

이미 한바탕 싸움이 벌어졌던 것인지 주루 안은 엉망이었다.

탁자가 부서져 나갔고 계단도 중간중간 부러져 이가 빠졌다. 손님들은 한 명도 남아 있지 않았다. 그 대신 백의 궁장을 입은 십여 명의 여인과 취영오매가 장검을 빼 든 채 한 중년 미부(美婦)의 뒤편에 늘어서 있었다. 그녀들의 맞은편에는 취봉접과 초지가 나란히 서서 대치하는 중이었다.

하지만 그런 대치 상황은 주허자의 등장으로 깨지고 말았다.

"영옥!"

느릿한 걸음으로 주루에 들어선 주허자의 입에서 나직한 음성이 새어 나왔다.

허리가 곧게 펴지긴 했으나 그는 여전히 왜소한 몸집이었다. 천으로 머리를 감쌌지만 얼굴 가득 돋아난 검버섯은 숨길 수 없었고, 뭉개진

코도 그대로였다. 하지만 다감하고 사려 깊은 주허자의 음성과 눈빛만
은 묘한 매력을 발산했다.

　"……!"

　냉랭한 표정으로 취봉접을 노려보던 중년 미부의 눈빛이 가볍게 떨
렸다. 그리곤 천천히 고개가 돌아갔다.

　"취검랑(醉劍郞)?"

　중년 미부의 음성이 촉촉이 젖어들었다.

　'저 여인이 흑화신녀? 취검랑은 또 뭐고……'

　주루 입구에서 정황을 살피던 성검의 고개가 삐뚜름하게 돌아갔다.

　알 수 없는 일이었다. 흑화신녀라면 취봉접과 동갑이다. 하지만 눈
앞의 여인은 갓 마흔이 될까 말까 한 중년으로, 풍만한 몸매에선 야릇
한 교태미가 풍겨 나왔다.

　"여전히 아름답구려."

　"……!"

　중년 미부는 잠시 아무 말도 못한 채 주허자를 바라볼 뿐이었다.

　주허자의 갑작스런 등장에 놀란 것은 비단 그녀만이 아니었다. 취영
오매는 물론 십여 명의 백의 궁장 여인들 역시 호기심 어린 눈빛으로
두 사람을 바라보았다.

　단 한 사람, 취봉접만이 그 상황을 즐기고 있었다.

　"오호호. 주 늙은이, 나 소란의 배려가 어때? 옛 연인을 만나게 해주
었으니 그동안 밀린 외상값을 달란 소리는 안 하겠지?"

　취봉접이 허리를 꺾어가며 웃음을 터뜨렸다.

　"흥. 소란, 모든 게 너의 간계였구나!"

　젖어들던 중년 미부의 눈이 매섭게 빛났다.

이제까지와는 달리 그녀의 눈에서 스멀스멀 살기가 피어올랐다. 당장이라도 취봉접에게 달려들 듯한 모습이었다.

하지만 취봉접은 태평스럽기 그지없었다.

"넌 별로 반갑지 않은 모양이지? 하긴, 나이 백스물이 넘어서도 그토록 탱탱한 네 눈엔 쭈그렁 할배가 된 취검랑이 예전처럼 애틋하지는 않겠지. 오호호. 기영옥, 하지만 그깟 주안술로 나이를 속일 수는 없지 않느냐? 머지않아 관에 들어갈 나이인데 이제 그만 탈을 벗고 감정이 시키는 대로 따르는 게 순리 아닐까?"

"흥, 너야말로 가식을 벗는 게 어떠냐. 넌 아직도 세상이 너를 중심으로 돈다고 믿고 있지? 하지만 단 한 번도 그런 적은 없었다. 물론 사부님께서 널 총애한 것은 사실이지만, 넌 그것을 두려워했지. 호호, 천년밀문이라는 거대한 단체를 거느릴 자신이 없었던 게지. 그래서 결국 아무 남자에게나 몸을 던진 게 아니더냐? 호호, 사랑이라는 미명으로 말이야. 하지만 어찌 사랑이 한 사람의 욕심으로 이루어질 수 있을까? 호호호호! 그래, 버림받았을 때의 기분이 어떻더냐, 소란?"

"ㅇㅇㅇ… 기영옥, 정녕 죽고 싶은 것이냐!"

취봉접이 빠드득, 이를 갈며 노성을 터뜨렸다.

'아무 남자에게나'라는 말이 나올 때부터 그녀의 얼굴은 붉게 물들기 시작했다. 늘어진 볼살이 바르르 떨렸고, 두 눈에선 불길이 치솟았다. 어쩌면 자기 옆에 서 있는 증손녀 초지 때문에 더 그랬는지도 모른다.

'음회회, 늙은 할망구들도 어쩔 수 없는 여자군. 주먹으로 쉽게 해결할 수 있는 문제도 저렇게 머리 아프고 치명적인 말싸움으로 어렵게 풀려고 하는 것을 보면 말이야. 그나저나 정말 재미있게 되었는걸?'

주루 입구에 기대 취봉접 등의 대치 상황을 지켜보던 성검은 자기도 모르게 배시시 웃었다.

아무리 봐도 묘한 상황이었다. 어떻게 된 사연인지는 알 수 없었으나 보통 얽히고설킨 관계가 아니고, 쌓인 골도 깊어 보였다.

"호호, 취검랑? 이곳은 위험할 것 같군요. 나는 취봉접과 해결해야 할 일이 있으니 자리를 비켜주시겠어요?"

어느새 표정을 갈무리한 중년 미부, 즉 흑화신녀가 주허자를 돌아다보며 말했다.

이제 그녀의 눈빛엔 조금의 감상도 남아 있지 않았다. 오히려 냉랭한 말투가 거리감을 줄 뿐이다.

하지만 주허자는 여전히 안타까운 표정이었다.

"영옥, 굳이 흡혈소란과 싸워야 하겠소?"

"이건 어디까지나 천년밀문 내부의 일입니다. 취검랑이 끼어들 일이 아니지요."

"글쎄… 하지만 영옥, 이 주루는 나 취검랑, 아니, 주허자의 주루요. 그러니 여기에 남고 말고는 내 뜻이라 생각하오."

흑화신녀의 반응이 섭섭했던 것인지 주허자의 목소리도 얼마간 건조하게 변했다.

"호호, 귀선취가(鬼仙醉家)의 취검랑께서 언제부터 소유하는 습성을 가지게 되었나요? 당신 일가는 원래 아무것도 소유하지 않는 것을 미덕으로 삼아오지 않았나요?"

"영옥!"

"취검랑, 예의를 지켜주세요. 당신이 예전의 취검랑이 아니듯 저 역시 예전의 영옥이 아니랍니다. 천하에 개벽을 가져올 천년밀문의 문주지요. 그러니 사사로운 옛 감정을 되새길 생각은 하지 마세요. 당신이 원한다면 우리가 주루를 나가 드리지요. 호호, 취검랑의 소중한 주루를 망칠 생각은 없으니까."

흑화신녀의 말은 점점 냉소적으로 변해갔다.

'귀선취가? 귀선취가라……. 설마!'

귀선취가라는 말이 나올 때부터 고개를 갸웃거리던 성검이 한순간 깜짝 놀라 몸을 바로 했다. 언젠가 문헌으로 귀선취가에 대해 읽은 기억을 떠올린 것이다.

귀선취가. 전설 속의 신의(神醫) 화타(華陀)의 후예로, 기(氣)를 다루는 특이한 능력을 가지고 있다.

그들은 세상에 직접 몸을 드러내지 않으나 늘 병자와 약자 곁에 머문다고 알려졌다. 그런 까닭에 곁에 있어도 있는 줄 모르고, 보이지 않는다 하여 없다고 말할 수 없는 족속이다.

귀선취가는 강호에서도 신비한 족속으로 불린다. 그들은 과거 몇 차례 강호의 싸움에도 관여한 바 있다. 그때도 홀연히 모습을 드러냈다가 자취도 없이 사라졌다.

하지만 그렇다고 해서 그들 혈족의 존재를 아무도 모르는 것은 아니었다. 양지의 사람들에게는 음지가 잘 보이지 않을는지 모르지만 음지의 사람들에겐 음지의 사람들이 눈에 보이게 마련이다.

더욱이 양지에선 양지의 인연이, 음지에선 음지의 인연이 서로 맺어지게 마련이다. 귀선취가의 사람들도 마찬가지였다. 그들은 은밀히 대륙의 음지에서 활동하는 여러 세력들과 연계하게 되었는데 그중 하나가 바로 취봉접, 기영옥 등이 몸담고 있던 천년밀문이다.

어쩌다가 천년밀문의 시조 화극성녀의 병을 고쳐 준 이후, 귀선취가는 그들과 인연을 맺게 되었다. 물론 귀선취가에선 굳이 그들과 인연을 지속할 필요가 없었지만 천년밀문의 입장은 달랐다. 은혜에 보답한다는 이유로 귀선취가와의 접촉을 끊임없이 시도했다. 취가의 인물들이 지닌 힘을 필요로 했기 때문이다.

하지만 천년밀문과 귀선취가의 인연도 기영옥에 이르러서 결국 끝을 맺게 되었다.

천년밀문의 전대 문주 자경옥수의 병을 치료해 주기 위해 밀문을 드나들던 주허자가 기영옥과 사랑에 빠진 것이 발단이었다.

두 사람은 같은 연배인데다 한참 이성을 그리워할 나이였다. 게다가 당시만 해도 주허자는 수려한 외모의 젊은 현자였고, 기영옥은 물이 오를 대로 오른 미녀였다. 함께하는 시간이 많다 보니 자연히 서로에게 끌리게 되었고, 그런 시간은 십여 년 가까이 이어졌다.

그런 관계가 가능했던 것은 어쩌면 취봉접 때문이었는지도 모른다. 그때까지만 해도 기영옥은 천년밀문의 차기 문주로 취봉접, 즉 흡혈소란이 내정되었으리라 생각했다. 흡혈소란과의 경쟁에서 늘 그녀 자신이 밀렸기 때문이다. 그러니 흡혈소란이 문주가 되면 기영옥은 그녀를 받들어야 하는데 그러기가 싫었다. 비록 문주의 자리를 양보한다 해도 결코 아랫사람이 되어 자존심까지 굽히고 싶지는 않았다.

그런 그녀에게 주허자는 좋은 안식처였다. 다정다감한 데다 자신을 끔찍이도 아껴주는 남자였다. 후계 문제가 확정된 후 기영옥은 자경옥수에게 청을 넣어 밀문을 떠날 것을 허락받으려 했고, 주허자와 그 문제를 깊게 상의했다.

하지만 변수가 생겼다. 흡혈소란이 강호를 주유하다 느닷없이 천년밀문을 떠나 버린 것이다. 이미 아이까지 임신한 상태니 다시 돌아온

다 해도 받아줄 수 없는 입장이었다.

자경옥수는 크게 상심했으나 결코 내색하지 않았다. 자칫 기영옥이 자존심 상하지 않을까 염려했기 때문이다.

기영옥은 갈등해야 했다. 그녀 역시 주허자를 사랑했으나, 천년밀문의 후계 자리 또한 놓치고 싶지 않았다. 자경옥수를 염려하는 마음도 있었다. 비록 자신보다 흡혈소란을 아끼긴 했으나 자경옥수는 늘 공정했고, 편애하는 모습을 보이지 않으려 애썼다. 자신마저 등진다면 자경옥수는 큰 실의에 빠질 수밖에 없었다.

더욱이 천년밀문의 장래도 막막했다. 자경옥수의 나이 이미 백오십세. 지병이 깊어 그 혼이 육신을 떠날 날이 멀지 않았다. 새로운 후기지수들을 발굴해 지도자 수업을 하기엔 늦은 나이였다.

사랑이냐, 천년밀문이냐. 기영옥은 일생 최대의 고민에 빠졌고, 결국 천년밀문을 택했다.

하지만 그 결정은 주허자에게 있어선 청천벽력과 같았다. 주허자는 이미 기영옥에게 영혼을 저당 잡힌 사내였다. 이별을 고하는 기영옥의 말은 그대로 비수가 되었다. 돌이킬 수 없다는 그녀의 확고한 대답은 거대한 불길이 되어 그의 영혼을 불태웠다.

"흐허허… 흑화신녀, 나 주허자가 잠시 실례를 했구려. 과거의 기억에 사로잡혀 감상에 젖다니……. 하지만 당신 말 가운데 하나는 맞고, 하나는 틀리오. 이 일은 어디까지나 천년밀문의 일이니 내가 끼어들 이유가 없지. 하지만 귀선취가가 무엇인가를 소유하는 습성이 없었다는 말은 사실이 아니오. 우리 귀선취가는 누구보다 자기 자신을 소중히 여기지. 그만큼 내가 소유한 것에 대한 애착도 깊고. 그만 내 주루에서 나가주시오."

주허자가 냉랭한 음성으로 말했다.

그의 맑고 깊던 동공에 사이한 기운이 감돌았다. 쭉 펴졌던 허리 역시 서서히 원래대로 굽어져 갔다.

"오호호, 이거 괜히 미안한걸? 기껏 생각해서 옛 연인을 만나게 해주었는데 괜히 감정만 상하게 되었잖아. 하지만 늙은이들이 정말 추하게 노는군. 벌써 구십 년이나 지난 일을 두고 아직까지 꽁해 있다니. 오호호호!"

주허자와 흑화신녀를 지켜보던 취봉접이 사특하게 웃으며 말했다.

"소란, 독사 같은 계집. 너의 천성 역시 구십 년이 지난 지금까지 변한 게 없구나. 일이 이렇게 틀어진 이상 어쩔 수 없지. 사부님 앞에서 가리지 못한 승부를 겨루자!"

흑화신녀가 매서운 눈으로 취봉접을 쏘아보았다.

"오호호, 정말 웃기는군. 넌 영원히 내 상대가 안 되는 계집이야."

"호호, 그럴까? 그 굽은 허리로 아직도 날 이길 자신이 있단 말이지. 하긴, '천년비화신공(千年秘花神功)'의 절반을 가졌으니 여전히 내 적수가 되리라 착각할 수 있겠지. 하지만 과연 그럴까?"

"오호호, 결국 그게 목적이었군? 하지만 영옥, 넌 욕심이 너무 많아. 사부님이 '천년비화신공'의 '무극편(無極編)'과 '태극편(太極編)'을 나누어 우리에게 주신 것은 어차피 그것이 하나로 합해질 수 없기 때문이었어. 그러니 네가 내 '무극편'에 관심을 두는 것은 과욕이라 할 수 있지."

취봉접이 기이한 미소를 내비쳤다.

천년비화신공. 천년밀문의 절기로, 대대로 문주 한 사람에게만 대물림되는 절대신공이다. 그 신공을 기록한 비급은 '무극편'과 '태극편'

으로 나뉘어 있다.

비록 문주의 후계가 된다 해도 결국 한 사람이 익힐 수 있는 것은 그 둘 중 하나. 즉, 무극편이냐 태극편이냐를 선택해 하나를 익히고 남은 하나는 절대 병행해 익히지 않는 것이 관례다. 그것은 그 두 가지 무공이 서로 상극을 이루는 까닭에 자칫 함께 익힐 경우 기의 상충으로 주화입마에 빠질 확률이 높기 때문이다.

물론 두 가지 모두를 익힐 수 없다 해도 천년비화신공의 비급은 온전히 신임 문주에게 대물림되어야 한다. 하지만 어찌 된 일인지 자경옥수는 천년비화신공의 반쪽인 '무극편'을 취봉접에게 물려주었다.

그 시점도 적절치 않았다. 흑화신녀를 새로운 문주로 등극시키기 직전, 은밀히 수하를 풀어 사막에 칩거하고 있던 흡혈소란에게 무극편을 건넸으니까.

단 한 번의 배신감. 그때 흑화신녀는 분명 자경옥수에게 배신감을 느꼈다. 그녀 자신은 사랑을 포기하면서까지 천년밀문의 명맥을 이었건만 자경옥수는 밀문의 전통까지 깨가면서 흡혈소란에게 마음을 주었다.

무극편을 건넨 것은 생각하기에 따라 모반의 기회를 준 것이나 다름없다. 언제든 때가 되어 마음이 서면 흡혈소란이 천년밀문의 대권을 두고 흑화신녀와 겨룰 수 있게 한 배려로 받아들여질 수 있는 것이다.

또 하나, 다른 식의 해석도 가능하다. 분파(分派). 천년밀문에서 독립해 또 다른 밀문을 만들라는 암시였을 수도 있다.

흑화신녀는 후자로 해석했다. 그녀가 이제껏 취봉접을 외면한 채 살아온 이유도 그 때문이었다. 분파를 찬성하는 것은 아니지만 사부의 뜻이라면 거스를 수 없다고 자신을 설득해 왔다.

하지만 이제는 사정이 달라졌다. 흑화신녀는 뼈를 깎는 고통을 감내하며 천년비화신공의 오의(奧義)를 깨우쳤다. 동시에 전대 어느 문주보다 강력한 통치권을 행사하며 천년밀문의 세력 확장에 심혈을 기울였다.

'천년밀문의 이름으로 세상을 지배하리라!'

흑화신녀는 그 한 가지만을 생각했다.

끝내 사부에게 인정받지 못했다는 자의식이 그녀를 독하게 단련시켰고, 그로 인해 천년밀문은 강해졌다. 현 강호의 양지를 지배하는 것은 역천휘의 천검궁이지만, 음지를 지배하는 것은 천년밀문이다.

하지만 이제 그런 양분법은 무의미해질 것이다. 신비 집단 천년밀문이 양지로 나설 것이고, 그로 인해 역사는 바뀔 것이다.

흑화신녀가 흡혈소란을 찾은 것은 그 때문이었다. 세상을 바꾸어 미륵의 시대를 연다는 것이 그녀의 야망이다. 그런데 그 야망을 이루기 위해선 하나의 한계를 극복해야 하는데 그것이 바로 천년비화신공을 완성시키는 작업이다. 즉, 태극편과 함께 흡혈소란이 지니고 있는 무극편까지를 깨우쳐 강호 역사상 최고의 무공을 완성하는 것이다.

역대 어느 문주도 이루지 못한 일이지만, 흑화신녀는 그 대업을 이루리라 각오를 다졌다. 비록 목숨을 거는 한이 있더라도.

2

"나가자, 소란."

흑화신녀가 천천히 몸을 돌려 주루를 벗어나기 시작했다.

"오호호, 정말 나랑 겨룰 생각인가 보군? 쯧쯧, 밑에 아이들 보는 데서 패하면 문주님의 체면이 말이 아닐……."

흑화신녀를 따라 걸음을 옮기던 취봉접이 갑자기 말을 멈추었다. 주루 입구에 어정쩡하게 기대서 있던 성검을 발견한 것이다.

"어라? 너… 이 천하의 버르장머리없는 놈. 오호호, 정말 웃기는군. 네놈이 여긴 웬일이냐? 혹시 흑화신녀의 젊은 애인이라도 되는 게냐?"

취봉접이 고개를 갸우뚱하며 비꼬듯 말했다.

"소란!"

무심코 성검을 빗겨 주루를 벗어나던 흑화신녀의 걸음이 뚝 멎었다. 취봉접의 말에 분노와 수치심이 일었기 때문이다.

"……?"

취봉접을 노려보던 흑화신녀의 눈이 천천히 성검에게 닿았다.

"너는 누구지?"

"예? 음회회, 그건 왜……."

성검이 애매한 표정을 지었다.

흑화신녀와 눈빛이 닿는 순간 묘한 전율이 느껴졌다. 주허자의 눈처럼 맑고 깊은 동공을 지녔다. 하지만 그녀의 눈은 지나치게 강렬하고 도전적이었다.

"혹시 취봉접의 젊은 애인인가 싶어서 묻는 게지."

흑화신녀가 강렬한 눈빛을 거두며 가볍게 웃었다.

"엥?"

"호호. 농담이란다, 아이야. 다만 네 눈빛이 너무 강하구나. 그것이 마음에 거슬려. 나 흑화신녀는 그런 눈빛을 좋아하지 않는다."

“음회회. 취 노선배의 말에 너무 신경 쓰지 마십시오. 굳이 농담이라고 하지 않아도 제가 흑화 노선배의 젊은 애인이라고 생각하는 사람은 아무도 없을…….”

성검은 엉겁결에 한 걸음 물러서며 말을 얼버무렸다. 흑화신녀가 보다 매서운 눈으로 쏘아보았기 때문이다.

“문주님, 저놈이 바로 저번에 말씀드렸던 치한입니다. 배에서 저를 덮친! 허락하신다면 문주님에 대한 불경죄를 물어 소녀가 직접 목을 베겠습니다.”

흑화신녀의 뒤를 따르던 취영오매의 삼매 은매란이 앙칼진 음성으로 말했다.

“삼매, 은공께 또 버릇없이 구는구나. 류 공자, 다시 만나게 되는군요. 하지만 지금은 상황이 좋지 않으니 이쯤에서…….”

일매 송가영이 정중하게 포권을 취한 후 삼매를 나무랐다.

“호호. 류 오라버니, 반가워요.”

“응, 사매. 나도 반가워.”

“어머, 정말 류 오라버니네. 이곳엔 무슨 일로 오셨어요? 저번에 장안으로 간다고 하시지 않았나요?”

“어, 그게 어쩌다 보니 그렇게 되었어. 이매도 많이 예뻐졌네?”

“호호. 오라버니, 이 주루에 오래 머무르실 건가요?”

“응? 응… 아마 그럴 거야. 여긴 내 단골 술집이거든. 어쩌면 통째로 여길 접수할지도 몰라. 만약 그렇게 되면 오매에겐 술을 공짜로 줄 테니까 자주 와.”

사매 이옥항, 이매 비취화, 오매 공유향과 차례로 인사를 주고받으며 성검은 배시시 웃었다.

하지만 한순간 그의 웃음이 뚝 멎었다. 매서운 눈길로 자신을 쏘아보고 있는 한 여인과 마주친 것이다.

"흥! 변태 같은 자식. 보름 후에 넌 죽었어!"

얼마 전까지만 해도 몽롱한 눈으로 성검을 쳐다보던 초지일관 초지였다.

묘하게도, 성검은 초지가 몽롱한 눈으로 자신을 쳐다보고 있을 때까지도 그녀의 눈이 왜 몽롱해 있을까 따위는 생각하지 못했다. 그저 초지처럼 멍청한 애는 나 같은 원수를 보면서도 저런 멍한 표정밖에 못 짓는구나 하고 생각했을 뿐이다.

하지만 정작 지금에서야 초지도 화났을 때는 눈빛이 매섭다는 사실을 깨달았다. 그런데 그게 얼마간 고개를 갸우뚱하게 만들었다.

'그렇다면 아까는 화가 나지 않은 상태였나? 그런데 왜 갑자기 화가 났을까. 그리고 변태라니? 오늘은 아무 짓도 안 했는데…….'

그렇게 생각을 이어가다 갑자기 묘한 기분이 들었다. 갑자기 주허자의 점괘가 생각났기 때문이다.

"두 사람은 정말 천생배필(天生配匹)입니다."

청천벽력 같던, 아니, 황당했던 주허자의 점괘. 하지만 다시 생각해보니 그렇게 가볍게 여길 일만은 아니었다.

"오(午)와 미(未)는 쉽게 말하자면 찰떡 궁합입니다. 그 둘은 서로 합(合)이 되고, 오화(午火)는 미토(未土)를 생하지요. 전형적인 합중유생. 즉, 합이 되면 될수록 좋고, 오면 올수록 좋은 관계를 의미합니다. 공자는 아마도 보름 후 오시(午時)와 미시(未時) 두 번에 걸쳐 그 사실을 확인하게 될 것입니다."

주허자는 분명 그렇게 말했었다. 그가 단순한 술집 늙은이가 아니라 귀선취가의 일족임을 깨닫게 된 지금 성검은 그 점괘를 더 이상 무시할 수 없었다.

'그러고 보니, 쟤가 지금 질투하는 거 아냐? 음회회, 아니야. 설마…….'

설마 하면서도 성검은 등골이 오싹해졌다. 초지와 천생연분이라는 얘기는, 즉 취봉접의 증손자 사위가 된다는 것을 의미한다. 생각하기도 싫은 일이었다.

"호호. 언니, 들었죠. 변태가 분명하다잖아요? 버러지 같은 놈."

주루를 벗어나면서도 계속 뒤를 흘끔거리던 삼매 은매란이 일매의 소맷자락을 잡아당기며 빠드득, 이를 갈았다.

"젠장."

취봉접과 흑화신녀 일행이 사라진 후 성검이 낮게 투덜거렸다. 아무래도 여자들로 인한 수난에 시달리게 되리란 불길한 예감을 떨칠 수 없었다.

"술이나 한잔하세나."

멍하니 천장을 바라보던 주허자가 낮은 음성으로 말했다.

그의 표정엔 수많은 감정들이 뒤섞여 있었다. 연민과 원망, 당혹감과 배신감, 분노, 그리고 아무래도 떨쳐 버릴 수 없는 그리움 따위의 감정들.

"저들을 따라가지 않아도 되겠습니까?"

성검이 쉽게 판단이 서지 않는다는 듯 물었다.

"자네, 저들과 어떤 인연이 있는가?"

"음회회, 아무 사이도 아닙니다. 하지만 묘하게 계속 마주치게 되는군요. 취봉접 조손과는 악연인 게 분명한데……."

“흐허허. 그래, 그렇다면 자네가 관여할 필요가 없겠군. 저들의 문제는 저들이 알아서 하겠지. 자, 여기 앉아서 기다리게. 내가 술을 내오겠네.”

주허자는 담담하게 말한 후 주방 안으로 사라졌다.

콰콰콰콰쾅—

산이 쩌러렁 울리며 여기저기서 폭사가 일고, 나무가 뿌리째 뽑혀 나갔다. 사방으로 흙이 비산했으며 놀란 새들은 일찌감치 숲을 떠났다.

언뜻 보기에 취봉접의 장력은 포악하고 잔혹한 데가 있었다. 쉬지 않고 쌍수를 뻗어 흑화신녀가 공격할 틈을 주지 않았다. 반면 흑화신녀의 장법은 상당히 안정된 느낌이었다. 움직임을 최소화하면서 그때그때 적절하게 피하거나 역공을 펼쳤다.

두 사람의 무공의 바탕은 무극과 태극. 하지만 강과 약이 적절하게 뒤섞여 서로 공방했다. 전혀 상반된 무공임에도 두 사람이 호각을 이룬 것은 무공의 수준이 비슷한 데다 상대를 너무 잘 알고 있었기 때문이다.

“흥. 취봉접, 주름진 할멈치고는 제법이구나?”

“오호호, 너야말로 내가 없는 사이에 많이 노력했구나. 하지만 여전히 내 상대는 아니야. 자, 받아보거라. 이것이 바로 무극편의 정수를 이루는 멸마열천장이야.”

취봉접 특유의 오만한 음성이 골짜기에 메아리쳤다.

주름진 그녀의 쌍수가 부드럽게 교차하는 순간, 길게 늘어졌던 소맷자락이 크게 부풀어 오르기 시작했다.

"간닷—"

좌수가 먼저 뻗어 나왔고, 뒤이어 우수가 호선을 그리며 좌수의 뒤를 받쳐 주었다.

촤아아아—

낙엽 위로 쌓여 있던 눈들이 일제히 광풍에 휘말리며 흑화신녀를 향해 날아갔다. 상대가 상대인만큼 취봉접의 멸마열천장은 성검이나 고지기를 상대로 펼쳤던 것과는 그 파괴력이 달랐다. 골짜기 전체가 강기에 휘말려 긴 산울림을 일으켰다.

"이것이 천년비화신공의 무극편이란 말이지……."

잔잔한 음성. 거대한 이무기의 형상으로 고개를 뻣뻣이 세운 채 느리게 계곡을 휩쓸어 오는 강기의 회오리를 보며 흑화신녀가 나직이 중얼거렸다.

마치 그 강기를 온몸으로 받아내기라도 하겠다는 듯, 흑화신녀는 두 팔을 활짝 벌린 채 지그시 두 눈을 감았다.

하지만 느리게 뻗어오던 강기의 회오리가 갑자기 아가리를 크게 벌리며 쇄도해 들어오는 순간 흑화신녀의 눈이 번쩍 떠졌다.

"천중첨화류(天中添花流)!"

흑화신녀의 신형이 두어 걸음 앞으로 뻗어 나갔고, 활짝 펼쳐졌던 두 팔은 서로 반원을 그려 하나의 거대한 원을 이루었다.

화르르륵—

허공의 한 지점에 작은 불꽃이 일었고, 그 불꽃에서 거대한 불의 폭사가 일어났다. 마치 봉오리를 틀어쥐었던 꽃이 화들짝 놀라 일시에 개화하는 형상이었다.

스팟—

한줄기 광채가 두 사람 사이를 가로질렀다. 그리고 어느 한 지점에서 취봉접과 흑화신녀의 강기가 정면으로 충돌했다.

콰콰콰콰쾅!

낙뢰(落雷). 이해할 수 없는 일이었다. 어둠이 자리잡은 계곡을 환히 밝히며 거대한 섬광이 일었고 뒤이어 굉음이 계곡을 뒤흔들었다.

콰르르르르—

취봉접과 흑화신녀가 서 있던 계곡에서 또 한 번의 굉음이 일어났다. 계곡의 얼음이 쩌억 갈라지기 시작한 것이다.

잠시 후 쌓였던 눈이 비산하는 가운데 깊게 잠자고 있던 얼음 속의 물줄기가 잠에서 깨어나 일제히 허공으로 솟구쳤다.

“……!”

취영오매와 초지, 십여 명의 천년밀문 여검수(女劍手)들은 기함할 광경에 놀라 바르르 몸을 떨었다.

취봉접과 흑화신녀 역시 마찬가지였다. 그녀들조차 갑작스럽게 벌어진 상황에 당혹스러워했다. 전혀 의도하지 않은 결과였다. 또한 이제껏 경험해 보지 못한 기현상이었다.

허공으로 치솟은 물기둥은 바닥으로 떨어져 내리는 대신 자잘한 물알갱이로 분리된 채 느리게 허공을 유영했다. 공기 층에도 이변이 일어났다. 물빛의 강기들이 상충하며 아지랑이처럼 가물거리기 시작했다.

그것도 잠시, 느리게 비산하던 물방울들이 알알이 터지며 공간을 더욱 일그러뜨렸다. 그 순간 또 한 번 거대한 폭사가 일어나 지축이 갈라질 듯 땅이 요동했다.

“터헙—”

취봉접과 흑화신녀가 동시에 삼 장여 밖으로 튕겨 나가며 신음을 터뜨렸다.

하지만 외곽에서 그녀들을 둘러싸고 있던 초지, 취영오매와 천년밀문 여검수들은 그 충격의 여파에 휘말리지 않았다. 다만 기현상으로 인해 놀라고 있었을 뿐이다.

"할머니……!"

"문주님!"

초지와 취영오매 등은 각자 취봉접과 흑화신녀에게 달려가 그녀들의 상태를 살폈다.

"크, 크헙! 도대체… 무슨 일이 벌어진 게냐?"

한차례 선혈을 토해낸 취봉접이 힘겹게 몸을 뒤척이며 물었다.

취봉접으로서도 이해할 수 없는 일이었다. 이제까지 그녀는 흑화신녀와 가벼운 공격을 주고받으며 서로를 탐색해 왔다. 그사이 취봉접이 깨달은 사실은 비교적 단순했다. 비록 무극과 태극이라는 이름으로 갈렸으되 그것이 한 뿌리임을 확신하게 된 것이다.

흑화신녀에게서 느껴지는 기운은 분명 취봉접 자신의 것과 흡사했다. 더욱이 서로의 공격이 마주쳤을 때는 묘하게도 그 힘이 상쇄되어 흩어짐을 알 수 있었다. 그런데 정작 마지막 공격에서는 달랐다. 무극과 태극의 두 기운이 서로 상쇄되기는커녕 몇 배의 위력으로 폭사하며 공간 자체의 성질을 변화시켰다.

상황을 이해하지 못하는 것은 흑화신녀 역시 마찬가지였다.

"흡— 내, 내가 패한 것이냐?"

몇 차례의 객혈 후 힘겹게 정신을 수습한 흑화신녀가 송가영을 바라보며 물었다.

“문주, 저도 어찌 된 영문인지 모르겠습니다. 흡혈 선배 역시 큰 내상을 입은 모양입니다. 두 분 모두 거대한 폭사의 여파에 휘말린 듯합니다.”

“어, 어찌 된 영문이냐. 가영, 혹시 너희 중 누군가 우리 싸움에 개입했느냐?”

“아닙니다. 갑자기 벼락이 치더니… 문주, 그것은 차후의 일입니다. 일단 문주의 내상을 치료하는 것이 급합니다.”

송가영은 다급히 흑화신녀의 몸을 살피며 말했다.

다행히 흑화신녀는 결정적인 순간에 본능적으로 호신강기를 일으켜 혈도가 끊어지거나 뒤틀리지는 않았다. 기본적인 점혈로 기혈의 역류를 막고 추궁과혈(推宮過穴)로 내상을 다스린다면 충분히 소생할 수 있을 듯했다.

문제는 초지였다.

“흐흑, 할머니… 정말 어떻게 된 거야? 할머니는 강호 제일이잖아. 그런 할머니가 왜 이렇게 된 거냐고. 흐흐흑!”

“초, 초지야, 무슨 일이 벌어졌느냐고 묻지 않느냐?”

“흐흐흑, 무슨 일이라니. 할머니가 졌잖아. 으하아앙— 죽지 마, 할머니…….”

“엥?”

취봉접은 스스로 몇 군데 혈도를 점해 기혈을 다스린 후 천천히 몸을 일으켰다. 당장 내상을 치료할 필요가 있었지만 아무래도 초지가 도움이 될 것 같지는 않았다.

“홍. 기영옥, 네가 무슨 사술(邪術)을 썼는지는 모르겠으나 오늘의 치욕은 잊지 않으마. 네깟 계집과 평수를 이루다니…….”

힘겹게 몸을 일으킨 취봉접이 두 손으로 복부를 감싼 채 이를 갈며 말했다.

상황이 좋지 않았다. 흑화신녀와 자신의 강기가 맞부딪치며 이상 현상이 일어났다는 사실을 깨닫긴 했으나 그 이유는 알 수 없었다. 문제는 지금 같은 상황에 혹시라도 취영오매와 십여 명의 여검수들이 협공을 한다면 당해낼 재간이 없다는 점이다.

'원통하고 방통하지만 오늘은 물러서는 수밖에.'

취봉접은 지그시 볼살을 깨물었다.

"어라, 할머니가 먼저 일어났네? 호호, 할머니가 이긴 거야? 초지는 정말 할머니가 죽는 줄 알았어. 으하아앙—"

"오호호호. 초지야, 내가 널 두고 어찌 죽을 수 있겠느냐. 그나저나 어서 이곳을 떠나자. 괜히 하수랑 손을 섞는 바람에 체면만 구겼구나."

"응? 하지만 쟤들 버릇을 고치고 가는 게 좋지 않을까? 할머니 성질 많이 죽었네?"

상황 파악에 어두운 초지가 계속해서 취봉접의 염장을 질렀다.

"흥! 초지야, 내가 참는 것은 돌아가신 사부님 때문이다. 저 아이들이 아무리 버르장머리가 없다 해도 사부님을 생각한다면 참는 수밖에."

'어휴, 불쌍한 것. 이렇게 아둔해서야 어찌 제대로 된 사내를 만날 수 있을까. 내 성질에 몸이 멀쩡하면 저것들을 그냥 내버려 두겠느냐? 쯧쯧, 모든 게 내 탓이다. 내가 약을 잘못 먹이는 바람에 신동 소리 듣던 너를……'

속에선 울화가 치밀었다.

하지만 한편으로는 초지가 안타까웠다. 취봉접은 길게 한숨을 내쉬는 것으로 마음을 다스린 후 초지에게 살며시 전음을 날렸다.

[초지야, 이 할미의 상태가 좋지 않구나. 서둘러 치료를 해야 한다. 저것들이 떼로 덤비면 곤란하니 일단 물러나자꾸나.]

[응? 아, 알았어, 할머니.]

초지는 그제야 걱정스런 눈으로 취봉접을 바라보았다.

"아직 끝나지 않았다, 취봉접. 나 흑화신녀는 바, 반드시 네게서 무극편의 비급을 되찾아올 것이야."

흑화신녀가 빠드득 이를 갈며 취봉접을 노려보았다.

힘겹게 만난 취봉접이다. 무극편을 취하는 것은 물론 이번 기회에 그녀를 눌러 열등감을 씻어내고 싶었다. 정정당당한 승부로.

하지만 취봉접은 역시 강했다. 그녀 역시 얼마간의 내상을 입었으리라 짐작하고는 있지만 그렇다고 수하들을 시켜 제압할 수는 없었다. 그것은 흑화신녀 자신의 자존심이 허락하지 않았다.

"오호호. 기영옥, 한 삼십 년 후에나 오너라. 혹시 그때쯤이면 내가 늙어 기력이 쇠할 수도 있지 않겠느냐? 오호호호!"

묘한 눈으로 흑화신녀를 노려보던 취봉접이 표정을 바꾸어 환하게 웃으며 대답했다.

어쩌면 다음에 만날 때는 지금처럼 정정당당한 승부가 아닐 수도 있다는 생각이 스쳤다. 그녀가 아는 기영옥은 원하는 것을 얻기 위해선 많은 것을 포기할 수 있는 여인이었다.

"가자, 초지야."

취봉접이 초지의 어깨에 한쪽 팔을 걸치며 말했다. 내상이 심해 걸음을 떼기도 힘든 상황이었다.

"어, 어디로 갈 거야, 할머니?"

초지가 나직한 음성으로 물었다.

"십선각."

3

"지금이라도 가보는 게 낫지 않겠습니까? 아까 보니 분위기가 심상치 않던데……."

성검이 넌지시 물었다.

주허자의 마음이 이미 주루를 벗어나 있다는 사실을 잘 알고 있었다. 굳이 취봉접의 말이 아니었다 해도 성검은 어렵지 않게 주허자가 한때 흑화신녀를 사랑했다는 것을 알 수 있었을 것이다.

하지만 성검의 말에 주허자는 길게 한숨을 내쉴 뿐이었다.

"주 노선배……."

성검이 그를 더 설득하려는데 마침 주루 밖에서 인기척이 들려왔다. 주허자와 성검의 눈이 빠르게 밖으로 향했다. 하지만 그들의 기대와는 달리 엉뚱한 인물들이 모습을 드러내고 있었다.

"헤헤, 변 대협께선 무공뿐 아니라 풍류에도 일가견이 있는 모양입니다. 그런데 정말 계집들은 마음에 드는 사내 앞에선 콧방귀를 뀝니까?"

장순금의 목소리가 주루까지 들려왔다.

착착 감기는 목소리이기는 했지만, 이번에도 분명히 비아냥거리는 투다. 요사이 장순금은 부쩍 수호성들을 무시했다. 비로소 그들이 얼마나 불학무식한 위인들인지 감을 잡기 시작한 것이다.

"우헤헤. 당연하지. 내가 한두 번 경험해 본 게 아니라니까? 내가 이렇게 한쪽 눈을 깜빡하면 대부분의 계집들이 '흥!' 하면서 고개를 모로 돌리지."

"금은 아우, 그런데 그게 정말 좋아서 그러는 걸까?"

"우헤헤. 물론입니다, 철 형님. 저번에 초지가 우리 큰형님께 앙칼지게 구는 거 보셨잖아요. 하지만 그게 다 부끄러워서 그런 거잖아요."

변금은은 뭐가 그렇게 좋은지 신나게 떠들어댔다.

"정말, 정말 그럴까?"

"모용 형님, 큰형님 말씀대로라면 초지와는 그렇고 그런 사이라지 않습니까."

"하긴 그래. 큰형님이 저고리까지 벗겼다잖아?"

철행궁이 변금은의 말을 거들었다.

주루 안에서 가만히 귀를 기울이던 성검이 가볍게 고개를 저었다. 인간들이 워낙 어리숙하다 보니 변금은 같은 미련한 위인의 말발이 통하고 있는 것이다.

"푸헤헤. 그렇다면 참 놀라운 일이군. 사실 많은 계집들이 내 앞에서도 앙칼지고 싸가지없게 굴거든."

"나도 그래. 난 괜히 내가 미련하게 생겨서 그러나 보다 했는데 그게 아니었군."

철행궁과 모용각이 씨도 안 먹힐 소리를 지껄이고 있었다.

"어라? 형님."

주루 안으로 막 들어선 변금은이 멍한 표정으로 성검을 쳐다보았다. 하루 종일 기다려도 안 오던 그를 이곳에서 발견했으니 나름대로 반가웠다.

하지만 그런 반가움도 잠시.

"너무하십니다, 형님."

"그러게 말입니다, 형님. 저희 몰래 여기 와서 술을 드시다니. 이건 정말 등 뒤에서 칼을 꽂는 것보다 더 무서운 배신입니다."

"몰래 드시니까 더 맛있습니까?"

변금은과 모용각, 철행궁이 차례로 투정을 부렸다.

"쩝, 이 형님이 미안하다."

'미련한 놈들이 속은 좁아서……. 혹시 내가 너희 때문에 속 터져서 이렇게 하루 종일 술을 퍼마시고 있는 건 아닐까 하는 생각은 안 들더냐?'

성검은 배시시 웃으며 수호성들을 차례로 훑어보았다.

"어, 그런데 주루가 왜 이 꼴이 됐습니까? 혹시 검황문의 잔당들이 형님을 습격하기라도 한 겁니까?"

그제야 주루의 사정을 살핀 변금은이 주먹을 불끈 쥐며 물었다.

"음회회. 검황문 따위와는 비교도 안 되는 고수들이 다녀가긴 했지."

"예? 그게 누굽니까."

이번엔 철행궁이 고개를 갸우뚱하며 물었다.

"너희도 잘 아는 늙은이."

"예?"

"음회회. 취봉접."

"으아악—"

철행궁과 모용각, 변금은이 동시에 비명을 터뜨렸다.

취봉접에게 걸려 고생하다가 구사일생으로 달아났던 그들이다. 행여나 저자에서 마주치지나 않을까 하는 걱정에 한동안 마음껏 나돌아다니지도 않았다. 그런데 느닷없이 이 주루에 나타났다니 괜히 불안했다.

"하지만 초지가 십사 일 후 비무를 겨루자고 도전장을 보내지 않았습니까. 그런데 취봉접이 형님의 뒤를 노린 겁니까?"

"흥! 전대의 고수이고 대선배라 참았는데 그런 야비한 짓을 저지르다니. 그나저나 주루를 이 지경으로 만들고 어디로 달아난 겁니까?"

"헤헤, 형님이 이기셨습니까? 하긴, 우리와 겨룰 때 심한 내상을 입었는지도 모릅니다. 저희가 힘을 다 빼놓아서 형님이 의외로 쉽게 이기셨는지도 모르지요. 헤헤헤."

수호성들은 취봉접이 보이지 않는 것을 확인한 다음에야 저마다 한마디씩 지껄여 댔다.

다만 장순금만이 영문을 모른 채 고개를 갸우뚱했을 뿐이다. 정주에서 함께 생활하는 동안 그는 나름대로 성검 일행에게 동지 의식을 느끼게 되었다. 그런데 자기가 모르는 대화가 이어지자 은근히 기분이 상했다. 하지만 성질을 낼 수는 없는 일이다. 성질 더러운 놈들 앞에서 성질 내봐야 좋을 일이 없다.

"헤헤. 대협, 취봉접이 누굽니까?"

장순금은 변금은을 빤히 쳐다보며 물었다, 순박한 눈동자를 빛내며. 하지만 대답은 뜻하지 않은 곳에서 들려왔다.

"흥! 어떤 놈이 우리 할머니 별호를 함부로 입에 올리지?"

"엥?"

장순금에게 막 무엇인가를 말하려던 변금은이 깜짝 놀라 한 걸음 뒤로 물러섰다.

분명 초지일관 초지의 음성이었다. 그런데 어둠 저편에서 다가오는 것은 분명 사람이 아니었다. 머리는 두 개고 다리도 두 개인 괴물이 신광을 폭사하며 다가오고 있었다.

"으아악! 초지 요괴다!"

"초지가 요괴한테 잡아 먹혔다!"

"초지가 요괴를 잡아먹고 있다!"

뚫어져라 어둠 속을 쳐다보던 변금은, 철행궁, 모용각이 일제히 비명을 지르며 성검 뒤편으로 물러섰다. 멍하니 서 있던 장순금도 얼떨결에 그들을 따라 성검 뒤로 물러섰다.

"취 노선배가 이긴 걸까요?"

"……."

술잔을 내리며 성검이 담담하게 물었지만 주허자는 아무런 대답도 하지 않았다. 그저 가볍게 양미를 꿈틀거렸을 뿐이었다.

잠시 후, 덜렁거리며 힘겹게 달라붙어 있던 문을 뻥 걷어차며 초지가 들어섰다.

"흥! 멍청이 셋도 함께 있었네?"

취봉접을 업고 있던 초지가 변금은과 철행궁, 모용각을 노려보며 말했다.

정신을 잃은 것인지, 취봉접은 초지의 등에 업힌 채 쓰러져 있었다. 그녀의 입에서 흘러나온 피가 초지의 어깨를 흥건히 적셔놓았다.

"초지야, 어찌 된 일이냐?"

주허자가 인상을 찌푸리며 물었다.

"흐흐흑. 술 할아버지, 우리 할머니 좀 치료해 줘."

“……!”

주허자는 아무 말 없이 취봉접에게 다가가 축 늘어진 그녀의 맥을 짚었다.

“기영옥은 어찌 되었느냐?”

“응? 그게 무슨 상관이야. 빨리 할머니나 살려달란 말이야!”

초지는 주허자와 친분이 있었던지, 앙탈 부리듯 말했다.

“네 할미는 죽을 정도는 아니다. 어서 기영옥이 어찌 되었는지를 말하거라.”

“정말? 호호, 정말 할머니는 괜찮은 거지?”

“그래. 하지만 이 할아비의 말을 듣지 않으면 반신불수가 될 수도 있어. 그러니 기영옥이 어찌 되었는지 소상하게 얘기하거라.”

주허자는 흔들리는 눈빛으로 초지의 대답을 기다렸다.

비록 기영옥과 매정한 말을 주고받았지만, 주허자는 여전히 그녀를 사랑하고 있었다. 사내의 사랑이란 계집의 사랑보다 지독하고 고약한 것이어서 쉽게 사라지지 않는다. 주허자는 구십여 년 가까이 그 사실을 뼈저리게 깨달아왔다.

“호호. 할머니가 이 정도가 되었다면 말 안 해도 뻔한 거 아니겠어? 그 젊은 요괴는 죽었을지도 몰라. 우리가 올 때까지는 분명히 숨을 쉬고 있었지만 계속 피를 토하던걸? 할머니는 혼자 일어났지만 그 요괴는 앉는 것도 제자들이 거들어 줘서 간신히 앉았다구.”

“음… 다행이구나.”

낮은 한숨이 주허자의 입에서 새어 나왔다.

“호호, 정말 다행이죠? 그 요괴를 박살 냈으니까. 사실 그 요괴가 아까 술 할아버지한테 싸가지없게 굴 때 초지도 무척 화가 났었어. 호호.

어라, 하지만 할머니도 이렇게 다쳤잖아. 그러니까 빨리 할머니를 치료해 줘.”

단순한 초지는 뭐가 다행인지도 모른 채 재잘거리다가 다시 울상을 지었다.

“그래, 따라오너라. 한번 치료해 보자꾸나.”

주허자는 낮은 음성으로 말한 후 이층 계단으로 걸음을 옮겼다.

“알았어요.”

초지가 짧게 대답한 후 주허자의 뒤를 따랐다.

하지만 잠시 무엇인가를 생각하던 성검이 초지의 걸음을 멈춰 세웠다.

“초지야?”

“흥! 무슨 일이지, 변태 녀석?”

계단의 중간에 멈춰 서서 멀뚱히 성검을 노려보던 초지가 콧방귀를 뀌며 물었다.

“혹시, 취영오매도 저 꼴이 된 것은 아니겠지?”

“응? 취영오매가 누군데.”

“흑화신녀의 여제자들 말이야.”

“뭐? 흥, 그걸 왜 나한테 묻지! 궁금하면 네놈이 가서 확인해 보렴. 그리고 너 보름 후에 꼭 나와. 박살을 내줄 테니까. 흥, 어서 꺼지지 않고 뭐 하고 있지?”

초지는 콧김까지 내뿜으며 살벌하게 말했다.

그녀 자신은 느끼고 있지 못하지만 질투하고 있는 것이 분명했다. 성검이 다른 여인들의 안부를 묻는 것에.

“초지야, 어서 따라오지 않고 무엇 하느냐.”

주허자의 음성이 이층에서 들려왔다.

"흥!"

초지는 다시 한 번 콧방귀를 뀐 후 몸을 휙 돌려 계단을 올라갔다.

이제 일층에는 성검과 세 명의 수호성, 그리고 장순금만이 남았다. 그들은 잠시 어리둥절한 표정으로 서로를 바라보았다.

"헤헤, 정말 초지가 형님을 좋아하는가 봅니다. 계속 흥, 흥, 거리면서 콧방귀를 뀌는 걸 보면 말입니다."

"그러게요. 말끝마다 흥, 흥, 하는데요?"

"비결이 뭡니까, 형님?"

철행궁과 모용각, 변금은이 차례로 물었다.

"엥?"

성검은 고개를 갸우뚱하며 잠시 그들을 둘러보다가 그냥 한숨을 내쉬며 자리에 앉았다.

이제 꼴통 같은 수하들을 그냥 방치하기로 했다. 그들을 이해하려고 노력해 보았자 돌아오는 것은 두통밖에 없다. 그저 성검 자신이 유목민이고, 변금은, 철행궁, 모용각을 소라고 생각하면 마음이 편해진다. 아무 생각 없이 들판에 풀어 방목을 하면 저희가 알아서 제멋대로 클 테니까.

"이제 어쩌지요, 형님? 어쩌면 지금이 기회일지도 모르는데 흡혈소란을 박살 내는 게 좋지 않을까요?"

그나마 셋 중에서 똑똑하다고 자부하고 있는 철행궁이 은밀한 음성으로 물었다.

"아니, 그렇게 멋진 계략을?"

"철 형님은 전직이 살수가 아니라 책사(策士)가 아니었을까 하는 생각을 종종 하게 됩니다. 그런 묘안을 내시다니⋯⋯."

의종은 모용각과 변금은이 철행궁을 치켜세우며 성검의 눈치를 살폈다.

아닌 게 아니라 괜히 두려움에 떠느니 지금 같은 기회에 화근을 잘라내는 게 좋을 듯했다. 그래야 마음 놓고 저자 구경이라도 할 수 있을 테니까.

하지만 성검과 눈이 마주치자 그런 생각이 쏙 들어갔다. 성검이 매서운 눈으로 쏘아보고 있었기 때문이다.

"헤헤, 다시 생각해 보니 철 형님 생각은 좀 치사합니다."

"맞아. 사내대장부가 할 일은 아니지. 우린 정의를 수호하고 의(義)를 숭상하며 협(俠)을 행하는 진정한 무사들인데⋯⋯."

모용각과 변금은이 순식간에 배신했고,

"헤헤, 나도 농담이었어."

철행궁이 어색하게 웃으며 말을 뒤집었다.

성검은 그제야 표정을 부드럽게 바꾸었다. 인간들이 우매해 생각이 짧지만 나름대로 눈치가 빨라지고 있다는 생각과 함께.

"애들아, 그러고 보니 어제 이차를 못 갔구나. 그럼 오늘 가야겠지?"

마지막 술잔을 비운 성검이 자리에서 일어났다.

"이차?"

"그게 뭐였지?"

"어제 너무 과음을 해서 아무것도 생각이 안 나는데⋯⋯."

세 명의 수호성은 잠시 서로의 얼굴을 빤히 쳐다보았다. 하지만 그것도 잠시,

"쩝! 어쩔 수 없군. 나가자. 일차는 주루에서 간단하게 이론을 익히고, 이차는 기루에 들러 실전을 익히는 거야. 세상이 얼마나 넓은지, 왜 조물주가 굳이 양과 음을 갈라놓았는지 알게 해주지. 음회회, 너희는 정말 좋은 우두머리를 둔 거야."

어제 성검이 했던 말이 세 사람의 뇌리에 빠르게 스쳐 지나갔다.
"헤헤. 이, 이차……."
"기루에 들러 실전을……. 으헤헤."
"푸헤헤, 왜 양과 음이 갈라졌는지……."
세 사람의 입이 함지박만하게 벌어졌다. 그리고 동시에 똑같은 말이 터져 나왔다.
"큰형님, 약속대로 이 불쌍한 것들에게 새로운 세상을 맛보여 주십시오!"

제3장

독문의 후예

다음날, 동방룡의 책사 채승옥에게서 뜻밖의 서신이 당도했다.

개봉에서 이상 징후 발견. 사검 당가륵이 원정을 준비하고 있음. 낙양, 혹은 정주를 장악하는 것이 목표인 듯…….

채승옥의 서신은 다음날도 이어졌다.

사검 당가륵의 정보원 십여 명이 각각 낙양과 정주로 향함.

사흘 후에도 서신이 이어졌다.

사검 당가륵의 최종 행선지는 정주로 판명됨. 철저한 대비를 요함.

　마지막 서신에는 정주를 향해 오고 있는 당가륵 부대의 규모와 특기 사항들이 자세히 적혀 있었다.

　채승옥은 타고난 책사였다. 이미 개봉에 정탐꾼을 두어 수시로 그곳의 사정과 당가륵에 대해 보고받아 왔다. 그런 만큼 당가륵에 대한 세세한 정보를 입수했고, 그가 정주를 향하는 목적도 대충 짐작할 수 있었던 것이다.

　채승옥의 짐작은 빗나가지 않았다. 마지막 서신이 당도하고 며칠 후 철룡방으로 한 장의 도전장이 전달되었다. 발신인은 사검 당가륵이었고, 비무 일자는 사흘 후로 되어 있었다.

　하지만 정작 놀라운 것은 비무 상대였다. 원칙대로라면 그의 도전 상대는 철룡방주 역우여야 한다. 아니, 이곳의 소식에 어둡다면 전대 방주인 비학검 이가성의 성명이 적혔어야 옳다. 그런데 엉뚱하게도 도전장에 적힌 성명은 화관필, 즉 성검으로 되어 있었다.

　"사검 당가륵에 대한 소문은 우리도 익히 들어 알고 있소이다. 그가 최근 개봉에 파천방(破天幇)이라는 방파를 세운 후 파란을 일으키고 있다고. 하지만 왜 우리를, 아니, 화 공자를 상대로 도전장을 냈는지 이해할 수 없구려."

　도전장을 전하기 위해 찾아온 이가성이 낮게 한숨을 내쉬며 말했다.

　"그야 세력을 확장하기 위한 게 아니겠습니까? 비록 화 공자의 이름을 적긴 했으나 분명 우리 철룡방으로 보낸 도전장입니다."

　역우는 불쾌한 표정으로 목소리를 높였다.

　성검은 대충 그의 심정을 이해할 수 있었다. 비록 성검과 손을 잡기는 했으나 철룡방주는 분명 역우 자신이었다. 그런데 당가륵이 철룡방을 대표해 도전하는 상대가 성검이니 은근히 무시당한 느낌일 것이다.

"방주, 꼭 그렇게만 생각할 일은 아닌 듯합니다."

지그시 두 눈을 감고 있던 성검이 나직한 음성으로 입을 열었다.

"어쩌면 당가륵은 우리 은하대맥과 비슷한 목적을 가지고 있는지도 모를 일입니다. 사실, 제 존재를 아는 이는 그리 많지 않습니다. 정천현을 꺾을 때 제가 방주를 돕기는 했으나 그의 숨통을 끊은 건 분명 방주였습니다. 또한 정주 지역의 패권을 거머쥔 것은 철룡방입니다. 우리 은하대맥은 그저 방주와 혈맹을 맺었을 뿐이지요. 그런데 사검 당가륵은 그런 일련의 과정을 꿰뚫고 있는 듯합니다."

"음… 방주, 화 대협의 말이 옳아. 뭔가가 있어."

이가성이 고개를 끄덕이며 성검을 거들었다.

"하지만 화 공자는 이미 낙양을 접수한 상태 아닙니까. 당가륵이 심계가 깊은 자라면 이곳에서의 일을 대충 짐작할 수는 있겠지요. 그래서 철룡방의 진정한 주인을 화 공자로 생각하는 것일 수도 있구요."

역우는 여전히 불쾌한 음성이었다.

하지만 그것은 단지 자신이 무시당했다는 생각 때문은 아니었다. 누가 뭐래도 그는 이가성의 충복이다. 자신이 무시당하는 것은 참을 수 있으나 이가성이 무시당하는 것은 참을 수가 없었다.

성검은 가볍게 고개를 저었다.

"누가 뭐래도 철룡방의 주인은 전대 방주이신 이 대협과 역 방주 두 분이시오. 그것은 하늘이 알고 땅도 알고 나 역시 알고 있소. 세상에 그것을 부정할 사람은 아무도 없습니다. 당가륵이 어떻게 생각하든 그 사실은 변할 수 없지요. 하지만 이번 싸움은 나에게 양보해 주셨으면 합니다."

"……?"

"아무래도 이상한 점이 있어요. 사검 당가륵이 일으킨 방파가 파천방이라고 하셨지요? 이름 그대로를 해석한다면 하늘[天]을 깨뜨린다는 것인데, 아무래도 그 하늘이 천검궁을 의미하는 게 아닌가 싶습니다."

"천검궁을?"

이가성과 역우가 동시에 서로의 얼굴을 쳐다보았다.

아닌 게 아니라 사검 당가륵은 수상한 인물이었다. 그가 개봉을 접수한 것 자체는 그렇게 놀랄 만한 일이 아니다. 어차피 힘만 있다면 한 도시를 장악하는 것은 어렵지 않다. 하지만 천검궁이라는 존재를 안다면 사정은 달라진다. 개봉을 장악하는 것 자체가 천검궁을 상대로 칼을 겨누는 것이기 때문이다.

물론 당가륵이 아무것도 모르는 칼잡이라서 얼떨결에 개봉을 접수했을 수도 있다. 천검궁의 마수는 어차피 그림자처럼 눈에 띄지 않게 드리워져 있으니까. 하지만 아무리 정보에 뒤져 있다 해도 개봉을 완전히 장악한 지금쯤은 그곳에 천검궁의 마수가 드리워져 있음을 아는 게 정상이다. 그런데 느닷없이 정주 입성이라니……. 상식적으로 이해할 수 없는 일임에는 분명했다.

"음… 방주, 화 공자의 말에도 일리가 있군."

이가성이 신중한 표정으로 역우를 바라보았다.

"그렇다면 은하대맥 외에도 천검궁에 대항하는 또 다른 단체가 있다는 말씀입니까?"

"그거야 알 수 없지. 어쨌든 이번 일은 화 공자에게 일임하는 게 좋을 것 같군."

"음… 그렇다면 어쩔 수 없는 일이지요."

역우가 한숨을 내쉬며 가볍게 고개를 끄덕였다.

이가성과 역우가 나간 후 성검은 한동안 창가에 앉아 많은 것들을 생각했다. 사검 당가특과의 비무도 비무지만 초지 역시 골칫거리였다.

묘하게도 당가특이 비무를 신청한 날은 초지가 비무를 신청한 날과 일치했다. 다행히 얼마간의 시간차가 있긴 했으나, 하루에 두 번의 비무를 치른다는 것이 마음에 걸렸다. 물론 초지는 천하의 하수다. 하지만 문제는 취봉접이었다. 성검이 비무에서 초지를 꺾는 것은 어렵지 않으나 취봉접이 얌전히 그 꼴을 지켜보고만 있을 것 같지는 않았다.

흑화신녀와의 싸움에서 내상을 입은 취봉접은 아직껏 주허자의 치료를 받고 있었다. 술도가에 달린 방에 초지와 함께 기거하며 하루 몇 차례 침을 맞고 추궁과혈로 진기를 북돋고 있는 모양이다.

한 가지 묘한 것은 주허자가 억지로 취봉접을 붙잡고 있다는 느낌을 떨칠 수 없다는 점이었다. 처음엔 그저 닷새 정도면 얼추 치료가 끝날 것 같다고 했으나 열흘이 다 되어가도록 치료를 질질 끌고 있었다.

어쩌면 주허자는 한 번 더 흑화신녀를 만나기 위해 취봉접을 붙들고 있는 것일지도 모른다. 흑화신녀는 반드시 취봉접을 다시 찾아올 것이고, 그러자면 주허자의 술도가에 모습을 드러낼 테니까.

'음회회, 참 알 수 없는 늙은이들이야. 그 나이에 힘이 뻗친단 말이지.'

가볍게 미소 짓던 성검은 다시 당가특과의 일전을 생각했다.

채승옥이 전해온 정보에 의하면 현재 파천방 무사들의 수는 칠백 명이다. 짧은 시간 동안 이룬 세력치고는 놀라운 규모다. 물론 그중 대부분은 기존의 폭력 조직을 접수하며 거두어들인 무사들일 것이다. 그렇다 해도 연일 각지에서 몰려온 고수들을 쓰러뜨린 만큼 그의 수하들은 아마도 당가륵에게 경외심을 품게 되었을 것이다. 그런 경외심은 곧 확고한 충성심으로 변했을 테고.

그 정도 규모라면 이곳 정주의 철룡방 세력과 호각을 이룰 만했다. 하지만 묘하게도 당가륵이 철룡방을 접수하기 위해 이끌고 오는 무사의 수는 오십여 명에 불과했다. 결국 개봉을 접수했던 것처럼 수뇌들과의 비무로 승부를 내겠다는 의미다.

'음… 비록 오십 명에 불과하다 해도 만만치 않은 실력들일 게야.'

당연한 추리였다. 당가륵이 개봉을 접수하는 데 동참했던 무사들은 다섯 명. 아마도 그들은 절정의 기량을 갖춘 고수들일 테고, 이번에 당가륵과 함께 원정대를 이루고 있을 것이다.

"음회회, 쉽지 않겠군."

성검은 구곡 주루에서 우연히 마주쳤던 당가륵의 모습을 떠올리며 나직하게 중얼거렸다.

검수가 길게 매달린 당가륵의 사검은 독특한 무기였다. 파도처럼 구부러진 검신이 부드럽고 빠르게 허공에 그려질 때마다 취영오매의 검은 검로를 잃은 채 헤맸다. 당가륵은 단 일 검으로 천지사방의 육합(六合)을 완전히 차단했다. 또한 몸의 움직임은 새처럼 빠르고 들풀처럼 유연했다. 성검 자신의 등골이 오싹해질 정도로.

"앞으로 사흘, 그동안 만반의 준비를 해두어야겠군."

나직한 음성이 창가에 맴돌았다.

오후 무렵, 성검은 주허자의 술도가를 찾았다.

며칠 동안 눈이 내렸다. 하루에 몇 번이고 눈을 쓰는 것이 거리의 풍경이었다. 하지만 십선각과 술도가는 비교적 외진 곳에 자리한 만큼 눈이 발목 높이까지 쌓여 있었다. 그나마도 아침나절 눈을 쓸었기에 그 정도였다.

술도가의 마당도 눈에 덮였다. 약재나 국화, 고두밥 따위의 재료는 처마 밑으로 옮겨져 있었다.

"오늘은 또 무슨 일인가?"

술도가 안에 앉아 있던 주허자가 나른한 음성으로 물었다. 아마도 그는 하루 종일 그렇게 밖을 내다보며 흑화신녀를 기다리고 있었을 것이다.

"음회회, 어차피 제 술도가나 다름없는데 찾아오는 게 뭐 신기한 일입니까?"

"흐허허, 그런가?"

"그나저나 취 노선배는 좀 어떻습니까?"

성검은 취봉접 조손이 머물고 있는 골방을 힐끔 쳐다보며 나직한 음성으로 물었다.

"왜, 걱정이라도 되나?"

"예? 음회회. 당연한 것 아니겠습니까. 어쩌면 사모님이 될지도 모르는데."

"엥? 그건 또 무슨 헛소리지."

주허자가 뚱한 표정으로 성검을 쳐다보았다.

"제가 나름대로 괘(卦)를 짚어보니 글쎄 두 분이 천생연분이지 뭡니까. 합중유생(合中有生), 즉 합이 되면 될수록 좋고, 오면 올수록 좋은 관계 말입니다."

성검은 지난번 초지와 자신의 관계에 대해 주허자가 쳤던 술점의 괘를 그대로 흉내 냈다.

"쩝, 별로 재미가 없군."

"음회회, 그렇군요. 하지만 추궁과혈을 하자면 혈도의 위치를 정확히 짚기 위해 부득불 취 노선배의 속살을 보셨을 것 아닙니까. 남녀가 유별한데 한 방에서 옷을 벗고 피부를 접하였으니 책임은 지셔야 마땅하지요."

"끄응, 점점 재미가 없어지는군."

못 들을 말을 들었다는 듯 귀까지 후비던 주허자가 갑자기 배시시 웃었다.

"그나저나, 자네 초지와 비무를 하기로 했다며?"

"음푸회회. 초지가 그러던가요? 맞습니다. 어쩌다 보니 하수와 손을 섞게 되었습니다. 이거 체면이 영……."

성검이 나직하게 한숨을 내쉬며 말했다.

웬만하면 초지 좀 말려달라고 사정하고 싶은 심정이었다. 마침 취봉접도 내상을 입었으니 그걸 핑계로 삼으면 안 되란 법도 없었다. 가뜩이나 당가륵으로 인해 고민이 되는데 초지일관 하수인 초지와 손을 섞어 감각을 마비시킬 필요가 없었다.

하지만 무엇 때문인지 주허자는 묘한 미소를 내비칠 뿐이다.

"음. 그래서 그렇게 여길 들락거렸던 게군."

"예? 음회회. 그게 무슨 말씀이신지……."

"흡혈소란, 아니, 취봉접이 초지에게 무공을 전수하고 있으니 슬슬 똥줄이 타는 게 아니냔 말이지. 사실 자네 실력으로 취봉접의 직계 제자를 상대하긴 벅차지 않을까?"

"음회회. 무슨 그런 섭섭한 말씀을. 초지와는 이미 두세 차례 손을 섞어봤습니다. 결코 제 상대는 아니지요."

성검은 검지를 들어 좌우로 흔들며 배시시 웃었다.

얼마 전 자미궁에서도 확인한 바 있듯 초지의 실력은 일 년 전에 비해 크게 늘지 않았다. 아무리 취봉접의 위명이 높다 해도 그 우매한 초지를 삽시간에 고수로 만들 수는 없는 일이다.

성검이 걱정하는 것은 단지 취봉접이었다. 그녀는 초지가 당하는 꼴을 곱게 보아 넘길 리가 없으니까.

하지만 주허자는 가볍게 고개를 저었다.

"글쎄? 초지가 그렇게 만만한 상대일까. 자네의 무공도 그 뿌리가 여럿으로 나뉜 듯하지만 초지 역시 마찬가지야. 더욱이 취봉접 같은 고수가 하나밖에 없는 증손녀 초지를 대충 가르쳤을 리는 없지. 비록 그 아이가 이제까지는 두각을 나타내지 못했지만 지금은 사정이 다르지. 취봉접은 비로소 그에게 자신의 절기들을 가르치고 있는 모양이거든."

"예? 하지만 그 아이는 워낙 미련해서……."

"아니. 그저 두터운 각질에 싸여 그렇게 보이는 것뿐이지. 정 내 말을 못 믿겠다면 함께 구경이나 하러 갈까? 마침 취봉접과 초지는 무공 연마를 위해 뒷산에 올랐거든."

주허자가 가볍게 웃으며 성검을 바라보았다.

"음회회, 개꼬리 삼 년 묵어도 황모(黃毛) 안 된다던데."

"잔말 말고 따라오게."

주허자는 벽 한편에 세워져 있던 지팡이를 낚아챈 후 건물을 끼고 뒤뜰로 향했다.

술도가 뒤뜰엔 두 사람의 발자국이 선명하게 찍혀 있었다. 초지와 취봉접의 것이 분명한 듯 작고 앙증맞은 발자국이었다.

'쩝, 취봉접의 몸이 다 나은 모양이군. 이럴 줄 알았으면 주 노선배에게 특별히 부탁해서 약재에 독약이라도 타라고 할걸.'

주허자의 뒤를 따라가며 성검은 나직이 한숨을 내쉬었다.

얼마쯤 산을 올랐을까. 갑자기 눈발이 휘몰아치며 시야를 가렸다. 분명히 하늘에서 내리는 눈은 아니었다. 산 정상에서 생겨난 거대한 돌풍이 눈보라를 일으키고 있는 것에 불과했다.

'참 묘한 날씨군. 분명 방금 전까지만 해도 바람 한 점 없었는데…….'

성검은 고개를 갸웃하다가 문득 주허자에게 시선을 돌렸다.

"주 노선배, 혹시 취봉접과 초지가 산 정상에서 무공 연습을 하고 있는 겁니까?"

"정확히 말하면 초지가 하고 있는 것이지."

"초지가요?"

"그래. 묘하게도 천년밀문의 기 운용 방식은 우리 귀선취가와 그 흐름이 비슷하지. 그래서 난 그 아이가 하수가 아님을 알 수 있는 것이고."

주허자가 담담하게 말했다.

"음회회. 그렇다고 무공이 며칠 사이에 급진전을 이룰 수 있는 게 아니지 않습니까?"

"그럴 수도 있지. 그나저나, 오전에 이 대협이 다녀갔네."

"이 대협이라면……."

"비학검 이가성 말일세. 며칠 후 자네와 비무를 갖게 되었다고?"

"음회회, 이 대협이 입이 가벼운 사람이었군요. 그런 중요한 비밀을 주 노선배 같은 술도가의 늙은이에게 털어놓다니.”

성검이 머리를 긁적이며 살짝 웃었다.

하지만 주허자의 표정은 무척 진지했다. 맑고 깊은 그의 동공에 한 점 근심이 어려 있는 듯도 보였다.

“자네의 정체에 대해서도 들었네.”

“……!”

성검의 표정 역시 차갑게 굳어졌다.

이가성은 결코 그렇게 가벼운 사람이 아니었다. 주허자와 모종의 관계에 있거나 어떤 사정이 있을 게 분명했다.

하지만 그런 의혹도 잠시, 주허자는 더 충격적인 이야기를 꺼냈다.

“사검 당가륵은 자네가 쉽게 이길 수 있는 상대가 아닐세.”

“예?”

걸음을 뚝 멈춘 성검이 쏘아보듯 주허자의 눈에 시선을 주었다. 주허자와 사검 당가륵에 대한 의혹이 그의 걸음을 멈춰 세운 것이다.

2

눈보라 속에서 두 사람은 한동안 서로의 눈을 응시했다.

성검의 동공이 주허자의 모습으로 가득 채워졌다. 주허자의 동공은 더욱 맑고 깊어져 갔으며, 눈발은 두 사람 사이로 급류처럼 빠르게 흘렀다.

“자초지종을 얘기해 주실 수 있겠습니까?”

얼마간의 침묵을 깨고 성검이 물었다.

경우에 따라선 주허자와 사투를 벌여야 할지도 모른다는 생각이 스쳤다. 강호에 발을 들여놓은 후 깨달은 것은, 강호에는 적과 벗의 구분이 없으며 그 관계는 언제든 변할 수 있다는 사실이다.

"무엇에 대해서?"

"……."

잠시 성검을 바라보던 주허자가 다시 걸음을 옮기기 시작했다.

"당가륵에 대해 이야기해 주지."

주허자는 나직하게 한숨을 쉰 후 느릿한 음성으로 이야기를 이어갔다.

"알고 있는지 모르겠으나 그는 사천당문의 사람이야. 하지만 묘하게도 독(毒)이나 암기를 쓰지 않지. 그는 자신의 사검을 활검(活劍)이라 칭한다네."

거센 눈발 속에서도 주허자의 음성은 전혀 흩어지지 않았다. 한마디 한마디가 또렷하게 성검의 귀에 닿았다.

"그에 대해 잘 알고 있습니까?"

"어느 정도는. 당가륵은 참 묘한 인물이야. 그의 아비 당선초(唐仙焦)는 당문이 낸 최고의 인재로 일컬어진다네. 독에 관한 한 아무도 그를 따를 수 없었어."

주허자는 묘한 미소를 내비치며 당가륵에 대해 이야기하기 시작했다.

당가륵은 어렸을 때부터 아비 당선초에게 직접 독에 대해 가르침을 받았다. 하지만 어쩐 일인지 전혀 진전이 없었다. 그로 인해 아비와는 달리 당문 최고의 둔재라 일컬어지게 되었다.

그런데 당가륵의 재능은 다른 곳에서 빛을 발했다. 바로 검(劍)이다. 당문이 비록 강호에 명성이 높지만 그것은 어디까지나 독이나 암기에 의해서였다. 그런 까닭에 한때 당문은 마교나 여러 사파와 함께 정도 무림의 공적으로 낙인 찍히기까지 했다.

하지만 당가륵에 이르러 사정은 달라졌다. 그는 무림을 돌며 숨은 고수들에게 비무를 청했고, 승승장구했다. 당문의 인물이 독이 아닌 검으로 그렇게 이름을 날린 유례는 없었다.

다만 당가륵 스스로 자신의 정체를 철저히 숨긴 데다, 그의 비무 상대가 대부분 은거한 고수들인 탓에 강호에 큰 파장을 일으키지는 않았다. 그도 그럴 것이, 현 강호는 천검궁의 천하였으니까.

어쨌거나 당가륵이 비무행에서 승승장구하면 할수록 그의 적은 늘어났다. 당가륵은 늘 쫓기는 입장이었고, 그런 당가륵에 대한 당문의 시선은 늘 싸늘했다. 그들은 당가륵이 당문은 물론 아비 당선초와도 의절한 패륜아라고 공공연히 밝혔고, 그로 인해 여러 은원에서 자유로울 수 있었다.

주허자도 몇 번인가 그의 소문을 들었을 뿐 그를 크게 의식하지는 않았다. 그런데 어느 날, 당가륵이 주허자를 찾아왔다. 비무를 청하기 위해서였다.

잠시 망설이던 주허자는 그의 비무에 응했고, 새로운 사실 하나를 알게 되었다. 그가 사용하는 검법이 천년밀문의 것임을. 더욱 놀라운 것은 당가륵이 의학에 대해 상당히 해박한 지식을 소유했다는 점이었다.

비무가 끝난 후 두 사람은 의술과 기공에 관해 진지하게 논쟁을 벌였다. 당가륵이 천년밀문과 인연을 맺게 된 사연도 그때 알게 된 것이다.

본래 당가륵은 당선초의 독학(毒學)을 계승하기 위해 정진했다. 하지만 어느 순간, 왜 자신이 독을 공부해야 하는지 갈등하게 되었다. 당문에서 어떤 식으로 이야기하든 독은 사람을 죽이고 약은 사람을 살린다. 당문은 자신들이 살아가는 의미를 독에서 찾지만, 그것은 곧 다른 이들의 죽음을 담보로 한다.

당가륵은 결국 독초의 개발을 포기하고 활인(活人)의 의술에 전념했다. 그 결과 당문에서조차 해독제가 없다고 알려진 삼십육 종의 독초 가운데 무려 삼십여 가지의 해독제를 찾아 그 사실을 당선초에게 밝혔다.

하지만 기뻐해 주리라 여겼던 당선초는 대노하며 당가륵을 내쳤다. 해독제를 찾는 것 자체를 당문에 대한 배문(背門) 행위로 간주한 것이다.

당가륵은 그 편협함에 분노를 느꼈고, 당문은 물론 아비인 당선초와도 의절할 것을 맹세한 후 강호를 떠돌았다. 그러던 중 우연히 독사에 물려 죽어가던 여인을 치료해 주게 되었는데 공교롭게도 그녀는 천년밀문의 성처녀, 즉 흑화신녀의 후계로 낙점된 묘취화(猫醉花)였다.

그 일로 당가륵은 천년밀문과 인연을 맺게 되었고, 흑화신녀의 요청에 의해 한동안 그곳에 머물렀다. 마침 주화입마의 후유증으로 고생하던 흑화신녀가 당가륵에게 치료를 부탁했던 것이다.

당가륵이 취선도가의 주허자에 대해 듣게 된 것도 그 무렵이었다. 비록 당문의 후예였으나 당가륵은 늘 취선도가를 동경하고 있었다. 그렇기에 언제고 꼭 한 번 주허자를 만나보고 싶어했다.

어쨌거나, 흑화신녀의 병세는 심각했다. 일반 의술로는 도저히 병세를 호전시킬 방도가 없었다. 이미 많은 의원들이 고개를 저으며 돌아간 이유도 그 때문이었다.

하지만 흑화신녀의 병세를 살핀 당가륵은 완치할 수 있다고 확신했다. 대신 그 병을 고쳐 주는 대가로 하나의 조건을 제시했다. 바로 천년밀문의 신공을 전수해 달라는 것이었다.

흑화신녀는 단호히 그 청을 거절했다. 아무리 사정이 다급해도 천년밀문의 절기를 함부로 교 외의 인물에게, 그것도 남자에게 전수할 수는 없었다.

당가륵은 흑화신녀에게 재고할 사흘간의 말미를 주었다. 또한 자신이 무공을 배우려는 이유가 사람을 살리는 검을 위해서임을 분명하게 밝힌 후 간곡히 설득했다.

흑화신녀는 서서히 마음이 흔들렸으나 끝내 당가륵의 청을 거절하기로 했다. 하지만 마지막 사흘째 되던 날 묘취화가 당가륵을 찾아왔다. 천년밀문의 무공을 전수할 테니 흑화신녀를 살려달라고 청하기 위해서였다. 물론 흑화신녀에겐 비밀에 부친다는 조건이었다.

당가륵으로선 기쁘기 그지없는 일이었다. 만약 끝끝내 흑화신녀가 거절했더라도 당가륵은 차마 그녀의 병을 외면하지 못했을 것이다. 그런데 뜻밖에도 묘취화가 그런 제안을 했으니 마음이 한결 가벼울 수밖에.

이후 당가륵은 일 년에 걸쳐 흑화신녀를 치료했다. 그리고 은밀히 묘취화로부터 천년밀문의 무공을 전수받게 되었다.

하지만 그런 모든 과정은 불행을 위한 복선에 불과했다. 무공을 가르치고 배우는 사이 묘취화와 당가륵은 사랑에 빠지게 되었다. 혈기왕성하고 수려한 두 청춘의 만남이 당연히 이끌어낸 귀결이었다.

"당가륵이 나를 찾아온 것은 제자가 되기 위해서라기보다는 동병상련 때문이었네."

주허자가 씁쓸하게 웃었다.

그의 발에 밟힌 눈이 사북사북 소리를 냈다. 성검은 잠자코 고개를 끄덕였다. 지난번 십선각에서 흑화신녀를 바라보던 주허자의 눈빛에서 어렴풋이나마 슬픔을 감지해 냈었으니까.

동병상련. 그랬다. 결국 흑화신녀는 당가륵과 묘취화의 관계를 알게 되었고, 그로 인해 대노했다. 그리고 묘취화를 불러 두 가지 중 하나를 택하게 했다. 천년밀문의 대통을 이을 것인지 아니면 당가륵을 따를 것인지.

묘취화는 갈등했다. 당가륵을 사랑하는 것 이상으로 그녀는 야심이 컸다. 또한 흑화신녀가 자신을 얼마나 아꼈는지도 잘 알고 있었다.

전대까지 두 명의 성처녀를 두던 관례를 깨고 흑화신녀는 묘취화 한 사람을 성처녀의 지위에 올린 후 그녀에게 심혈을 기울였다. 흑화신녀는 사부인 자경옥수와 취봉접으로 인해 입었던 마음의 상처를 묘취화에게까지 대물림하고 싶지 않았던 것인지도 모른다. 묘취화 역시 그 사연을 익히 알고 있었기에 차마 흑화신녀에게 또 한 번의 상처를 주고 싶지 않았다. 그녀가 당가륵을 버릴 수밖에 없는 이유가 거기에 있었다.

"그나저나 당가륵의 무공은 어느 정도입니까?"

성검은 화제를 돌리기 위해 담담한 음성으로 물었다. 씁쓸한 표정으로 걷고 있는 주허자를 보기가 안쓰러웠던 것이다.

"흐허허. 그의 검법은 정말 빼어났다네."

"음회회, 하지만 사검 당가륵은 제가 쉽게 이길 수 있는 상대가 아니라니, 어떤 근거로 그런 말씀을 하십니까?"

"그저 짐작일 뿐이지."

주허자는 길게 한숨을 내쉬며 당가륵과의 비무를 떠올렸다.

귀선취가는 선도에 뿌리를 두었고 천년밀문은 이름 그대로 밀문의 유파다. 하지만 궁극의 경지에 다다른 만큼 서로에게서 비슷한 원리를 볼 수 있다. 물론 무공의 측면에서 본다면 귀선취가는 천년밀문과 감히 맞설 수 없는 상대인지도 모른다. 의원의 침과 무사의 검은 그 쓰임이 다르니까.

하지만 귀선취가의 기공은 절묘하기 이를 데 없었다. 강호의 어느 고수 못지않은 살인 병기가 될 수도 있다. 만약 살심을 품는다면 무사의 검보다 더 무섭게 변하는 것이 의원의 침이다. 마찬가지로, 살심을 거둔다면 무사의 검 역시 한낱 검무처럼 아름다운 춤의 도구에 불과하다.

당가륵과의 비무에선 두 사람 모두 한 걸음씩 물러서 있었다. 당가륵은 단지 주허자의 기공을 배우기 위해 비무를 청한 것이고, 주허자 역시 사천당문의 후예가 지닌 자질을 점검하기 위해 손을 섞었을 뿐이다.

비무 내내 주허자가 깨달은 것은 하나였다. 만약 당가륵이 살심을 품었다면 그의 검은 강호에 파란을 몰고 오리라는 것. 다행히 당시 당가륵은 사랑으로 인해 상처 입은 슬픈 짐승에 불과했다. 아직은 그 감정이 분노로 바뀌지 않았다는 이야기다.

활인검이냐, 살인검이냐. 앞으로 당가륵이 걷게 될 검 위의 인생을 짐작하기란 쉬운 일이 아니었다.

하지만 주허자는 아무런 충고나 조언을 할 수 없었다. 자기 역시 똑같은 상처를 입었던 사람이고, 아직까지 그 상처에서 벗어나지 못한 사람이니까. 차라리 당가륵이 언젠가 돌아와 자신에게 한마디 위로나 조언을 해주는 것을 기다리는 것이 빠를지도 모른다는 생각까지 들었다.

"당가륵이 어떤 이유로 강호에 뛰어들었는지는 알 수 없네. 하지만 한 가지는 확실하지. 그의 검은 이제 살인을 두려워하지 않는다는 것. 당가륵은 이전에도 뛰어난 기재였네. 지금은 훨씬 고강해졌을 거야."

주허자의 눈엔 어느새 연민이 자리잡고 있었다. 그것이 성검 때문인지 당가륵 때문인지, 아니면 자기 자신 때문인지는 알 수 없지만.

성검은 묵묵히 걸음을 옮기며 깊은 생각에 빠져들었다. 주허자의 말이 결코 가볍지 않다는 것을 그는 잘 알고 있었다. 아마도 자신은 사검 당가륵의 상대가 되지 않을지도 모른다는 생각 역시 떨칠 수 없었다. 사실 그것은 지난번 구곡에서 마주쳤을 때부터 어렴풋이 깨달았던 사실이니까.

얼마쯤 더 그렇게 걸었을까. 갑자기 깜짝 놀랄 만한 노호성이 귓전에 울렸다.

"호호호! 성검, 넌 이제 죽은 목숨이다. 이 나쁜노오옴―"

콰콰콰콰쾅―

골짜기를 쩌러렁, 울리는 굉음과 함께 우지끈 나무가 부러지고 눈과 얼음, 얼음 속에 쌓여 있던 자갈들이 폭사했다.

"음회회, 초지가 기를 쓰는군요."

정상 부근, 막 모습을 드러낸 초지와 취봉접을 보며 성검이 기이한 웃음을 내비쳤다.

"오호호. 초지야, 넌 할 수 있다지 않았느냐. 오호호호! 지금 네가 펼친 멸마열천장은 상당히 훌륭했다. 그 정도 실력이라면 성검이 녀석을 죽이는 데 아무런 문제가 없어. 오호호, 오늘부터는 그 녀석을 어떻

게 죽일지 고민이나 하면 되겠구나!'

정상 부근 바위 위에서 초지를 지켜보던 취봉접이 허리를 꺾어가며 웃어 젖혔다.

적어도 그런 취봉접에게서는 내상을 입은 환자의 모습이 보이지 않았다. 마음만 먹는다면 앞으로도 자식 다섯은 더 낳을 수 있을 것 같았다.

"흐허허, 초지가 많이 늘긴 했군. 가서 인사라도 할까?"

주허자가 씨익, 웃으며 성검을 올려다보았다.

하지만 성검은 고개를 저었다.

"음회회! 그냥 가죠, 주 노선배. 대신 취 노선배 약에 독약이나 좀 타주세요."

"독약? 흐허허. 명색이 신의(神醫)의 후예인 내가 그럴 수야 없지. 대신 초지에게든 당가륵에게든 죽지만 않는다면 내 자네를 치료해 줌세."

"쩝, 백골난망입니다요."

제4장
초지도 여자다

　내색은 하지 않았지만 초지의 무공 훈련을 지켜본 성검은 나름대로 충격에 휩싸였다. 철룡방에 돌아온 이후에도 제대로 된 잠을 못 잘 정도였다.

　'쩝, 지면 개망신인데…….'

　성검은 침상에 누워도 최소한 반 시진 정도는 뒤척여야 했다. 어렵게 잠에 들어서도 초지에게 얻어맞는 꿈에 시달렸다.

　그렇게 사흘이 흘렀다.

　'지면 정말 개망신인데…….'

　새벽녘에 잠을 깬 성검은 며칠째 계속되는 고민에 시달렸다.

　"할 수 없군. 만약을 위해 혼자 가야겠어. 그나저나 내 아우들이 따라오겠다고 난리를 칠 텐데 무슨 핑계를 댄담?"

　벽을 향해 새우처럼 몸을 웅크리고 있던 성검은 그 자세 그대로 몸을 뒤집었다. 벌써 아침이 밝았는지 문풍지를 뚫고 들어온 햇빛이 눈부셨다.

"너희를 데리고 가면 쪽팔리다고 할까? 그럼 금은이가 '큰형님, 섭섭해유. 제가 그렇게 쪽팔려유?' 하겠지. 행궁이는 또 '큰형님, 금은이만 떼놓고 가면 되지요?' 할 거고, 옆에 있던 용각이는 '미안하다, 금은아. 형님, 가시죠' 할 거야. 쯧쯧, 결국 데리고 가는 수밖에 없다는 이야기군."

성검은 쩝, 입맛을 다시며 다시 몸을 뒤척여 벽을 보았다.

철행궁과 모용각, 변금은… 적어도 그들에게 있어 성검은 절세고수, 천하무적, 불패검수다. 어쩌면 오늘 그 신화가 깨질지도 모른다는 생각에 성검은 마음이 아팠다.

싸움을 앞두고 그런 초조함을 느껴보기는 처음이었다. 상대가 무공이 급진전한 초지, 혹은 사검 당가륵이라는 이유 때문이기도 했지만 꼭 그렇다고는 할 수 없다.

예전 같았다면 아마 상대가 강할수록 더 투지가 불타올랐을 것이다. 성검은 늘 혼자였고 누구도 책임질 필요가 없었으니까. 하지만 지금은 다르다. 그는 동방칠수의 수장이고, 많은 이들이 의지하고 있다. 결코 패해선 안 된다.

누군가를 책임져야 한다는 것. 비로소 성검은 아비 류추영의 마음을 이해할 수 있을 것 같았다.

"음회회, 하지만 이렇게 달팽이처럼 움츠리고 있는 건 아무래도 나와 어울리지 않는단 말이지. 좋아! 까짓 한번 붙어보자. 아무리 취봉접의 절기를 이었다 해도 초지는 초지잖아? 보름 사이에 초지가 초지가 아닐 순 없는 거지. 아무렴, 초지가 괜히 초지일관이야? 초지니까 초지일관인 게지."

성검은 다시 몸을 휙, 뒤집었다.

인기척과 함께 문풍지에 몇 사람의 그림자가 어른거렸다. 보나마나 수호성들이다.

"형님, 기침하셨습니까?"

아니나 다를까, 변금은의 목소리가 쩌러렁, 울렸다. 아마 미혼약에 취해 곯아떨어졌던 사람도 깜짝 놀라 벌떡 일어서고 말 것이다.

'쩝, 그래도 가르친 보람이 있군. 어려운 말도 쓸 줄 알고.'

성검은 천천히 몸을 일으키며 배시시 웃었다.

그런대로 몸은 가뿐했다. 좀 벅찬 하루가 되겠지만 설마 죽기야 하려고.

"헥헥. 기집애, 글씨만 못 쓰는 줄 알았더니 그림도 개판이군. 그리고 이렇게 달랑 한 그루만 그려놓으면 어떻게 찾냐."

도전장 아래에 괴발개발 그려진 약도를 쳐다보던 성검이 팽, 소리를 내질렀다.

도전장에 적힌 정주 남쪽 외곽의 객잔 초루당을 찾기도 어려웠거니와 초루당 뒤편의 언덕 미루나무를 찾는 것도 쉬운 일이 아니었다.

그나마 초루당을 찾은 것도 기적에 가까웠다. 애초에 약도를 보고 찾는 건 불가능했다. 사람들에게 물어물어 찾아야 했는데, 워낙 지저분하고 작은 객잔이라 아는 사람이 거의 없었다.

다행히 영악하기 그지없는—물론 세 수호성과 함께 있을 때는 그들처럼 멍청해지지만—장순금이 기발한 생각을 해냈다. 푸줏간을 돌아보자는 얘기였다. 덕분에 성검 일행은 초루당에 누른 돼지머리 고기를 대고 있다는 푸줏간 주인을 만나 힘겹게 초루당을 찾았다. 하지만 초지가 말한 객잔 뒤편의 언덕 미루나무를 찾는 것도 일이었다.

초지가 말한 언덕은 태산만큼 높은 거산인데다, 그 산의 수종(樹種)이 대부분 미루나무였기 때문이다.

"헤헤. 형님, 대부분 가슴 큰 애들이 머리가 나쁘지 않습니까? 그런데 초지는 가슴도 쪼만한 애가 왜 그렇게 아둔하답니까?"

칼로 잡목을 베어내며 길을 열던 변금은이 성검을 돌아보며 말했다.

"그러게 말이다."

'금은이 너, 요즘 많이 똑똑해지고 있구나?'

힐끔 변금은을 바라본 성검이 고개를 갸우뚱했다. 아침에 기침하셨습니까, 하고 물은 것도 그렇고, 가슴둘레와 지능의 반비례 관계를 알고 있는 것도 그렇고, 전혀 변금은답지 않아서 정말 변금은이 아닌 게 아닐까 하는 생각까지 들게 할 정도였다.

어쨌거나 일행은 몹시 짜증이 난 상태였다. 정오는 다 되어가는데 온통 미루나무투성이인 산에서 어떻게 초지가 말한 미루나무를 찾아야 할지 난감할 뿐이었다.

"젠장. 형님, 혹시 초지는 천재가 아닐까요?"

변금은은 이번에도 예리한 눈빛을 빛내며 말했다. 또 뭔가가 나올 듯한 분위기.

"엥? 설마……."

"아닙니다, 형님. 이 상태로 계속 가다간 싸우기도 전에 녹초가 될 겁니다. 어쩌면 초지는 멍청한 척하면서 이렇게 형님을 골탕먹이고 있는 건지도 모릅니다."

"헛? 서, 설마……."

'너도 수상해. 요즘 왜 이렇게 똑똑해지고 있는 거야, 불안하게스 리.'

아니라 믿고 싶었지만, 변금은의 말에도 일리는 있었다. 초지가 똑똑하든 멍청하든 현재로선 이렇게 힘을 빼는 게 절대적으로 불리했다.

"안 되겠다. 금은이 말대로 더 이상 힘을 빼는 건 낭비겠지? 여기에서 초지를 기다린다. 내가 어리석었어. 어쨌거나 우린 약속대로 초루당 뒤편 언덕 미루나무 아래에 나온 거잖아? 이젠 초지가 우릴 찾게 만들어야지."

성검은 일행을 멈춰 세운 후 진지하게 말했다.

"역시 형님은 탁월하십니다."

"형님의 지략엔 제갈공명도 울고 갈 겁니다."

변금은과 모용각이 말도 안 되는 소리를 지껄였고,

"형님, 아예 숨어서 기다릴까요? 초지가 애 좀 먹게 말입니다."

철행궁은 한술 더 떴다.

하지만 이번에도 영악한 장순금만은 손으로 턱을 만지작거리며 고개를 갸우뚱했다. 그리고 진지한 표정으로 입을 열었다.

"헤헤. 화 대협, 하지만 조심하셔야 합니다. 얘기를 듣자니 초지라는 아이가 무식하고 아둔하기 이를 데 없다던데, 그런 아이를 상대할 때는 여러 가지를 염두에 두셔야지요. 만약 초지가 약도에 그린 미루나무가 이 미루나무가 아니라면 어떻게 되겠습니까. 초지는 자기 미루나무 밑에서 정확히 정오까지만 기다렸다가 그냥 돌아갈지도 모릅니다. 그리고 강호에 이렇게 소문을 내겠지요. '낙양 동방룡의 화관필이…' 헤헤, 맞습니까? 어쨌든 화 대협이 '도전장을 받고도 무서워서 나오지 못했다' 고 말입니다."

“엥?”

쌓인 눈을 털어내고 막 나무 둥치에 앉았던 성검이 벌떡 일어섰다.

“음… 충분히 그러고도 남을 계집애야.”

성검은 길게 한숨을 내쉬며 희뿌연 하늘을 쳐다보았다.

세상에는 힘든 일이 많지만, 그중에서도 무식하고 미련한 이들을 상대하는 것만큼 힘든 일을 찾기란 쉽지 않다. 성검처럼 명예를 중시하는 이에겐 더 더욱 그랬다.

“이야, 순금이는 역시 똑똑해.”

“순금이의 예지력엔 제갈공명도 울고 갈 거야.”

“형님, 아예 순금이를 책사로 삼는 건 어떨까요?”

변금은과 모용각, 철행궁은 이번에도 쓸데없는 소리를 지껄여 댔다. 하지만 그들의 걱정은 기우에 지나지 않았다.

“성검아, 이 치사한 놈. 어서 나와라아—”

계곡 저편에서 초지의 카랑카랑한 음성이 들려왔다.

그녀의 목소리에 놀란 나무들이 바르르 떨었고, 그 바람에 나뭇가지 위의 눈이 툭툭, 아래로 떨어져 쌓였다.

“쩝, 저렇게 쉬운 방법이 있었군.”

어이없다는 듯 피식 웃던 성검이 목소리가 들려온 방향으로 곧장 신형을 날렸다.

그런 성검의 뒤편에서 세 수호성은 다시 한마디씩 지껄이기 시작했다.

“저게 답설무흔(踏雪無痕)이야?”

“역시 큰형님은 대단해.”

“푸헤헤, 빨리 가자. 이번에도 초지가 홀러덩 벗을지 모르잖아?”

"변태 같은 자식."

저 멀리 새처럼 나는 듯 달려오는 성검을 바라보며 초지가 으르렁거렸다.

"오호호. 그래도 제법 빠르구나? 저만하면 얼굴도 제법 반반하고. 솔직히 계속 보다 보니 정이 들 것도 같단 말이지."

취봉접이 가볍게 웃으며 말했다.

그녀는 최근에야 초지가 짝사랑하는 인물이 성검임을 눈치 챘다. 무공을 배우려는 목적이 성검과의 비무였으니, 숭산의 흑곰이라도 그 정도는 눈치 챌 수 있는 일이다.

하지만 가문도 확실하지 않은 데다 고지기와의 악연도 있어 성검이 영 마음에 안 들었다. 웬만하면 비무 도중 성검이 죽었으면 좋겠다는 생각이 들 정도였다.

하지만 어제 주허자로부터 성검의 정체에 대해 들은 이후론 생각이 달라졌다.

은하대맥 동방칠수의 각(角). 그 정도라면 손주 사윗감으로 괜찮다 싶었다. 더욱이 초지와의 궁합이 찰떡이라니 어쩌면 불운한 팔자의 대물림이 초지 대에서 끝날지도 모른다는 생각도 들었다.

주허자는 의외로 성검에 대해 많은 것을 알고 있었다. 마침 철룡방의 이가성이 주허자를 은인 대하듯 하는 인물이어서 성검의 정체를 듣게 된 데다, 성검 역시 주허자에게 은밀한 이야기를 많이 털어놓았던 것이다.

주허자는 생각보다 입이 가벼운 인물이었다. 그 모든 정보를 취봉접에게 아낌없이 제공했으니 말이다. 성검에게 사검 당가륵의 정체를 털어놓은 것처럼.

어쨌거나 취봉접은 점차 성검이 어여쁘게 보였다. 비록 은하대맥이 신비 단체이긴 하지만, 취봉접은 이미 그 존재를 알고 있었다. 그녀 주위엔 주허자처럼 온갖 정보를 다 가지고 있는 정보원들이 있었다. 게다가 음지의 사정은 음지가 알게 마련. 현 강호가 비록 천검궁의 천하라고는 하지만 그것은 어디까지나 양지에서의 일이다.

"흥, 할머니 취향도 이상하네. 저런 변태가 어디가 좋아?"

초지가 쌀쌀맞게 말하며 고개를 홱 돌렸다.

그녀는 지난번 십선각에서 성검이 취영오매에게 눈웃음을 친 일로 아직 마음이 꽁해 있었다. 그래서 오늘 비무를 통해 확실히 버릇을 고쳐 놓을 작정이었다.

"음회회, 한참 찾았잖아. 초지야, 다음부터는 약도를 좀 자세하게 그려야겠어. 하마터면 속 터져 죽을 뻔했다구."

흰 입김을 내뿜으며 초지 앞에 도착한 성검이 씨익, 웃으며 말했다.

"취 노선배께서도 나와 계셨군요. 몸도 불편하실 텐데 그냥 집에서 쉬시지."

"오호호, 인사성도 밝구나. 그동안 잘 지냈느냐?"

비아냥거리는 듯한 인사에도 불구하고 취봉접이 반가운 표정으로 성검을 맞았다. 물론 그런 반응이 성검을 더 불안하게 하기는 했지만.

"어라, 그리고 보니 초지가 많이 예뻐졌구나."

'가슴은 그대로겠지만……'

성검은 될 수 있는 한 초지에게 좋은 인상을 심어주고 싶었다. 좋은 게 좋다고, 대충 비무를 끝내고 당가륵에게 가고 싶었다.

하지만 초지의 반응은 냉담했다.

"흥! 어서 검이나 뽑아. 너 같은 변태랑은 얘기하기도 싫어."

"엥? 왜 자꾸 날 변태라고 부르지? 음회회. 초지야, 그건 네가 진짜 변태를 못 봐서 그래. 어휴, 우리 심공 스님만 봤어도 내가 얼마나 반듯한 사내대장부인지 알게 될 텐데."

"웃기지 마. 고지기랑 놀 때부터 알아봤어. 천하의 변태 녀석."

"쩝, 고지기 스님도 좀 변태스럽긴 하지."

성검이 머리를 긁적이며 애매한 표정을 지었다.

그러고 보니 자기 주위에 제대로 된 사람이 별로 없긴 했다. 심공도 그렇고, 고지기도 그렇고. 지금 열심히 이쪽을 향해 달려오고 있는 동방칠수의 수호성들도 그랬다.

'음… 앞으로는 사람을 좀 가려가면서 사귀어야겠어. 나도 모르는 사이에 진짜 변태가 되어버린 기분이란 말이지. 음회회, 그러고 보니 초지랑 취 노선배도 정상은 아니지? 결코 내 인생에 보탬이 안 될 여자들이야.'

성검은 초지에게서 몇 걸음 물러선 후 곧장 허리의 검을 풀었다.

"좋아, 시작해 볼까?"

"그래, 박살을 내주지."

초지가 묘한 미소를 내비치며 치마를 살짝 걷어 올렸다.

지난번과 마찬가지로 오른 허벅지에 묶여 있던 채찍이 차르륵 펼쳐지며 한차례 허공에 작렬했다.

"이왕이면 저고리까지 벗는 게 낫지 않을까?"

성검이 하얀 이를 드러내며 말했다. 어차피 채찍으로 하다 안 되면 저고리 안의 쇠사슬이 나오리란 걸 알고 있었기 때문이다.

하지만 초지는 그 말에 대꾸하는 대신 맹렬한 기세로 채찍을 휘둘러

왔다.

스팟—

예리한 파공음에 이어 미루나무 수림을 헤집고 들어온 햇빛이 채찍에 찢겨져 나갔다. 간결하면서도 힘이 넘치는 공격이다.

"음회회, 이런 실력으로는 닭도 못 잡겠다."

성검은 금리도천파의 수법으로 채찍 사이를 헤집으며 귀신같이 거리를 좁혔다. 그의 검이 노리는 것은 초지의 손목.

"헛—"

허를 찌르고 들어오는 공격에 놀란 초지가 짧은 신음성을 터뜨렸다.

하지만 초지 역시 신법에 관한 한 누구에게도 뒤지지 않는 실력이었다. 그녀는 능파미보(凌波迷步)로 검을 피하는 동시에 쌍수를 휘저어 성검의 눈을 현혹시켰다.

파르르릇!

채찍은 뱀처럼 구불구불하게 눈 위로 미끄러지며 성검의 하체를 노렸고, 채찍 사이로 뻗어 나온 좌수는 강맹한 장경을 쏘아냈다.

"흡! 제법이야."

성검은 다급히 검막을 펼쳐 장경에 맞섰다. 동시에, 마치 나비가 방향을 바꾸듯 크게 신형을 회전시키며 오른발로 지그시 채찍을 밟고, 왼발로는 크게 호선을 그리며 바닥의 눈을 쓸어냈다.

자잘한 눈 알갱이들이 허공에 뿌려지며 햇빛에 반짝였다. 그 오색찬란한 빛의 마술이 허공에 하나의 거울을 만들어냈다.

하지만 초지는 그런 황홀한 광경에 시선을 빼앗길 틈이 없었다. 손목을 튕겨 성검의 발에 밟힌 채찍을 회수하기에 바빴을 뿐이다.

"음회회, 돌려주지."

발목뼈까지 후끈 달구며 채찍이 빠져나가는 순간 성검은 그 반동을 이용해 팽이처럼 빠르게 회전하며 허공으로 솟구쳤다.

'빨리 끝내는 수밖에 없다. 멸마열천장이 나오면 어려워진단 말이지.'

성검은 전신의 기를 검에 모았다. 실전에서는 단 한 차례도 펼쳐 본 적 없는 청해류가의 검법을 처음으로 펼치기 위해.

그사이 초지의 채찍은 이미 허공을 가르고 있었다. 부챗살처럼 퍼지며 실초와 허초를 교묘히 뒤섞은 수로, 채찍이 지나친 자리마다 자잘한 폭음이 일었다.

"용봉부활!"

성검의 연검이 청색 기류에 휘말린 채 채찍과 마주쳐 간 것도 그 순간이다.

용봉부활. 활류검법의 제십이식이다. 심공에게서 청해류가의 비전 검법서 '활인류검'을 전해받은 후 틈틈이 익힌 검법이었다.

하지만 성검은 아직 십육수활류검의 묘용을 깨우치지 못한 상태였다. 이제껏 실전에서 단 한 번도 사용하지 않은 이유도 그 때문이다.

'성공할 수 있을까?'

지그시 두 눈을 감은 채 온몸의 기를 한 자루 검에 전이시키면서도 성검은 초조했다.

지난번 주허자와의 내기에서 성검은 하나의 벽을 깨뜨렸다. 주허자의 기 운용 방식에서 새로운 이치를 터득한 것이다. 주허자가 잠 깨운 신룡은 분명 결계의 덩어리였고, 그 사실을 깨우친 성검은 그의 신룡을 다스렸다.

그것은 활류검법 가운데 하나의 벽으로 자리잡았던 용봉부활을 이해하는 데도 도움이 되었다. 내 안의 내력으로 검을 부활시키는, 즉 신룡의 잠을 깨우는 방식이 어떠해야 하는지를 이해한 것이다.

콰콰콰콰콰쾅—

한순간, 채찍의 현란한 움직임을 차단하며 눈부신 검기가 폭사했다. 하지만 그것으로 끝이 아니었다. 채찍이 거미줄처럼 형성했던 결계를 깨뜨리며 폭사의 강도는 더욱 커졌고, 곧 거대한 불덩어리로 화한 신룡이 초지를 향해 아가리를 벌리며 쏘아졌다.

"흐하아—"

초지는 채찍을 놓친 채 불에 덴 듯 놀라며 뒤로 물러섰다.

도저히 감당할 수 없는 힘이었다. 이제껏 숱한 싸움을 치러온 그녀다. 말보다는 채찍이 먼저 나갔고, 일단 채찍을 뽑은 이상 물러서지 않았다. 하지만 그녀가 상대한 자들은 대개 녹림도나 제 실력도 모른 채 날뛰는 하류무사들이었다.

초지가 만난 최초의 강적은 성검이다. 취봉접 다음으로 강한 사람이 자기라는 망상 속에서 살아온 초지는 지난번 성검에게 패한 충격에서 쉽게 헤어 나오지 못했다. 그래서 뼈를 깎는 고통 속에서 새로운 무공을 연마해 왔다.

아니, 단지 복수심 때문만은 아니었다. 어이없게도 초지는 성검에게 마음을 빼앗기고 만 것이다. 이래저래 성검을 꺾어야 할 이유가 생긴 셈이다. 복잡다단한 혈통을 지닌 초지의 가문에도 하나의 전통이 있었으니까.

실력으로 눌러 취한다. 취봉접 이후 그들의 연애관, 부부관은 늘 그런 식이었다. 이번에도 초지는 성검을 확실히 꺾어 애정을 표현할 생각이었다. 취봉접의 절기를 전수받은 이상 그것이 어렵지 않으리라 생각했다. 그런데 정작 성검의 무위는 지난번과는 비교도 되지 않을 만큼 성장해 있었다.

'우이 씨— 멸마열천장은 써보지도 못했는데…….'

두 눈을 가득 채운 섬광 앞에서 초지가 되뇐 생각이다.

콰콰콰콰쾅—

또 한 번의 폭사가 대지를 울렸다.

미루나무 수림이 들썩거렸다. 초지가 서 있던 땅은 어느새 거대한 구덩이로 바뀌었다. 우지끈, 나무들이 부러져 나갔고, 두텁게 쌓였던 눈이 수림에 흩뿌려졌다.

"헥, 헥. 놀랐을 거다. 음푸회회!"

힘겹게 바닥에 착지한 성검이 눈앞의 구덩이를 바라보며 회심의 미소를 지었다.

하지만 그것도 잠시, 주위를 둘러보던 성검이 고개를 갸우뚱했다. 어딘가에 나가떨어졌을 거라 여겼던 초지의 모습은 보이지 않았고, 그저 산비탈 나무 그루터기에 앉아 애매한 표정을 짓고 있는 취봉접과 눈이 마주쳤을 뿐이었다.

"헉—"

성검은 발딱 일어나서 눈앞의 구덩이로 다가갔다.

'얘가 설마…….'

혹시라도 초지가 자신의 공격을 피하지 못한 채 구덩이에 묻혔으면 어쩌나 하는 생각에 소름이 돋았다. 만약 초지가 변을 당했다면 그 다음 차례는 성검 자신이 되리란 사실을 잘 알고 있었다. 초지는 누가 뭐래도 취봉접의 하나밖에 없는 증손녀였으니까.

2

"큰형님!"

뒤늦게 도착한 철행궁이 큰 소리로 성검을 불렀다. 철행궁 뒤에는 모용각과 변금은, 장순금이 따라붙고 있었다.

"아니, 벌써 끝난 겁니까?"

"초지가 이번에도 저고리를 벗던가요?"

성검에게 다가온 변금은과 모용각이 차례로 물었다.

그들은 하나같이 얼굴이 벌겋게 상기되어 있었다. 하지만 그것은 혹시 성검이 부상을 입지 않았을까 하는 걱정 때문은 아닌 듯했다. 죽도록 달려왔는데 초지가 저고리 벗는 모습을 보지 못해 원통해하는 게 분명했다.

"어라, 그런데 초지는 어디 있습니까? 혹시……."

취봉접과 구덩이를 번갈아 쳐다보던 모용각이 당혹스런 표정을 지었다.

"그, 글쎄… 나도 그게 궁금하다."

성검은 여전히 구덩이에 눈길을 준 채 더듬거리며 말했다.

구덩이 주위로는 초지의 옷가지 일부가 산산이 찢겨진 채 불타고 있었다. 성검이 격출한 검기에 당한 것이 분명한데 정작 초지의 흔적은 조금도 남아 있지 않았다.

"쯧쯧, 여기가 초지 무덤입니까?"

"큰형님, 벌써 묻어버린 겁니까?"

멀뚱히 구덩이를 바라보던 변금은과 철행궁이 안쓰럽다는 듯 물었다.

'젠장, 이래서 하수랑은 손을 섞는 게 아닌데…….'

성검은 길게 한숨을 내쉬며 다시 주위를 둘러보았다. 초지의 흔적은 아무 데도 없었다. 정말 구덩이에 묻혀 버렸다면 큰일이 아닐 수 없다. 치사하게 하수, 그것도 여자를 상대로 실수를 썼다는 비난을 어떻게 감당해야 할지 막막했다. 그리고 또 하나 취봉접.

"혁—"

힐끔 고개를 돌리던 성검은 두 눈에서 신광을 줄기줄기 뻗어내고 있는 취봉접과 시선이 딱 마주쳤다.

"이 불학무식한 노옴—"

눈이 마주치기를 기다렸다는 듯, 취봉접이 성검을 향해 신형을 날렸다.

취봉접은 족히 십여 장은 되는 거리를 그대로 날아오며 쌍수를 교차해 원을 그려냈다. 키에 비해 믿어지지 않을 만큼 긴 손가락들이 갈고리처럼 변하며 적황색으로 이글거리는 구형의 강기를 감쌌다.

"피해!"

성검은 다급히 외치며 검을 땅에 꽂았다.

하지만 그 순간 이미 취봉접의 쌍수에 모아졌던 구형의 강기는 성검 일행을 향해 폭사되고 있었다. 초지가 미처 펼치지 못한 멸마열천장이었다.

츠츠츠츠츠츳—

싸늘한 미루나무 수림의 공기가 적황색의 강기에 급격히 데워지며 기이한 파공성을 일으켰다. 공기 층이 이글거리는 불길에 이지러졌고 감당하기 힘든 압력이 밀려왔다. 마치 거대한 무형의 벽이 밀려오는 느낌이었다.

"천지합일(天地合一)!"

성검의 입에서 일갈이 터져 나왔다.

그의 우수가 부드럽게 휘어지며 왼쪽 옆구리까지 호선을 그렸다. 허리 부근에서 하늘을 향해 펼쳐져 있던 좌수가 우수와 만나 한차례 태극을 그리며 허리 뒤로 튕겨졌고, 곧장 취봉접을 향해 뻗어 나갔다. 그런데 그 일련의 동작들은 눈에 보이지 않을 만큼 빨라 마치 그 외의 모든 것이 시간의 영역 밖으로 물러서 있는 듯했다.

쩌러러렁―

산울림처럼 거대한 공명음이 수림을 휘어 감았다.

"크헉―"

"으아악!"

성검을 비롯한 수호성들은 삼 장어 뒤로 튕겨져 눈 위로 나동그라졌다. 거대한 폭사의 여파에 밀려난 것이다.

"흐흡!"

취봉접 역시 허공에 뜬 채 삼 장어를 밀려난 후에야 힘겹게 바닥에 착지했다.

잠시 취봉접과 성검의 눈이 마주쳤다. 하지만 그들의 시선은 곧 다른 곳으로 옮겨졌다. 족히 오 장 크기의 미루나무가 우지끈, 허리부터 끊겨져 두 사람 사이에 횡으로 눕고 있었기 때문이다.

"헛, 초지야!"

미루나무를 바라보던 취봉접이 빠르게 신형을 쏘았다.

쿠쿵!

취봉접은 나뭇가지에 걸쳐진 채 바닥에 닿고 있던 하나의 인영을 간발의 차로 낚아챘다.

초라한 몰골의 백의 인영. 종적이 묘연했던 초지였다. 초지는 검기가 폭사하는 순간 다급히 일장을 격출했고, 그 반탄지기를 이용해 허공으로 신형을 날렸던 것이다. 다만 그 폭사가 감당할 수 없을 정도로 강맹해 정신을 잃었을 뿐이다.

"엥?"

성검의 표정이 묘하게 일그러졌다.

취봉접은 성검 일행에게서 사 장가량 떨어진 곳에 착지해 있었다. 그런데 그녀의 품에 안긴 초지의 모습이 꽤나 도발적이었다.

"형님, 저거 초지 아닙니까? 초지가 점점 대담해지는걸요."

"그러게 말입니다. 초지는 기루에서도 성공할 여잡니다."

"갈수록 초지가 좋아집니다, 형님."

변금은과 모용각, 철행궁이 차례로 말했고,

"헤헤. 대협들, 종종 이런 자리를……."

장순금까지 거들었다.

초지는 확실히 그들 열혈남아들의 가슴에 불을 지필 만했다. 강기의 여파에 윗옷이 반쯤 뜯겨 나갔는데, 그 사이로 하얀 속살이 드러났다. 다행히 가슴 부위는 언제나처럼 촘촘히 묶인 사슬에 가려 있었지만, 성검 일행은 숨은 그림이라도 찾듯 연신 눈동자를 굴리며 초지의 몸을 더듬었다.

하지만 취봉접으로선 그들의 그런 놀라운 집중력이 눈에 거슬릴 수밖에 없었다.

"흥! 이놈들, 모두 눈알이 뽑히고 싶은 게냐?"

"으아악—"

변금은을 비롯한 수호성들은 일제히 고개를 모로 돌렸다.

취봉접의 성정을 익히 알고 있는 그들로선 사소한 일로 불효를 행하고 싶지는 않았다. 성검이라고 해서 다를 바 없었다.

'신체발부는 수지부모라 불감훼상이 효지시야요 입신행도하여 양명어후세하여 이현부모가 효지종야라(身體髮膚 受之父母 不敢毀傷 孝之始也 立身行道 揚名於後世 以顯父母가 孝之終也). 즉, 몸에 붙은 모든 것은 부모로부터 받은 것이라. 감히 헐고 상하게 하지 않음이 효도의 시작이요, 몸을 세워 도를 행하고 이름을 후세에 드날려 부모를 드러냄이 효도의 끝이니라. 한데 내 어찌 한낱 가슴도 빈약한 초지에게 현혹되어 눈알을 뽑힐 수 있겠는가!'

성검은 '효경(孝經)'의 구절을 떠올리며 완강히 초지를 외면했다.

하지만 성검을 바라보는 취봉접의 얼굴엔 점차 만족스런 미소가 자리잡고 있었다. 그 미소는 마치 구도가 잘 잡힌 그림을 바라보는 환쟁이의 미소와도 같았다.

"애야, 네가 아까 초지에게 펼쳤던 검법의 이름이 무엇이냐?"

취봉접이 한결 부드러워진 음성으로 물었다.

"예?"

"비록 처음 보는 초식이었으나, 왠지 낯설다는 생각이 들지 않더구나. 우리 같은 고수들은 이야기를 듣는 것만으로도 그 초식을 본 듯한 착각에 빠지기도 하지. 과거 강호에 명성이 자자하던 젊은 검수의 검법에 대해 들은 바가 있는데, 아무래도 네가 펼쳤던 초식이 그것이 아닐까 싶구나?"

"……?"

한순간 성검의 표정이 굳어졌다.

물론 취봉접이 고수라는 사실은 알고 있었으나, 그의 말은 성검을 놀라게 하기에 충분했다. 단지 이야기만으로 변초로 뒤섞인 자신의 검법을 짐작한다니…….

'음회회, 지금 내게 사기를 치거나 혹은 다른 검법으로 오해를 하고 있는 걸 게야.'

성검은 가볍게 고개를 저었다.

취봉접의 말이 전혀 불가능한 것은 아니다. 하지만 이야기를 통해 검법을 머리 속에 그린다는 것은 결코 쉬운 일이 아니다. 듣는 이의 수준도 문제지만, 더 중요한 것은 그것을 전달하는 이의 수준이다. 화자(話者)는 마치 그 검법의 묘용을 깨우쳐 마치 눈앞에서 펼치듯 예리하게 묘사해 낼 수 있어야 하는데, 그러자면 자연히 심오한 무학과 천재적인 묘사 능력이 있어야 한다.

'과연 그런 사람이 강호에 있을까? 젠장.'

성검의 의혹은 한순간에 풀렸다. 성검이 익히 잘 아는 이 가운데 그런 천재가 존재하지 않는가. 바로 무불사의 주지 심공.

아닌 게 아니라 심공은 일필강호로 불리는 최고의 강호사가였고, 그의 손을 거친 관전기는 강호 곳곳에 퍼져 있었다. 오죽하면 강호에서의 은원은 심공의 일필에 매듭지어진다는 이야기가 나돌았을까. 무학과 문장에 능하며 어느 쪽에도 치우치지 않는 천재, 그가 바로 색승 심공이었다.

실제로 그의 관전기 중에는 성검의 아비 류추영의 검법이 몇 번인가 등장했다. 당시 류추영은 강호의 신룡으로 모든 이들의 이목을 집중시키는 인물이었으니까.

"음… 애야, 혹시 이미 정혼한 처자가 있더냐?"

"예?"

성검은 느닷없이 이어지는 취봉접의 질문에 다시 한 번 당혹스러워
했다.

"음회회, 설마 취 노선배께서 저를 상대로 재혼을 고려하시는 것은
아니겠지요?"

"오호호, 보면 볼수록 귀여운 아이구나. 내 짐작이 틀리지 않는다면
너는… 오호호호, 나쁜 혼처는 아니야."

취봉접은 몸을 약간 틀어 곁눈질로 성검을 살피며 말했다.

그제야 성검은 취봉접이 무슨 생각을 하고 있는지 대충 감을 잡을
수 있을 듯했다. 주허자의 술점을 떠올린 것도 그 때문이었다.

"오(午)와 미(未)는 쉽게 말하자면 찰떡 궁합입니다. 그 둘은 서로 합(合)
이 되고, 오화(午火)는 미토(未土)를 생하지요. 전형적인 합중유생, 즉 합이
되면 될수록 좋고, 오면 올수록 좋은 관계를 의미합니다. 공자는 아마도 보
름 후 오시(午時)와 미시(未時) 두 번에 걸쳐 그 사실을 확인하게 될 것입니
다."

"흐헉—"

성검은 크게 숨을 들이쉰 후 초지를 빤히 쳐다보았다.

혼절해 있는 초지는 적어도 깨어 있을 때보다 예뻤다. 하지만 쇠사
슬로 가슴을 묶고 있는 엽기적인 취향이나, 빈약한 가슴, 얼굴 가득 들
어찬 백치미를 감출 만큼은 아니었다.

'설마… 음회회, 말도 안 돼. 명문가의 후예인 내가 취봉접 같은 노

괴의 후손과……'

세차게 머리를 휘저은 성검은 천천히 몸을 일으켜 취봉접에게 포권을 취했다.

"음회회. 취 노선배, 오늘 비무는 제가 이긴 듯합니다. 그럼 전 또 다른 약속이 있어서 이만."

될 수 있는 한 빨리 자리를 뜨는 게 상책이었다. 괜히 남아 있다가는 봉변당하기 십상이었다.

"흥, 좋다. 오늘은 곱게 보내주지. 이미 비무의 승부는 가려졌으니까."

취봉접은 의외로 순순히 초지의 패배를 인정했다.

"역시 취 노선배십니다. 음회회. 노선배의 명성은 단지 무공만으로 이루어진 게 아니란 사실을 다시 한 번 확인했습니다. 부디 만수무강하시고 복도 많이 받으십시오. 음회회회!"

"고맙구나. 너도 다음 비무 때까지 몸조심하거라."

"예?"

성검은 고개를 홱 치켜들어 취봉접을 빤히 쳐다보았다.

어쩐지 순순히 물러나는 게 수상하다 싶었는데, 역시 이게 끝이 아니었다. 그런 성검의 마음을 읽은 것인지, 취봉접은 그 주름진 얼굴을 한껏 펼치며 기분 좋게 웃었다.

"비무가 원래 삼세번이라는 건 알고 있겠지?"

"그, 금시초문입니다만……."

'젠장, 또 무슨 꿍꿍이지? 비무 한 번에 목숨이 오가는 게 강호인데 삼세번은 무슨…….'

성검은 삐뚜름하게 고개를 돌리며 곁눈질로 힐끔 취봉접을 바라보았다. 그녀의 수작에 말려들지 않으리라 다짐했지만, 금세 노기를 띠는 취봉접을 보자 가슴이 섬뜩해졌다.

"흥! 네놈이 지금 나 취봉접을 우습게 보고 강호의 전통을 업신여기는 것이냐? 비무는 무조건 삼세번이다. 만약 불복한다면 나 취봉접이 당장 네게 가르침을 주는 수밖에."

"흡!"

취봉접이 노성을 터뜨리는 순간 무시무시한 살기가 성검 일행을 감쌌다.

내상은 이미 치료가 된 것인지 취봉접이 일으킨 살기는 무형의 결계를 이루어 성검 일행을 옥죄고 있었다.

성검 자신은 힘겹게나마 그녀의 살기에 저항했지만, 문제는 세 수호성과 장순금이었다. 그들은 영문도 모른 채 자신들을 옥죄는 힘에 놀라고 있었다. 얼굴이 하얗게 질렸고 호흡도 제대로 잇지 못했다. 그저 놀란 눈으로 성검을 바라볼 뿐이다.

"하지만 취 노선배, 전 조만간 정주를 떠날 몸인데다, 이후의 행선지를 알 수 없어 비무를 약속드릴 수가 없습니다."

부드러운 호신강기로 취봉접의 살기에 저항하며 성검이 담담하게 말했다.

"오호호, 별 걱정을 다하는구나. 어차피 나랑 초지 역시 오랜만에 강호를 유람하기로 했다. 머리도 식힐 겸. 마침 네놈이 강호를 주유한다니, 잘되었구나. 한동안 너를 따라다니기로 하지."

"예?"

"오호호호! 두 번째 비무 일자는 차후에 통첩하기로 하마. 덕분에 오늘은 재미있게 놀았느니라. 자, 그럼 다음에 보자꾸나. 그리고 바위

뒤에 숨어 있는 암고양이들의 버릇을 고쳐 주는 일도 다음으로 미루어
야겠구나. 추운데 수고가 많았느니라. 오호호호!"

취봉접은 성검의 대답을 듣지도 않은 채 초지를 안고 빠르게 신형을
날렸다.

그녀의 모습은 곧 시야에서 사라졌고, 이제 남은 이들은 성검 일행
뿐이었다. 세 수호성과 장순금은 방금 전 자신들을 옥죄던 결계가 사
라졌음에도 아직껏 무엇에 홀린 듯 넋을 잃고 있었다. 다만 성검만이
주위를 둘러보며 취봉접의 마지막 말에 의문을 품었다.

'숨어 있는 암고양이들?'

아무리 둘러봐도 사람의 기척은 느껴지지 않았다. 혹시 취봉접이 말
한 암고양이들이 정말 고양이가 아닐까 하는 미련한 생각까지 이끌어
낼 무렵, 십여 장 밖의 절벽 위에서 비로소 세 여인이 모습을 드러냈다.

"귀하가 화 대협입니까?"

양쪽에 날렵한 여검수들을 거느린 궁장 차림의 여인이 매혹적인 음
성으로 물었다.

언뜻 보기에도 빼어난 미색을 갖춘 여인으로, 볼 한쪽에 새겨진 매
화 무늬로 보아 천년밀문의 여제자임이 분명했다.

'흐음… 확실히 천년밀문은 미모순으로 제자를 거두는 모양이군.
음회회, 기루를 차려도 성공할 거야.'

잠시 엉뚱한 생각에 헤벌쭉이 웃던 성검이 정중하게 포권했다.

"천년밀문의 제자시군요."

"호호, 만나뵙게 되어 영광입니다. 화 대협의 명성은 귀가 따갑도록
들었습니다. 이렇게 이야기를 나눌 수는 없으니 제가 내려가겠습니
다."

여인은 우아한 동작으로 몸을 날려 성검 일행 앞에 내려섰다.

가까이에서 본 여인의 미모는 이제껏 성검이 보아온 어떤 여자보다 아름다웠다. 성검은 버릇처럼 시선을 아래로 내려 그녀의 가슴에 두다가 제풀에 화들짝 놀라 시선을 거두었다. 물론 그 짧은 순간에도 이미 궁금증은 푼 상태다.

'놀랍군. 강호에 이런 인재가 있었다니……. 저 안에 쇠사슬이 묶인 게 아니라면 이 여인은 젖소…….'

"공자?"

성검이 마치 진흙 속에서 보배를 발굴해 낸 듯한 환희에 젖어가려는데 갑자기 여인이 부드러운 음성으로 그의 상념을 방해했다.

"예? 음회회… 말씀하시지요."

"인사가 늦었습니다. 소녀, 천년밀문의 묘취화라 합니다."

"……!"

묘취화……. 성검의 표정이 잠시 굳어졌다.

주허자에게 들은 대로라면 묘취화는 흑화신녀의 후계자로, 한때 사검 당가륵과 연인 관계에 있던 여인이다. 그런데 공교롭게도 성검이 당가륵과 겨루는 바로 오늘 이곳에 모습을 드러낸 것이다.

"저 역시 묘 여협에 관해 익히 들은 바가 있습니다. 천년밀문의 성처녀로 문주 흑화 선배의 후계자라고요? 고명하신 분을 이렇게 뵙게 되어 영광입니다."

"호호, 이런……."

묘취화의 얼굴에 잠시 당혹스런 표정이 스쳤다.

하지만 곧 묘한 미소가 그 표정을 삼켰고, 묘취화는 방금 전과 같이 사내를 달뜨게 하는 매혹적인 음성으로 말을 이었다.

"그건 극비에 가까운 사실인데, 신의(神醫)께서 쓸데없는 말씀을 하신 모양이군요."

"음회회, 주 노선배께서 원래 입이 가벼운 분이시라……. 묘 여협께서 이곳까지 올 수 있었던 것도 그 가벼운 입 때문이 아니겠습니까? 그나저나 무슨 일로……."

성검은 자신을 빨아들일 듯한 묘취화의 눈을 직시하며 담담하게 물었다.

묘취화에겐 신비한 힘이 있었다. 그녀의 미소는 지나치게 관능적이었고, 작은 동작 하나하나에도 눈을 떼지 못하게 할 만큼의 관능적인 매력이 담겨 있었다.

하지만 사내의 욕정을 불러일으키는 그런 마력에 성검은 오히려 묘한 거부감을 느꼈다. 그것은 마치 비단구렁이에게 몸통이 옥죄어지고 있다는 섬뜩한 느낌과 흡사했다.

"화 공자?"

묘취화는 신비한 눈으로 성검을 바라보았다.

"은밀히 드리고 싶은 말씀이 있습니다."

"……."

성검은 가볍게 고개를 끄덕인 후 고개를 돌려 세 수호성과 장순금에게 자리를 비켜달라는 눈짓을 보냈다.

"헤헤! 왜 그런 눈으로 절 보십니까, 큰형님?"

미련한 수호성 가운데서도 가장 미련한 변금은이 고개를 갸우뚱하며 물었지만, 다행히 철행궁과 모용각이 질질 끌다시피 그의 뒷덜미를 낚아채 자리를 피했다.

역시 여검수들을 물린 묘취화는 한동안 성검을 바라보며 묘한 미소만을 내비쳤다. 미루나무 수림으로 겨울하늘보다 무거운 정적이 자리 잡았다. 간혹 새가 울고 바람이 불었지만 정적은 그것들과는 무관한 듯 묘취화 주위를 맴돌 뿐이다.

나이를 짐작할 수 없는 동안의 얼굴, 깊고 신비한 눈, 눈처럼 흰 살결……. 정적은 그녀를 더욱 돋보이게 했고, 성검은 한동안 아무 말 없이 그녀의 얼굴을 쳐다보았다.

무거운 정적이 제 무게를 견뎌내지 못한 채 흩어지기 시작할 무렵, 비로소 묘취화의 붉은 입술이 열렸다.

"화 공자, 사검 당가륵을 죽여주세요."

제5장

검을 뽑아 하늘을 겨누다

죽림은 눈에 덮여 있었다. 그 죽림 위로 다시 눈이 내렸고, 쌓인 눈의 깊이는 점점 깊어갔다.

천검궁 본산 후원의 수룡각.

"화향검, 자네의 바둑 실력은 여추 못지않군."

눈이 시릴 만큼 흰 빛이 새어 들어오고 있는 들창에 시선을 주고 있던 역천휘가 천천히 고개를 돌리며 말했다.

"여 호법이 그리우신 모양입니다."

"하하하, 그렇다? 하긴, 평생을 함께한 지기였지. 나 역천휘는 복이 없어 일찍 아내를 여의었으니, 어쩌면 여추가 나의 동반자였다고도 할 수 있고. 하지만 아는가, 나에겐 무엇을 그리워할 시간이 없어."

말을 마친 역천휘는 열려진 들창으로 다시 시선을 주었다.

삭풍이 들창으로 치고 들어왔지만 역천휘는 오히려 그 차가운 바람을 즐기는 듯했다.

황보검웅의 반란으로 여추를 비롯한 수뇌들을 일시에 잃었으나, 천검궁은 그 어느 때보다 안정된 상태였다. 감히 모반을 꿈꾸는 자도 없었으며, 젊은 인재들로 자연스럽게 세대 교체를 했으니 조직의 노쇠 현상을 걱정할 필요도 없었다.

또한 왜나라의 낭인 집단인 야검진성은 이미 역천휘가 뿌린 살인혈첩의 명단을 하나하나 지워 나가고 있다. 역천휘의 오랜 꿈이 실현될 날도 멀지 않았다.

최근 낙양과 정주에서 소란이 일긴 했지만 그것은 오래전부터 예견되었던 일이다. 그는 그 사건의 배후에 도사리고 있는 조직에 대해 이미 파악하고 있었다. 딱히 걱정할 조직이 아니다. 어차피 그들은 조만간 정리되어질 것이므로.

"화향검?"

들창에서 시선을 거둔 역천휘가 담담한 미소를 내비쳤다.

"예, 궁주."

"이 일은 자네가 맡아주었으면 하네."

역천휘는 품 안에서 자색 봉투 하나를 꺼냈다. 붉은 인장으로 봉인된 손바닥 크기의 봉투에는 아무것도 적혀 있지 않았다.

봉투를 건네받은 화향검은 담담한 눈길로 그것을 살폈다. 역천휘가 자신을 호출했을 때부터 이런 식의 일이 맡겨질 것을 알고 있었기 때문이다.

"자네 혹 귀산몽(鬼散夢)이라는 별호를 들어보았는가?"

역천휘가 정감 어린 음성으로 물었다.

"아는 바가 없습니다."

잠시 기억을 더듬던 화향검이 고개를 저었다.

"그럴 테지. 그렇다면 고관성(固關星)이란 자는 알고 있는가?"

"예? 혹시 환관 고관성을 말씀하시는 겁니까?"

"그렇다네."

"고관성이라면 이 나라 최고의 세력가로 일컬어지는 인물 아닙니까. 황제의 신임이 두터워 간신배들의 모략에도 불구하고 번번이 위기를 넘기고 있다 들었습니다."

화향검은 혹시 이번 일의 목표가 고관성이 아닐까 하는 생각에 잠시 표정을 굳혔다.

비록 천검궁에 몸담고 있지만 화향검은 나름대로 정의감을 지닌 사내였다. 어린 시절, 역병이 돌아 폐허가 된 마을에서 우연히 역천휘에게 목숨을 구함받은 인연이 아니었다면 그는 일찌감치 천검궁을 떠났을지도 모른다.

그런 만큼 최근 화향검은 큰 갈등에 시달렸다. 역천휘가 역모를 준비하고 있음을 감지하고 있었기 때문이다.

"반은 맞고 반은 틀리다네."

"예?"

"고관성이 무사할 수 있는 것은 황제의 신임이 두터워서가 아니야. 황제가 그를 두려워하고 있기 때문이지."

"……."

화향검은 의혹에 찬 시선으로 역천휘를 바라보았다.

역천휘는 근거없는 이야기를 할 사람이 아니었다. 비록 상대가 적일지라도 단지 적이라는 이유로 상대를 폄하하지도 않는다.

"나도 그를 두려워한다네."

길게 한숨을 내쉬며 역천휘가 다시 말을 이었다.

"과거 강호에 귀산몽이란 별호를 지닌 자가 있었지. 그를 기억하는 이들은 많지 않아. 비록 절세고수였으나 그는 자신의 존재를 드러내기 싫어했거든. 어느 집단에도 종속되지 않았고, 공공연히 모습을 드러내지도 않았지. 하지만 귀산몽이란 별호를 모르더라도 막연히 그의 존재는 강호인들을 떨게 했네. 색마(色魔), 그게 그의 정체였지. 그의 존재가 부각되기 시작한 것은 약 삼십 년 전이었고, 강호에서 악행을 저지르고 다닌 기간은 약 삼 년 정도였지. 그사이 백여 명의 여인이 그로 인해 목숨을 잃었네. 우리 천검궁에서 그와 원한을 맺게 된 것은 그가 활동한 지 일 년여가 지날 무렵이었어. 그와의 원한은 어느 천검궁 무사로부터 시작되었지. 그 무사의 여식이 귀산몽에 의해 능욕을 당한 후 죽고 말았거든. 범인이 귀산몽이란 사실을 아는 것은 어렵지 않았어. 그에겐 한 가지 특이한 버릇이 있었고, 무사의 죽은 여식에겐 그 흔적이 고스란히 남았으니까. 단지(斷指)……."

역천휘의 눈빛이 가볍게 떨렸다.

단지. 귀산몽에게 당한 여인들은 하나같이 오른쪽 새끼손가락이 잘린 채 죽음을 맞았다. 시신의 몸에 남은 상처는 오로지 그것 하나뿐이었다. 사인(死因)은 하나같이 음독이었으며, 피해자들의 특징은 유난히 길고 흰 손을 지녔다는 점이었다.

자긍심과 명예를 중시해 온 천검궁에선 그 사건을 가벼이 여기지 않았다. 비록 낮은 계급의 무사였으나, 그의 가족을 건드렸다는 것은 곧 천검궁을 건드렸다는 의미였다.

더욱이 일 년여 가까이 대륙 곳곳에서 비슷한 사건이 일어난 만큼 천검궁에선 그 기회에 범인을 잡아 처벌하는 것으로 명성을 드높일 생각이었다.

물론 당시만 해도 천검궁에선 귀산몽이란 존재 자체를 알지 못했다. 다만 대륙 곳곳에서 구십여 차례에 걸쳐 비슷한 사건이 일어났다는 소문이 돌았을 뿐이었다. 그사이 색마에겐 자연스럽게 단지마(斷指魔)나 지귀(指鬼) 따위의 섬뜩한 별칭이 붙었으나 하나로 통일되지는 않았다. 문제의 색마는 다른 색마들처럼 자신의 존재를 알려 악명을 떨치는 일 따위엔 관심이 없었으니까.

어쨌거나 천검궁에선 일곱 명의 고수들로 수사대를 편성한 후 색마의 뒤를 쫓기 시작했다. 보통 삼사 일에 한 번씩 비슷한 사건이 터졌으므로 흔적을 쫓는 것은 어렵지 않았다. 다만 아무런 증인이나 물증이 없어 늘 그의 뒤를 쫓아다니기에만 바빴을 뿐 성과가 없다는 게 문제였다.

하지만 추적이 두 달여에 걸쳐 이루어지자 묘한 현상이 벌어졌다. 수사대가 색마를 쫓는 것이 아니라, 색마가 수사대를 쫓아다니며 일일이 숨통을 끊어놓은 것이다.

천검궁의 수뇌부가 그 일에 촉각을 세운 것은 그때부터다. 이전까지는 그저 무사들의 사기를 높여주기 위해 색마 색출 작업을 진행해 왔으나 사정이 바뀌었다. 일곱 명의 무사들이 완전히 궤멸되었으니 당연한 일이다.

비상사태였다. 천검궁에선 즉시 전시에 준하는 동원령을 내렸고, 새로이 삼십 명에 달하는 고수로 별동대를 구성했다.

그만큼 사태가 심각했다. 죽임을 당한 무사들의 상처로 짐작컨대 색마는 절세고수였다. 모두 일검에 당했으며, 채 검을 뽑지 못하고 죽음을 맞은 무사들도 있었다. 미처 저항할 시간조차 없었다는 의미다.

색마는 아직 호북성을 벗어나지 않았다. 수사대가 궤멸한 후 또 한 명의 여인이 손가락이 잘린 채 죽은 게 발견되었으니까.

천검궁의 수뇌부는 별동대와는 별개로, 호북성 전체에 천라지망을 펼쳤다. 범인이 호북성을 벗어난다면 자칫 장기화될 수 있기 때문이다. 하지만 정작 문제는 천라지망이 무용지물이나 다름없다는 점이었다. 범인의 이름은 고사하고 인상 착의조차 알려진 바가 없었다. 더욱이 일대는 절경으로 꼽히는 장강삼협으로 인해 늘 관광객이 넘쳐 나고 있었다. 외지인이 한두 명이라면 모를까, 아무나 검문을 할 수 있는 상황도 아니었다.

별동대를 출동시킨 이후에도 색마의 범행은 꼬리를 물고 이어졌다. 여전히 아무런 단서도, 목격자도 찾을 수 없었다. 그저 사건 현장을 뒤쫓는 일이 반복되었을 뿐이다. 그리고 얼마 후 또다시 천검궁을 경악케 하는 일이 벌어졌다. 지난번과 마찬가지로 삼십 명의 별동대가 단 하루 만에 궤멸했다.

그 사건으로 인해 천검궁은 큰 혼란에 빠졌다. 천검궁의 천하를 부정하며 크고 작은 저항을 하는 정파무림도 천검궁을 이 정도로 당혹스럽게 하지는 못했다. 일단 결정이 내려지면 천검궁은 단 며칠 안으로 문제의 문파를 쓸어버리곤 했으니까.

그런데 이름도, 얼굴도 없는 색마는 달랐다. 삼십 명의 고수가 아니라 천 명의 무사들을 푼다고 해도 잡아낼 방도가 없었다.

관부 역시 마찬가지였다. 피해자의 수가 늘어남에 따라 관병의 수를 늘려 색마 검거 작전에 나섰지만 관병들은 목이 없는 시체가 되기 일쑤였다.

이제 방법은 하나밖에 없었다. 사건에서 손을 떼는 것. 그렇게 해서 얼굴 없는 색마가 호북성에서 유유히 사라지기를 바라는 것.

어쩔 수 없는 일이었다. 색마는 이미 그런 식으로 저 멀리 남쪽 묘강 지역에서부터 귀신처럼 호북성까지 흘러들지 않았는가.

그렇다고 색마 검거 작업을 포기할 순 없었다. 일단 시작한 일을 도중에 접는다면 강호의 손가락질을 당할 뿐이다. 그렇다고 더 이상의 희생을 묵인할 수도 없었다. 결국 천검궁의 수뇌들은 하나의 묘안을 냈다.

방문(榜文)을 붙여 공개적으로 색마를 자극하는 일이었다. 보기에 따라선 엉뚱하고 허황된 짓거리로 여겨질 수도 있으나, 달리 생각하면 묘안이 아닐 수 없었다. 적어도 천검궁에 돌아올 수 있는 비난의 화살을 색마에게 돌릴 수 있었기 때문이다.

방문의 내용은 지극히 원색적인 비아냥거림으로 가득 차 있었다.

천하의 색마 단지마는 갈보의 자식이라는 둥, 천하의 추물로, 돼지 머리에 다리 길이 일 척을 넘지 않는 난쟁이라는 둥 어미에게 버려져 힘없는 여인들을 상대로 복수하기 시작했다는 둥… 그렇게 근거없는 풍문들을 이용해 출생을 조작하고 매도하는 것으로 그를 자극하는 게 목적이었다.

일단 그런 방문이 나붙은 이상, 천검궁의 도전을 받아들이지 않는다면 이제 지탄의 대상은 온전히 색마의 몫으로 돌아가게 마련이다.

물론 천검궁에선 얼굴 없는 색마가 도전에 응할 것이라고는 절대 생각하지 않았다. 그것은 곧 죽음을 의미하기 때문이다.

하지만 그 방문은 뜻밖에도 천검궁, 아니, 역천휘에게 닥친 큰 화의 근원이 되었다. 얼굴 없는 색마로부터 도전에 응하겠다는 서신이 날아온 것이다.

귀산몽이란 별호가 처음으로 밝혀진 것도 그때였다. 색마 스스로 서신에 자신의 별호를 적었던 것이다. 물론 수취인은 역천휘… 바로 천검궁주였다.

천검궁의 경비는 그 어느 때보다 삼엄해졌다. 누가 감히 철옹성이나 다름없는 천검궁 본산에 침입할 수 있을까 생각하면서도 무사들은 긴장할 수밖에 없었다. 만약 몇 겹으로 이루어진 경비망 중 어느 한곳이라도 뚫리게 되면 그곳의 경비를 책임지는 수장은 목이 달아날 것이기 때문이다.

더욱이 방문을 통해 조롱하고 매도했지만, 귀산몽은 절세고수임에 분명했다. 그가 죽인 천검궁 고수들의 수가 무려 삼십칠 인이었고, 그 살인 기법은 살이 떨릴 만큼 섬뜩했다. 대부분 목이 잘려 나간 시체들은 묘하게도 피를 흘린 흔적이 없었다. 마치 불로 지진 듯 잘려 나간 부위가 익어 있었다. 고수가 아니고서는 불가능한 일이다.

한 달이 지나고 두 달이 지났다. 하지만 귀산몽은 나타나지 않았다. 호북성 어디에서도 더 이상 그의 자취는 남지 않았다. 천검궁의 경비가 느슨해진 것도 그 즈음부터다. 천검궁의 무사들은 비로소 자신들이 귀산몽에게 조롱당했다고 여기게 된 것이다. 아무리 귀산몽이라 해도 수천의 무사들이 진을 유지한 천검궁에 나타나는 것은 애초부터 불가능한 일이었으니까.

하지만 그들은 귀산몽에 대해 잘못 생각하고 있었다. 그는 호랑이인 동시에 여우였다. 사냥감을 잡기 위해 숨어서 기다릴 수 있는 인내심이 있었고, 상대를 지치게 하는 지혜가 있었으며, 목표한 상대를 절대 놓치지 않는 집요함과 힘이 있었다.

귀산몽이 역천휘 앞에 모습을 드러낸 것은 그의 서신이 있은 지 정확히 육 개월 정도가 흐른 뒤였다.

어느 날 역천휘는 잠결에 섬뜩한 살기를 느꼈다. 그가 눈을 떴을 때, 목에는 서늘한 예기를 발하는 검이 겨누어져 있었다.

"잘못된 정보를 바로잡기 위해 왔소, 역천휘. 내 출생과 신체 조건이 엉망으로 서술된 방문(榜文) 말이야. 그나저나 실망이군. 천검궁의 명성은 좀 과장된 듯해."

어둠 속의 사내가 가볍게 고개를 저었다.

"귀산몽……."

역천휘는 낮은 음성으로 입을 열었다. 그로서도 뜻밖의 일이었다. 이미 귀산몽을 잊고 있었던 것이다.

들창으로는 희미한 빛이 새어 들어오고 있었다. 눈이 어둠에 익숙해지며 점차 사내의 모습이 윤곽을 드러냈다.

육 척 장신에 호리호리한 몸매, 꿈꾸는 듯한 눈동자가 청광을 발하고 있었다.

"자네가 실수를 했군. 기회가 있을 때 나를 베었어야 해."

역천휘는 순식간에 내력을 끌어올려 호신강기를 펼치는 한편, 언제든 귀산몽을 공격할 준비를 했다. 비록 상대의 기척을 눈치 채지 못한 채 잠에 빠져 있긴 했으나, 역천휘는 강호 최고수라고 자부해 왔다. 눈앞의 검이 자신을 해하지 못하리라는 확신도 지니고 있었다.

"이런, 느끼지 못하는군. 내가 원하는 것은 당신의 목이 아니었어. 그저 당신이 상처 입은 자의 마음을 이해할 수 있길 바랐을 뿐이지."

귀산몽의 음성은 지극히 느렸고, 슬프게 느껴졌다.

"난 그만 가보는 게 좋겠군."

한동안 역천휘의 눈을 응시하던 귀산몽이 검을 거둔 후 천천히 몸을
돌렸다.

역천휘는 순간 섬뜩한 한기가 온몸을 휘도는 것을 느꼈다. 그의 눈
은 옆에 잠들어 있던 아내를 향했고, 그녀가 더 이상 숨 쉬고 있지 않
다는 사실을 깨달았다.

아내의 복부에 포개져 있는 손… 새끼손가락이 잘려 나가 있었다.

"……!"

역천휘의 두 눈에 실핏줄이 돋았다.

온몸을 휘돌던 내력이 순식간에 흩어졌다. 몸이 천천히 굳어졌다.
분노? 아니었다. 그 순간 역천휘가 느낀 것은 현기증이었다. 마치 술에
취한 사람처럼 모든 것이 혼란스럽고 현실감이 없었다.

"당신 아내의 손가락은 정말 아름답더군. 오랫동안 나와 함께할 거
야."

문 앞에서 돌아선 귀산몽이 오른손을 들어 올리며 느릿하게 말했다.
복도에 켜진 화등이 문풍지를 뚫고 들어와 그의 손을 비추었다.

"……!"

분명 아내의 손가락이었다. 아내의 손가락이 귀산몽의 손에 붙어 있
는 것이다.

"어흐—"

역천휘의 입에서 상처 입은 짐승 같은 신음성이 새어 나왔다.

귀산몽의 모습이 빠르게 회전하며 점점 크게 확대되었다. 침상이 흔
들리고 벽이 무너지는 듯한 환각에 사로잡혔다. 모든 것이 뒤죽박죽이
었고, 역천휘 자신은 끔찍한 무기력증에 시달리며 입 안에서 맴도는 신
음성만 들을 수 있을 뿐이었다.

귀산몽과의 만남… 그것은 악몽 바로 그 자체였다.

"자네, 공포를 느껴본 적이 있는가?"

귀산몽과의 만남을 담담하게 이야기하던 역천휘가 떨리는 음성으로 말했다.

"궁주……."

화향검의 목소리 역시 가늘게 떨리고 있었다.

상상도 할 수 없는 일이었다. 천하의 주인인 천검궁주가 공포를 느끼다니……. 이제껏 천검궁에선 역천휘의 아내가 자살한 것으로 알려졌다. 화향검은 어쩌면 역천휘가 꿈과 현실을 착각하고 있는지도 모른다고 여겼다.

"다음날이 되어서야 나는 내가 미혼약에 중독되었다는 사실을 알게 되었지. 귀산몽에 대한 분노가 나를 흉포한 사자로 만들었네. 아내의 죽음이 내 가슴을 찢어놓았고, 내 무력함을 나 스스로가 용서하지 못했지. 마음속에서 일어난 울화가 온몸을 휘돌아 모든 것을 불태우는 듯했어. 하지만 그 모든 분노와 슬픔과 자책보다 큰 것이 무엇이었는지 아는가? 바로 공포였다네."

"……."

화향검은 손에 들린 바둑돌을 꽉 움켜쥔 채 바르르, 몸을 떨었다. 마치 역천휘가 느꼈던 공포가 전이된 느낌이었다.

2

숙소로 돌아온 화향검은 곧장 짐을 꾸렸다.

방에서 기르던 한란 몇 분을 시비에게 선물했고, 그 외 평소 아끼던 물건들은 몇몇 수하들에게 나누어 주었다.

“자네는 다시 돌아오지 못할지도 모르네.”

역천휘는 애잔한 시선으로 화향검을 바라보며 그렇게 말했다.

화향검 역시 막연히 무엇인가를 감지하고 있었다. 어쩌면 죽음의 향기인지도 모르고, 어쩌면… 아니, 더 이상 생각하지 않기로 했다.

다만 한 가지, 이번 임무를 끝으로 자신은 천검궁과의 오랜 인연을 끊게 되리라 짐작할 뿐이었다.

“내게는 어울리지 않는 옷이었어.”

천검궁의 대문을 뒤돌아보며 화향검은 낮게 중얼거렸다.

그의 아비는 쇠를 다루는 장인이었다. 후에 알게 되었으나 화도엽(花刀葉)이라는 아비의 이름은 대륙 내 모든 장인 가운데서도 가장 높았다. 천하의 모든 쇠를 다루며, 천하 모든 검 가운데 가장 강하고 예리한 검을 만든다는 명성을 얻은 이, 그가 바로 화도엽이었다.

하지만 화도엽은 늘 말하곤 했다.

“세상에서 가장 훌륭한 검은 검집을 벗어나지 않은 검이다.”

어린 화향검은 그 말의 의미를 알지 못했다. 지금도 마찬가지다. 그저 막연히 짐작하고 있는 정도다.

화향검이 역천휘를 만난 것은 나이 일곱이 되던 해였다.

당시 역천휘는 화도엽의 명성을 듣고, 직접 검 제작을 부탁하기 위해 대장간 마을을 찾아왔다. 하지만 헛걸음이 되고 말았다. 마을에 역병이 돌아 대부분의 사람들이 죽어 나갔고, 그중에는 화도엽도 끼어 있었다.

역천휘가 발견한 것은 대장간 앞에 웅크려 앉은 채 햇빛을 쬐던 화향검이었다.

"이름이 무엇이냐?"

마상의 역천휘는 온화한 음성으로 물었다.

"화향검."

"아비의 이름은 무엇이더냐?"

"화도엽."

"손을 내밀어보거라."

역천휘와 화향검이 나눈 최초의 대화였다.

따뜻한 손이었다. 화향검은 자신의 몸을 더듬는 역천휘가 거산(巨山)처럼 느껴졌다. 아니, 대해(大海)처럼 느껴졌다는 표현이 맞는지도 모른다. 역천휘의 표정은 세상 모든 것을 거쳐 온 바다처럼 달관해 있었다.

"우리의 인연이 질기구나. 나와 함께 가겠느냐?"

"……."

화향검은 역천휘의 눈을 바라보며 고개를 끄덕였다.

"네 아비는 정말 훌륭한 장인이었음에 분명하다. 이토록 완벽한 검을 만들어내다니……."

화향검을 신고 말을 달리던 역천휘는 들릴 듯 말 듯한 음성으로 그렇게 중얼거렸다.

이후 화향검은 천검궁 고수들의 가르침을 받으며 한 자루 검으로 다듬어졌다. 역천휘는 자신의 감정을 완벽하게 통제하는 이였으나, 화향검에게만은 예외였다. 그는 마치 애검을 다루듯 소중히 화향검을 다루었으며, 친자식처럼 애정을 쏟았다.

역천휘는 간혹 말하곤 했다.

"너는 강하다. 나는 그것을 느낀다. 때로는 네 강함이 나를 두렵게도 한다. 너는 한 자루 신검(神劍)이기 때문이다. 어쩌면 내가 너를 다룰 수 없을지도 모른다는 생각이 나를 두렵게 할 뿐이다."

한 자루 신검……. 정말 그랬는지도 모른다. 화향검은 이미 역천휘를 두렵게 할 만한 검수로 성장해 있었다.

하지만 화향검은 자신의 실력을 드러내는 데 인색했다. 누군가와 비무를 해야 할 때면 늘 자신이 가진 능력의 삼 할가량만을 사용할 뿐이었다. 목숨이 경각에 달린 순간이 아닌 이상 그는 그 규칙을 어겨본 적이 없다.

성검과의 비무에서도 마찬가지였다. 언뜻 두 사람은 평수를 이루는 듯했으나, 실상 성검은 화향검이 지닌 능력의 삼 할에 해당하는 실력을 지녔을 뿐이었다. 그 자체로도 화향검은 성검의 무위에 진심으로 찬사를 보냈다. 이제껏 그가 비무를 겨룬 인물 가운데 성검의 연배에 그만한 무위를 지닌 이는 없었으니까.

"네게 이번 임무를 맡기게 된 것은 이미 십 년 전부터 계획되어 온 일이다."

역천휘의 이야기가 다시 머리 속에 맴돌았다.

화향검에게 있어 그 이야기는 아무래도 현실감이 없었다. 하지만 아마도 사실일 것이다. 역천휘가 굳이 거짓을 이야기할 이유가 없으니까.

귀산몽, 그가 환관이 되었다는 사실은 뜻밖이었다. 천하의 색마가 환관이 되다니, 상식적으로 이해할 수 없는 일이었다.

맨 처음 역천휘는 자신의 눈을 의심했다. 정계의 인물들과 만나는 자리에서 우연히 같은 주루에 든 고관성을 발견했다. 순간, 숨이 턱 막히며 온몸이 마비되는 듯했다. 딱 한 번, 그것도 어둠 속에서 마주친 것에 불과했다. 게다가 이십여 년이란 세월이 흘렀다. 하지만 스치듯 고관성을 본 그 순간에 그가 귀산몽임을 확신했다. 역천휘의 뇌리에는 귀산몽의 모습이 확연히 각인되어 있었기 때문이다.

더욱 확실한 한 가지… 그것은 고관성의 손이었다. 역천휘는 본능적으로 그의 오른손에 시선을 주었다. 그런데 묘하게도 그의 오른 손가락은 네 개였다. 새끼손가락이 잘려져 나간 것이다. 의심의 여지가 없었다. 한때 잘려져 나간 그의 손가락 부위에는 죽은 아내의 희고 아름다운 손가락이 붙어 있지 않았던가.

묘한 인연이었다. 마침 정계의 인물들이 역천휘를 그 주루로 초대한 것도 고관성이란 존재에 대해 이야기하기 위해서였으니까.

즉, 고관성은 언젠가 제거되어야 할 인물로 낙인 찍혔고, 그것은 역천휘의 모반이 성공하느냐 실패하느냐가 달린 중대사였다.

그날 이후, 역천휘의 뇌리에선 고관성이란 존재가 떠나지 않았다. 고관성, 아니, 귀산몽. 한동안 그는 잊혀진 존재였다. 어쩌다 악몽 속에서 마주쳤고, 그때마다 가위에 눌려 허우적거리기는 했으나 세상에 존재하지 않는 인물로 치부한 지 오래였다. 실제로 역천휘의 아내를 죽인 이후 귀산몽은 강호에서 자취를 감추었으니까.

역천휘는 왜 자신이 그날 주루에서 즉시 귀산몽을 죽이지 못했을까 하는 의혹에 시달렸다. 그가 고관성이란 이름을 지닌 환관으로 변신했기 때문에? 그를 죽이는 순간 모반의 계획은 물거품이 될 것 같아서?

아니었다. 고관성과 흘낏 눈이 마주치는 순간, 역천휘는 자신의 몸이 얼어붙는 것을 느꼈다. 그것은 분명히 공포였다. 가위에 눌린 것처럼 꼼짝할 수 없었고 숨도 제대로 쉬지 못했다. 마치 그와 처음으로 마주쳤던 그날 밤처럼……

그렇게 십 년의 세월이 흘렀다. 역천휘의 꿈을 어지럽히는 사람… 지난봄, 류추영이 그 말을 했을 때 역천휘가 가장 먼저 떠올린 이는 바로 고관성이었다.

하지만 역천휘가 두려움에 떨기만 했던 것은 아니다. 그는 고관성을 죽이기 위해 검을 갈았다. 그 검이 바로 화향검이다.

"고관성이라……"

화향검은 가볍게 한숨을 내쉬었다. 나루를 향해 걷는 동안에도 그의 머리에선 고관성과 역천휘가 떠나지 않았다.

아무래도 역천휘의 이야기엔 석연치 않은 점이 많았다. 이야기 속의 역천휘는 결코 화향검이 알고 있는 역천휘가 아니었으므로.

"그림자……"

나직이 중얼거리며 화향검은 다시 한숨을 내쉬었다.

그의 머리 속에선 하나의 그림자가 그려지고 있었다. 천검궁의 경계를 뚫고 절세고수인 역천휘의 침실에 잠입해 가는. 그렇다. 그림자가 아니고서는 불가능한 일이다.

"헉, 헉, 헉—"

산산권 염자방은 파암묘를 늘어뜨린 채 가쁜 숨을 몰아쉬었다.

동정룡의 수적과 녹림의 산도적 놈들이 화룡방을 습격한 지 한 시진

째. 화룡방의 무사들은 대부분 시체가 되거나 바닥을 나뒹굴고 있었
다.

"자방 아우, 우리 운이 다 된 모양일세."

염자방과 등을 지고 적들을 상대하던 장여룡이 한숨을 내쉬며 말했
다.

"형님, 그 무슨 나약한 말씀이십니까. 아직 나 염자방이 살아 있습니
다. 내가 죽기 전엔 화룡방의 운이 다 된 게 아닙니다."

염자방은 숨을 고르며 또박또박 말했다.

하지만 그의 몸은 이미 만신창이가 되어 있었다. 여기저기 검상을
입어 옷은 너덜너덜해졌고, 몸에서 흘러내린 피로 발은 흥건히 젖었다.
게다가 피를 너무 많이 쏟아서 현기증이 이는지 제대로 서지도 못한
채 몸을 이리저리 휘청거렸다.

장여룡이라 해서 다를 바가 없었다. 그는 쌍수를 흔들며 택견의 활
갯짓으로 적들을 경계하고 있었지만 이미 다리에 힘이 풀린 상태였
다. 품밟기는 경쾌하면서도 유연해야 하건만 발은 질질 땅에 끌리고
있다.

싸움이 시작되고 처음 한동안 장여룡은 말 그대로 훨훨 날아다녔다.
이른바 본대뵈기로 자신이 가진 재주를 유감없이 펼치는 동안 적들은
그 기이한 동쪽 오랑캐의 무술을 보면서 해실거리며 웃었다. 무공이라
기보다는 춤에 가까운 장여룡의 본대뵈기가 만만하게 보인 것이다.

구경하기에 지쳤던 것일까. 적들은 장여룡에게 슬슬 대들기 시작했
다. 그런데 막상 싸움이 붙자 장여룡의 그 계집애 같은 몸놀림은 명치
와 인중, 정수리 따위의 급소들만을 노려 정확히 내리 꽂혔고, 삽시간
에 십여 명의 수적과 산적 놈들이 죽어 나갔다.

기가 막힌 일이었다. 능청스럽게 웃으며 이리저리 두 팔과 발을 휘적거릴 뿐인데도 막상 뚫고 들어갈 틈이 없었다. 너울너울, 굼실굼실……. 장여룡은 마치 가락에 맞추어 원무를 추듯 거리낌없이 공간을 휘젓고 다녔다.

발질과 수벽, 씨름이 교묘하게 어우러진 택견은 말 그대로 살인 무술이었다. 화려한 발질에 넋을 잃는 사이 부드럽게 휘어져 내린 손바닥이 정수리를 깨뜨리는가 하면, 슬쩍 몸이 스쳤다 싶으면 이미 저만큼 나동그라져 바닥을 굴러야 했다.

만약 그들이 백기신통비각술(白技神通飛脚術)이란 어느 시인의 시구를 제대로 이해했다면 그렇게 무모하게 덤벼 허무하게 쓰러지는 일은 없었을 것이다.

하지만 장여룡의 그런 신비한 무술도 수적 열세 앞에서는 어쩔 수 없었다. 평소와는 달리 화룡방 총타를 지키고 있는 무사의 수는 오십여 명에 불과했다. 마침 대상 하나가 어마어마한 양의 화물 운송을 맡겨온 탓에 방의 무사들이 일제히 그 운송 작업에 투입되었던 것이다.

하지만 그것은 장강의 이권을 독차지하기 위해 틈틈이 눈독을 들이던 흑풍채와 구구방의 농간이었다. 그들은 상인 하나를 매수해 화룡방에 대규모 운송 작업을 주문한 후, 그 기회를 노려 화룡방의 총타를 기습 공격했던 것이다. 그 일엔 동정룡의 수적 놈들은 물론 상당수의 녹림도들도 가세했다. 그 수가 무려 팔백여 명. 장여룡으로선 도저히 승산이 없는 싸움을 하고 있었던 셈이다.

뒤늦게 흑풍채와 구구방의 침입 소식을 듣고 순찰 중이던 백여 명의 화룡방 무사들이 달려왔다. 하지만 승패는 이미 판가름난 것이나 다름없었다. 운송 작업에 투입된 무사들이 돌아오지 않는 한 수적 열세를 만회할 수 없기 때문이다.

결국 싸움이 치열해지면서 장여룡은 발목이 꺾이고 여기저기 검상을 입게 되었다. 역발산 기개세인 염자방도 별수없었다. 수십 명의 수적들이 파암묘에 박살이 났지만 염자방도 결국은 사람이었다. 이제 그는 파암묘를 들 힘조차 없어 보였다. 어쩔 수 없이 죽음만을 기다려야 할 처지다.

"장여룡, 한낱 오랑캐 따위가 너무 설쳐 댔어. 이런 날이 올 줄은 꿈에도 몰랐겠지? 흐하하! 지금이라도 내 발바닥을 핥는다면 목숨은 살려주겠다. 평생 목에 개 줄을 묶고 이리저리 끌려 다녀야 하겠지만, 파하하하!"

철퇴를 든 흑풍채주 맹요구(孟料狗)가 큰 소리로 웃었다.

맹요구는 오 척을 간신히 넘는 단신으로 땅땅한 체격이다. 게다가 눈은 날카로운 뱀눈이어서 차돌처럼 암팡져 보였다.

"하하. 맹 채주, 장여룡은 그렇다 치고, 저기 곰딴지 같은 염자방은 어찌할 생각이오? 나는 저놈을 파암묘에 매달아 물고기 밥으로 만들어 주고 싶은데. 워낙 덩치가 커서 물고기들이 두고두고 뜯어 먹을 수 있을 것 같단 말이지."

구구방주 소두병(素斗瓶)이 양손에 한 자 길이의 쇠갈퀴를 쥔 채 두 눈을 번뜩였다.

소두병 역시 맹요구처럼 단신이었다. 게다가 몸도 비쩍 말라 양손에 들린 쇠갈퀴가 무거워 보일 정도였다. 하지만 푸르스름한 기운이 감도는 두 눈은 그의 흉포한 성정을 잘 드러내 주었다.

그는 염자방에게 특히 앙심을 품고 있었다. 예전에 한 번 곤욕을 치른 적이 있기 때문이다. 장강 한가운데서 우연히 마주쳐 말싸움을 하다가 염자방의 완력에 이리저리 패대기쳐졌고, 결국엔 강물에 던져진 것이다. 비록 소속이 다르다 해도 소두병은 엄연히 방주였다. 장어룡과 어깨를 나란히 하는 위치니 염자방이 그렇게 함부로 다루어서는 안 되는 것이었다.

"흐헤헤. 소두병 이놈, 어디 직접 이리 와서 날 파암묘에 묶어보지 그러느냐! 애꿎은 부하 놈들을 병신으로 만들지 말고 말이다!"

피가 흐르는 얼굴 가득 웃음을 머금은 채 염자방이 쩌렁쩌렁한 음성으로 말했다. 소두병이 왜 자기에게 앙심을 품는지 잘 알고 있었기 때문이다.

"이, 이놈이 끝까지……!"

소두병은 얼굴을 벌겋게 물들인 채 표독스럽게 염자방을 쳐다보았다.

하지만 정작 그에게 다가가지는 못한 채 이를 갈 뿐이었다. 행여나 부하들과 눈이 마주치면 어쩌나 걱정이 되는지 시선조차 돌리지 않았다.

"소 방주, 시간 끌 필요 없소이다. 모두 쓸어버립시다."

"그게 좋겠소. 병신이 되어야 고분고분해질 놈들이니."

맹요구와 소두병은 서로 고개를 끄덕여 보인 후 곧장 철퇴와 갈고리를 뻗어 공격 명령을 내렸다.

"와아아아—"

"모두 쳐 죽이자아—"

장어룡과 염자방을 몇 겹으로 포위한 채 최종 명령을 기다리던 수적 놈들이 일제히 함성을 내지르며 달려들었다.

챙, 챙, 채채챙!

"으아악!"

쇠가 부딪치는 소리, 묵직한 주먹이 살집에 작렬하는 소리, 그리고 비명……. 두 사람을 둘러싼 수적 놈들의 수는 쉽게 헤아릴 수 없을 정도였으나 싸움은 쉽게 끝나지 않았다. 그저 이리저리 피가 튀고 흙 묻은 눈이 사방으로 비산할 뿐이었다.

"쩝, 정말 질긴 놈들이로세."

"그러게 말이요, 맹 채주."

멀찍이 떨어져서 싸움을 지켜보던 소두병과 맹요구가 질린 음성으로 말했다.

하지만 얼마간의 시간이 더 흐르자 소요는 진정되었다. 장여룡과 염자방도 사람이고 보니 더 이상 버티는 것이 불가능했던 것이다.

결국 그들 두 사람은 삶은 배추처럼 축 늘어진 채 수적 놈들 손에 질질 끌려 진창으로 변한 바닥을 가로질러 왔다.

"채주, 이자들을 반송장으로 만들어놓았습니다. 채주의 그 무적 철퇴로 머리를 부수는 일만 남았습니다."

흑풍채의 수적 놈 하나가 맹요구 앞에 부복하며 말했다.

그러고 보니 장여룡과 염자방을 죽은 개 끌 듯 끌고 온 자들은 모두 흑풍채 소속의 수적 놈들이었다.

"파하하하! 역시 흑풍채의 용사들이군 그래. 하지만 이 일은 구구방과 함께 도모하지 않았느냐. 우리 흑풍채가 이자들을 잡았으니 머리를 부수는 일쯤은 소 방주에게 양보를 해야겠지. 어차피 소 방주는 염자방 저자에게 진 빚도 있고 하니."

맹요구는 너털웃음을 웃으며 넌지시 소두병을 쳐다보았다.

이제 화룡방을 접수했으니 장강은 그들 흑풍채와 구구방의 공동 소유나 다름없었다. 그것은 곧 평화를 의미하는 듯했으나 절대 아니었다. 어차피 한 산엔 한 마리의 호랑이밖에 살아남을 수 없다. 조직이 정비되는 대로 흑풍채와 구구방은 또 박 터지게 싸워야 할 처지다. 그것은 맹요구도 알고 소두병도 아는 일이었다.

그런데 맹요구가 보기에 자기 수하들은 구구방 소속의 수적 놈들보다 한 수 위였다. 결정적으로 장여룡과 염자방을 잡아온 것은 분명히 흑풍채 소속의 수하들이었으니까. 결국 맹요구는 그 점을 은근히 과시하며 소두병의 염장을 지르고 있었던 것이다.

"흥. 맹 채주, 원래 우리 구구방 아이들은 싸움만 잘하지 그 뒤치다꺼리 따위에는 관심이 없소이다. 내 보기에 채주의 아이들은 얍삽해서 이런 일에 능한 것 같으니 차라리 내가 양보하리다. 채주가 죽이든 저 아이들이 죽이든 알아서 하시구려."

심기가 뒤틀린 소두병이 코웃음을 치며 냉랭하게 말했다.

그 말은 또 맹요구를 자극했고, 그로써 맹요구와 소두병 사이엔 묘한 기운이 감돌았다. 수틀리면 이 자리에서 아예 장강의 진정한 주인을 가리자고 덤벼들 태세였다. 동정룡과 녹림의 도적 놈들이 원군으로 오긴 했지만 그들은 어차피 얼마간의 콩고물이나 얻어먹고 가면 되는 처지다. 결코 어느 쪽 편도 들지 않을 것이다.

맹요구와 소두병의 눈빛이 점점 험악해지는데 갑자기 연무장 한편의 우물에서 쩌렁쩌렁한 목소리가 터져 나왔다.

"야, 이 천하의 도적 놈들아! 언제까지 재미있는 구경을 너희끼리 할 것이냐? 당장 나를 꺼내주지 못하겠느냐아—"

카랑카랑한 늙은이의 음성이 마치 쇠망치로 두드리는 것처럼 귀를 자극했다.

‘아니, 이건 또 무슨 변괴야?’

‘우물 안에 귀신이라도 있단 말인가?’

맹요구와 소두병은 아무 말도 못한 채 서로의 표정만을 살폈다. 언제나 그렇듯 이번 싸움에도 변수가 생길지 모르겠다는 생각과 함께.

제6장
당가륵의 연인

미시(未時) 중(中), 성검 일행은 힘겹게 철룡방에 도착할 수 있었다.

사검 당가륵은 이미 비학검 이가성, 철룡방주 역우와 함께 차를 마시며 성검을 기다리는 중이었다.

"당 대협, 피치 못할 사정이 있어 늦었소이다. 양해 바라오."

역우의 방에 들어선 성검은 정중하게 포권지례했다.

당가륵과는 이미 구면이라 그를 알아보는 것은 어렵지 않았다. 그것은 당가륵 역시 마찬가지였다.

"하하, 그러고 보니 화 공자와는 인연이 깊은가 보오. 지난번엔 실례가 많았소이다. 그나저나 취영오매와는 재미가 좋으셨는지?"

당가륵은 느물거리는 웃음을 입에 문 채 다감한 음성으로 물었다.

그는 지난번 구곡에서 성검에게 취영오매의 처리를 떠넘긴 채 떠났던 것이다. 무례한 인사를 건네는 것도 그 기억 때문이다.

어쨌거나 당가륵은 그다지 변하지 않은 모습이었다. 겉으로만 보아
서는 전형적인 색마에 가까웠다. 수려한 얼굴에서 떠나지 않는 냉소도
그렇거니와 여자를 노리개 정도로 여기는 말버릇도 그랬다.

"뭐, 그녀들과는 아직 진행 중이올시다. 마침 다담(茶談)도 진행 중
인 듯하니, 나도 차로 목이나 좀 축이겠습니다. 괜찮겠지요?"

성검은 가볍게 응수한 후 역우 옆에 놓인 빈 의자에 앉았다.

빈 잔에 차를 따르는 동안 성검의 머리 속엔 지난번 당가륵이 했던
말들이 빠르게 스쳐 지나갔다. '하나로 부족한가? 그렇다면 이 아이들
을 모두 가지게'. 그렇게 말할 때 당가륵은 영락없는 색마였다.

하지만 '아무래도 강호 초출인 모양이야. 그렇다면 충고 하나 하지.
용기는 가상하지만 강호에선 남의 은원에 관여하지 않는 게 좋다네.
나야 시비에 말려드는 것을 좋아하고, 나 하나쯤 지켜낼 자신이 있으니
상관없지만 자네 같은 시골 친구는 감당하기 어려워지거든' 하고 말할
때의 당가륵에게선 냉소와 함께 연민이 느껴졌다.

"하하, 그나저나 내가 날을 잘못 잡은 모양이오. 화 공자에게 선약이
있었음을 알았다면 비무를 며칠쯤 뒤로 미루었을 텐데……."

당가륵은 성검을 바라보며 가볍게 미소 지었다. 아마도 초지와의 비
무에 대해 주허자나 이가성에게 들은 모양이었다.

하지만 당가륵의 표정엔 비무를 미루고자 하는 뜻은 없어 보였다.
그저 성검이 성한 모습으로 돌아온 것을 다행스럽게 여기는 듯했다.

"음회회, 대수롭지 않은 일이었습니다."

성검은 고개를 저으며 말한 후 역우에게 말을 이었다.

"방주, 들어오는 길에 보니 대문이 낡았더이다. 봄이 오면 좋은 오동
나무를 구해 대문을 새로 다는 게 좋겠습니다. 이제 철룡방은 이곳 정

주의 최고 무관 아닙니까."

"하하, 그런가요?"

느닷없는 말에 역우는 사람 좋은 웃음을 웃었다.

사실 성검은 정주의 패권이 철룡방에 있고, 그것은 오늘 비무 이후에도 변함이 없으리란 뜻에서 한 말이었다. 즉, 오늘 비무에서 성검 자신이 승리해 철룡방을 지키겠다는 이야기나 진배없다. 말을 돌리는 것에 익숙지 못한 역우는 미처 그 뜻을 간파하지 못했다.

하지만 당가륵은 달랐다.

"하하. 역 방주, 마침 내게 좋은 목수가 있소이다. 목재를 고르는 눈도 탁월하고 천의무봉의 솜씨를 지닌 자니 대문을 만들어 선물해 드리리다."

입술을 살짝 말아 올리며 당가륵은 인심 쓰듯 말했다. 성검의 말뜻을 간파한 것이다.

당가륵과 성검의 눈이 허공에서 잠시 마주쳤다. 이미 팽팽한 신경전이 펼쳐지고 있었다. 검을 뽑지 않았으나 검이 부딪치는 소리가 들리는 듯했다.

'이거 고약하군. 어쩌면 묘취화의 부탁을 들어주지 못할 수도 있겠어.'

당가륵에게서 시선을 거둔 성검이 낮게 한숨을 내쉬었다. 분명 고수였다. 성검은 이미 당가륵에게 기선을 제압당한 느낌이었다.

한순간 성검의 머리 속에서 묘취화의 말이 어지럽게 맴돌았다.

"화 공자, 사검 당가륵을 죽여주세요."

성검과 당가륵은 팔 장가량의 거리를 둔 채 서로를 노려보았다.

연무장은 말끔하게 제설되었지만, 언 땅에서 전해지는 냉기까지 없앤 것은 아니다. 두 사람을 둘러싼 철룡방 무사들은 이미 일각 가까이 미동도 하지 못한 터라 추위에 점차 몸이 굳어지는 것을 느꼈다.

보기에 답답했다. 성검과 당가륵은 마치 누가 추위에 강한지 내기라도 하듯 상대가 먼저 움직이기만을 기다리고 있었다. 아직 검도 뽑지 않은 상태다.

하지만 정작 서로를 노려보고 있는 두 사람의 이마에선 조금씩 땀이 배어 나오기 시작했다. 서로의 검로를 머리 속에 그리며 가상의 비무를 펼치고 있는 것이다.

검을 들고 마주 섰을 때만 해도 두 사람은 이런 상황을 짐작하지 못했다. 그저 상대의 실력을 조금이라도 일찍 확인하고 싶었다. 하지만 서로의 눈빛이 마주치는 순간, 검을 쥔 손이 가볍게 떨렸다.

묘한 일이었다. 성검은 마치 자신이 거울 앞에 서 있는 것이 아닌가 하는 착각에 시달렸고, 그것은 당가륵 역시 마찬가지였다. 전혀 예상하지 못한 일이었다.

자세가 같은 것도 아니었다. 성검의 자세는 궁보(弓步)에 가까운 반면, 당가륵은 무릎을 덜 구부렸을 뿐 전형적인 마보(馬步)였다.

성검은 두 자루 검을 차고 있었다. 한 자루는 이가성에게서 받은 학검이고, 또 한 자루는 허리에 차고 다니던 연검이다. 학검과 연검 모두 좌측 허리 부분에 걸쳐진 상태다.

그가 연검의 검격에 손을 걸치고 좌수를 왼쪽 허리 부분에 밀착시킨 데 반해 당가륵은 두 손으로 검집과 손잡이를 쥔 채 지그시 복부를 누르고 있었다. 경우에 따라선 공격식과 수비식으로 이해할 수도 있는 자세였으나, 거리를 염두에 둔다면 그런 계산은 무의미하다. 거리가 좁혀지는 사이 어떻게 변할지 알 수 없으니까.

다만, 그런 자세의 차이가 두 사람의 검로를 결정짓게 되리라는 것만은 확실했다. 즉, 궁보와 마보라는 단순한 차이는 두 사람이 서로 다른 검로를 택하리라는 점을 말해 주는 것이다.

그런데 왜 성검과 당가륵은 상대에게서 자신의 모습을 보며 섬뜩한 한기를 느꼈을까.

이유를 알기 위해 한동안 서로의 눈을 응시할 수밖에 없었다. 그러는 사이 머리 속에서 상대의 검로를 그리기 시작했고, 거기에 맞추어 자신의 검로도 그려 넣었다.

성검이 좌에서 우로 치고 들어갈 때 당가륵은 검을 수직으로 세우며 막는다. 동시에 몸을 회전시키며 회수한 검을 성검의 우측 옆구리에 찌르고… 성검이 퇴법과 진법을 교묘히 섞으며 역공을 취할 때 우측 발을 뻗으며 좌 내려베기를 한다.

마치 빛으로 변한 검과 검이 뒤섞이고 있는 듯한 환각이 머리를 가득 채웠다. 점차 호흡이 가빠지고 싸늘하게 소름이 돋는가 하면 이마에선 땀이 송골송골 맺혔다.

"헛―"

"홉―"

서로를 노려보던 성검과 당가륵이 짧은 신음을 내질렀다. 상대의 검이 자신의 심장에 꽂히는 장면을 동시에 본 것이다.

하지만 영문을 모른 채 비무를 기다리고 있던 무사들은 고개를 갸우뚱할 수밖에 없었다. 성검이나 당가륵과는 달리 그들은 이제 잔뜩 몸을 움츠린 채 추위에 저항하며 하얀 입김을 내뿜어댈 뿐이었다.

'내가 죽는다.'

머리 속에 그려진 비무에서 성검은 당가륵에게 패했다. 가상의 검에 관통당했던 심장이 실제로도 싸한 통증을 느끼고 있는 듯했다.

하지만 그것은 당가륵 역시 마찬가지였다. 그 역시 가볍게 몸을 떨며 검의 손잡이를 쥐고 있던 손으로 왼쪽 가슴을 쓸어 내리고 있었다.

성검과 당가륵 두 사람의 눈빛이 다시 허공에서 마주쳤다.

"화 공자, 사검 당가륵을 죽여주세요."

묘취화의 말이 다시 성검의 머리 속에서 맴돌았다.

묘취화에게 그 말을 들었을 때 성검은 당황했다. 혹시 당가륵을 죽이지 말라는 말을 잘못 들은 게 아닌가 귀를 의심하기도 했다. 하지만 아니었다. 묘취화는 재차 그 말을 확인시켜 주었다.

성검이 이유를 물었으나 그녀는 대답하지 않았다. 그저 당가륵을 죽이는 대가로 황금 백 냥을 내겠다고 말했을 뿐이다. 일종의 청탁이었다.

청탁 자체만을 놓고 본다면 결코 이상하게 생각할 일은 아니었다. 어차피 성검은 용병 무사나 낭인 무사로 알려져 있는 상황이다. 용병 무사에게 살인을 청부하는 것은 충분히 있을 수 있는 일이고, 황금 백 냥이라면 이유를 불문하고 응하는 게 오히려 정상이다.

하지만 문제는 성검이 단순한 용병 무사가 아니라는 점이다. 또한 묘취화가 그 사실을 알든 모르든, 성검 자신은 묘취화와 당가륵의 관계를 알고 있었다. 그 관계를 염두에 둔다면 묘취화의 청탁은 충격일 수밖에 없었다.

“거절하겠소. 나는 확실하지 않은 청탁은 받지 않소.”

성검은 일언지하에 묘취화의 청탁을 거절했다.

묘취화가 왜 당가륵을 죽이고자 하는지, 왜 자신에게 청탁을 하는지 알 수 없었다. 물론 그 이유를 알게 된다 해도 정작 당가륵을 이길 자신이 없었다. 이래저래 청탁을 수락할 형편이 아니었다.

“호호, 그럼 한 가지만 알려 드리지요. 이제 곧 천년밀문이 직접 나서게 될 거예요. 우리의 목표는 개봉과 정주, 낙양. 어차피 당신은 이곳에서 얻을 게 없어요.”

“……!”

성검의 양미가 꿈틀거렸다. 그의 머리 속에서 많은 것들이 빠르게 스쳐 지나갔다.

‘천년밀문이 움직이기 시작했다? 개봉과 정주, 낙양. 그렇다면 혹 천검궁과 천년밀문이?’

연무장의 정적이 깨진 것은 순식간이었다.

“타핫—”

짧은 기합성을 내지르며 당가륵이 신형을 날렸다.

피류륭—

맑은 현(絃)의 울림처럼 부드러운 파공성이 일었다. 사검은 마치 현을 뜯는 악공의 손가락처럼 황홀하게 허공을 갈랐다. 당가륵의 신형은 펄럭이는 옷자락과 함께 수초처럼 바람에 흐느적거렸다.

성검은 검을 쥔 채 미동도 하지 않았다. 허리를 약간 앞으로 굽히고 시선은 검단을 향한 그 자세 그대로 굳어 있을 뿐이다.

“타핫—”

느리게 몸을 회전시키며 오 장여를 날아온 당가륵은 제비가 물을 차 듯 가볍게 오른발을 늘여 땅을 박찼다. 그의 움직임이 섬전으로 화한 것은 그 순간이었다.

"합!"

성검의 기합성. 하지만 그의 기합성이 연무장을 쪼개는 것에 앞서 한줄기 빛이 섬전으로 화한 당가륵을 베어갔다.

채채채챙!

눈 깜짝할 사이에 십여 초가 오갔다.

그들의 공수는 너무 빨라서 철룡방의 연무장에 모인 무사들은 아무 것도 볼 수 없었다. 그저 여기저기 흩뿌려지는 겨울 햇빛에 넋을 잃을 뿐이었다.

하지만 검을 주고받는 두 사람은 빛으로 화하는 상대의 검을 느끼며 짜릿한 희열에 사로잡혔다. 물론 둘 중 하나는 그 희열 속에서 죽어갈 것이다.

"당가륵은 위험한 존재입니다. 그가 개봉의 유흥가를 장악하고 이곳 정주 로 세력을 넓힌 이유가 무엇일까요? 강호의 시선을 끌려는 것입니다."

섬뜩한 검이 눈을 현혹하는 와중에도 성검은 묘취화의 말을 떠올리 고 있었다. 아니, 오히려 검 한 자루에 집중하는 사이 그의 생각은 하 나로 가닥을 잡아갔다.

"당가륵의 배후에는 분명 누군가 존재합니다. 현재로선 우리를 제외한 모 든 세력은 적으로 간주됩니다. 왜 그를 죽여야 하느냐구요? 불행하게도 그는 우리 천년밀문에 대해 너무 많은 것을 알고 있습니다. 그것이 그가 죽어야 하는 이유지요."

　그 말을 할 때 묘취화의 얼굴에 스쳐 갔던 표정을 성검은 잊을 수 없었다. 분명 연민 혹은 슬픔의 표정이었다.
　하지만 묘하게도 성검의 눈엔 그 표정이 가식으로 느껴졌다. 마치 교미가 끝난 후 자신을 쾌락에 들뜨게 했던 수놈의 허리를 물어뜯고 살 오른 배를 야금야금 뜯어 먹는 사마귀의 그 냉막한 표정을 본 느낌이었다.
　묘취화 같은 절세미녀의 모습에서 사마귀를 연상한다는 것은 사실 쉽지 않다. 하지만 몸통을 뜯어 먹히면서도 암컷의 몸에서 떨어지지 못하는 숫사마귀들의 눈에, 암사마귀는 묘취화 이상으로 황홀한 모습일지도 모른다.
　성검은 어린 시절, 수컷을 뜯어 먹는 사마귀와 눈이 마주친 적이 있었다. 그때 사마귀는 기이한 역삼각의 얼굴을 좌우로 꺾으며 능청스레 성검을 바라보았다. 그리고 잠시 후 별것 아니라는 듯 다시 가느다란 두 다리로 수놈의 몸통을 옥죄며 가위 같은 주둥이를 움직여 아삭아삭 머리를 뜯어 먹었다.
　이후로도 몇 번 같은 모습을 보았고, 그때 받았던 충격은 강하게 뇌리에 남아 있었다. 그런데 그 섬뜩한 기억이 묘취화로 인해 되살아난 것이다.
　"헉—"
　한순간 정신이 번쩍 들었다. 성검은 아래에서 호선을 그리며 치고 올라오는 빛살에 당혹성을 터뜨려야 했다. 현란한 퇴법으로 방향을 바꾸며 물러섰지만, 빛살은 조금의 거리도 벌리지 않은 채 풍차처럼 회전하며 따라왔다.

성검은 빠르게 검을 회수해 아래에서 치고 올라오는 검을 쳐냈다.

챙!

검과 검이 마주치는 순간, 강한 반탄력이 일었다. 검이 튕겨졌고, 성검은 균형을 잃은 채 다시 몇 발 뒤로 물러서며 힘겹게 검을 휘둘러 검단으로 바닥을 찍었다. 하지만 그 순간 다시 서늘한 빛줄기가 뻗어왔다.

"흐음—"

성검은 침음성을 흘리며 본능적으로 허리를 활처럼 뒤로 휘었다. 빛줄기가 그의 턱뼈를 긁어내며 아슬아슬하게 스치고 지나갔다.

불에 덴 듯한 통증이 일었지만 망설일 틈이 없었다. 성검은 바닥을 찍고 있는 연검을 튕겼다. 그 탄력을 이용해 탄환처럼 빠르게 당가륵의 몸을 덮쳤다.

"헛!"

당가륵은 뜻밖의 반격에 당황했다.

하지만 자신을 덮친 것이 검이 아니라 성검의 몸이라는 사실을 곧 깨달았다. 그가 정신을 차린 것은 바닥에 쿵, 소리와 함께 몸이 닿는 순간이었다. 당가륵은 이제껏 자신의 검법에 취해 이성을 잃고 있었던 것이다.

"헉, 헉—"

바닥에 누운 두 사람은 가쁜 숨을 내쉬었다.

성검뿐 아니라 일방적으로 공세를 취한 당가륵 역시 심장의 박동이 빨랐다. 당장이라도 터져 버릴 것처럼.

“하하. 화 대협, 하마터면 당신 검에 죽을 뻔했소.”

온몸의 힘을 뺀 채 흐린 겨울 하늘에 시선을 주던 당가륵이 낮은 음성으로 중얼거렸다.

사실이었다. 언뜻 일방적인 우세를 펼친 듯했지만 성검에게선 틈이 느껴지지 않았다. 어느 순간부터 이성을 잃게 되었고, 자신의 검로에 취했다. 문제는 그의 검로가, 방금 전 머리 속에 그려졌던 가상의 비무와 한 치의 오차도 없었다는 점이다.

“나야말로 운이 좋았소.”

성검은 몸을 굴려 당가륵의 몸에서 떨어져 나왔다.

심장의 박동은 여전히 말발굽 소리처럼 빨랐고, 온몸에서 경련이 일었다. 비무 도중 주화입마에 들 수도 있겠다는 생각이 언뜻 스쳤다. 생사가 걸린 비무였다. 하지만 정작 성검은 꿈을 꾸고 난 느낌이었다.

돌이켜 보면 성검 역시 당가륵처럼 가상의 비무에서 그려졌던 검로를 그대로 따르고 있었다. 만약 환각에서 깨어나지 못했다면 아마도 당가륵의 검에 심장이 꿰뚫렸을 것이다.

묘한 일이었다. 똑같은 가상의 비무에서 두 사람은 서로의 검에 죽었다. 어떻게 그런 일이 가능할 수 있을까.

“술이라도 한잔하시겠소?”

당가륵이 길게 숨을 토해내며 물었다.

“당 대협이 사는 거요?”

“그럽시다. 술맛이 끝내주는 집을 알고 있으니.”

“음회회, 십선각이라면 나도 단골이라 할 수 있지요.”

두 사람의 시선이 가까운 거리에서 마주쳤다.

환상이었을까, 성검은 이번에도 자신이 거울을 바라보고 있는 것이 아닌가 하는 생각이 들었다. 알 수 없는 동질감이었다.

2

"호호. 내 충고를 무시하셨군요, 화 공자?"

묘취화의 앙칼진 음성이 연무장에 쩌러렁 울렸다. 미루나무 수림에
선 미처 눈치 채지 못한 가공할 내공이었다.

"묘취화."

당가륵의 표정이 차갑게 굳어졌다.

묘취화는 이제껏 성검과 당가륵의 비무를 지켜보고 있었던 게 분명
하다. 그들 두 사람이 끝내 승부를 내지 못한 채 일어서자 결국 당가륵
을 죽이는 일이 자기 몫임을 깨닫고 모습을 드러낸 것이다.

"누구냐!"

역우가 노성을 터뜨리며 주위를 둘러보았다.

묘취화의 음성이 연무장 전체에서 고르게 공명한 탓에 좀체 위치를
파악할 수 없었다.

"호호호. 역 방주, 오늘부터 이 철룡방의 주인이 될 사람이랍니다."

한결 부드러워진 묘취화의 음성이 연무장 앞 전각의 지붕 위에서 들
려왔다.

연무장에 있던 이들의 시선이 일제히 지붕 위로 향했다. 그곳에는
묘취화와 수십 명의 여검수가 일렬로 늘어서 있었다.

"나는 철룡방의 전대 방주 이가성이오. 귀하의 존성대명을 여쭈어도

되겠소?"

험악하게 인상을 찌푸리고 있는 역우를 다독이며 이가성이 나섰다.

언뜻 보기에도 묘취화의 존재가 예사롭지 않았다. 융통성 적은 역우가 나섰다가는 화를 입기 십상이었다.

"호호, 존성대명이랄 것도 없습니다. 소녀 묘취화라 합니다. 그러잖아도 이 대협의 명성은 익히 들어 알고 있습니다. 앞으로 철룡방의 운영에 있어 역 방주보다는 이 대협의 도움을 많이 받게 되겠군요."

"흥! 예의가 없는 계집이군."

역우가 묘취화를 노려보며 이가성 앞으로 나섰다.

최근 심상치 않은 일들이 꼬리를 물고 이어지는 탓에 역우는 많은 혼란을 느끼고 있었다. 하지만 철룡방을 위협하는 존재라면 언제든 맞설 생각이었다, 상대가 누구든 상관없이.

"방주, 참으시게."

이가성이 역우를 진정시키며 성검과 당가륵에게 눈길을 주었다. 묘취화의 등장이 그 두 사람과 무관하지 않다는 것을 눈치 챈 것이다.

"음회회. 묘 여협, 십선각으로 술이나 마시러 가지 않겠소? 마침 당 대협이 한잔 사겠다는구려. 십선각은 다 좋은데 계집들이 없단 말이지. 그러니 사내놈들끼리 잔에 술을 칠 수밖에. 그게 늘 아쉽던 차에 묘 여협을 보니 반갑기 그지없구려!"

성검이 묘취화의 얼굴을 빤히 쳐다보며 느물거리는 미소를 내비쳤다.

"호호, 내 부탁을 들어주지 않았다고 화 공자와 싸울 마음은 없답니다. 하지만 경거망동한다면 나 묘취화의 발톱을 보게 되겠지요."

비록 미소를 거두지는 않았지만 묘취화의 표정이 얼마간 경직되었다.

그도 그럴 것이 그녀는 천년밀문의 제이인자다. 아마 이제껏 단 한 번도 모욕을 당해본 적이 없을 것이다.

하지만 성검은 멈추지 않고 빈정댔다. 우선 천검궁과 천년밀문의 관계에 대한 궁금증이 풀리지 않았기 때문이다. 묘취화 스스로 입을 열게 하려면 아무래도 그녀를 자극해야 될 것 같았다.

"이런! 발톱을 보여주려면 신발과 버선부터 벗어야겠구려! 이거야 원, 그렇게까지 적나라하게 나오면 내가 난감하지."

"……!"

과연 묘취화의 표정에 노기가 어리기 시작했다.

"화 공자, 더 이상 나를 자극한다면 뒷일을 책임질 수 없습니다."

"음희회. 뭐, 그 정도 벗는 얘기로 자극이 된다니 놀랍구려. 하지만 뒷일을 책임지지 못하겠다니, 그럼 치마라도 벗겠다는 얘깁니까?"

성검은 색승 심공의 후예답게 끈적끈적한 눈길로 말했다.

갑작스런 상황에 멍하니 서 있던 철행궁과 모용각, 변금은은 존경스럽다는 표정으로 성검을 바라보았다. 노기를 가라앉히지 못하던 역우조차 고개를 갸우뚱하며 배시시 웃었고, 그 느끼한 웃음은 연무장의 무사들에게까지 전염되었다.

빠드득, 묘취화의 이 가는 소리가 성검의 귓전에 울리는 듯했다.

"흥, 내 경고를 무시한 대가를 치르게 해주지."

묘취화가 냉랭하게 말한 후 긴 치맛자락을 날리며 성검을 향해 날아들었다.

사르릉—

그녀의 손에 들린 상아검이 검집을 벗어났다. 그 순간 흐린 겨울 오후가 잠시 밝아지는 듯했다.

"어라, 아예 몸을 날리시는군? 이거 대낮에 침실도 아닌 곳에서."

성검은 우아하게 날아드는 묘취화를 보며 다시 한 번 이죽거렸다.

하지만 철룡방의 무사들은 더 이상 웃을 수 없었다.

"흥! 이를 드러내는 놈들은 모두 목이 달아날 줄 알아라."

지붕에 늘어서 있던 여검수들 가운데 하나가 앙칼지게 외쳤다.

그녀의 말을 신호로, 여검수들이 일제히 검을 뽑아 들며 묘취화의 뒤를 따라 신형을 날렸다. 마치 나비들이 일제히 잠에서 깨 날개를 펴 듯 황홀한 모습이었다.

"어허, 저런 고난도의 자세를……."

실실거리며 농지거리를 하던 성검의 표정이 삽시간에 굳어졌다. 우아하고 느리게 날아들던 묘취화의 검이 손을 떠나 빠르게 성검을 향해 쏘아져 들어온 것이다.

"흐억!"

성검은 묘한 신음성을 내며 빠르게 검을 뽑았다.

비록 맹렬한 기세로 쏘아지고 있으나 이미 묘취화의 손을 떠난 이상 검은 그저 검일 뿐이다. 그저 가볍게 쳐내면 그만이다.

하지만 아니었다.

"헛―"

묘취화의 검이 성검의 일 장여 거리 앞에서 갑자기 부챗살처럼 퍼지 며 열세 개의 검신으로 나누어졌다. 그것들은 성검을 향해 짓쳐들어 가는 대신 부드러운 호선을 그리며 사방으로 흩어지기 시작했다. 마치 길게 꼬리를 남기며 흩어지는 반딧불처럼 황홀한 광경이었다.

"화 공자, 조심하시오. 불영수십삼검(佛影手十三劍)이오."

당가륵이 담담한 음성으로 말했다.

현란한 검들의 공격에 정신이 없는 성검으로선 답답하게 느껴질 만큼 느린 음성이었다. 하지만 당가륵은 전혀 서두를 게 없다는 듯한 태도였다.

"불영수십삼검은 천년밀문의 시조 화극성녀가 창안한 것으로, 그 요체는 곡조에 있소. 화극성녀는 기존의 오 음계를 십삼 음계로 세분하고 하나의 악보를 만들었는데, 불영수십삼검은 그 곡조의 변화에 따라 규칙적인 검로를 따르게 되어 있지요. 탁월한 기교를 지녔지만 실제로는 하나의 큰 줄기에 묶여 있음을 알게 될 거요."

마치 강 건너 불 구경하는 듯한 태도였다.

다만 당가륵의 음성은 조금씩 변화를 띠고 있었다. 높고 낮게, 빠르고 느리게, 자칫 감지하지 못할 만큼 조심스러운 변화였다. 그런데 정작 놀라운 것은 언제부턴가 성검의 움직임이 당가륵의 음성처럼 잔잔해졌다는 점이다.

한편 당가륵의 시선은 허공에서 느리게 유영하고 있는 묘취화에게 고정되어 있었다.

"실제로 그 열세 개의 검신 역시 천잠사로 엮어져 있소. 하지만 결국 본검의 움직임에 따라, 바람에 따라 나부낄 뿐이오. 그 개개의 검신들은 쳐낸다고 해서 쳐낼 수도 없고, 민다고 해서 밀리지도 않소. 검신은 종잇장처럼 얇아 나비의 움직임처럼 종잡을 수 없고, 눈이 시릴 만큼 현란하오. 또한 힘을 흡수하고 튕겨내는 탄력은 마치 물과 북 같소. 하지만 그 종잇장 같은 검신을 얕보아서는 안 되오. 칼날은 고래 심줄도 가볍게 벨 수 있을 만큼 예리하고, 형체 또한 변화무雙하오."

이야기가 이어지는 사이 묘취화가 당가륵 앞에 내려섰다. 그녀는 열세 자루의 검을 향해 마치 현악기를 연주하듯 두 손을 빠르게 움직이고 있었으나, 매섭게 날이 선 시선은 당가륵에게 닿아 있었다.

당가륵 역시 그녀를 노려보며 계속해서 말을 이었다.

"화 공자, 그 검법을 제압하기 위해선 본검을 승부하는 수밖에 없소. 본검의 성질은 변화무쌍한 수(水), 토성(土性)의 검법을 펼쳐야 할 것이오. 토(土)는 음과 양의 경계, 태극 중의 무극, 혼돈만이 불영수십삼검을 잠재울 수 있소."

당가륵이 말을 마친 후 길게 한숨을 내쉬었다.

한순간 묘취화의 눈에 원망이 어렸다. 하지만 지극히 짧은 순간이었고, 당가륵 역시 애써 못 본 척했다.

채채채채챙―!

성검은 자기도 모르게 당가륵의 높고 낮고, 느리고 빠른 어조에 따라 검을 휘두르고 있었다. 열세 자루의 검이 현악기의 곡조라면 그의 칼 놀림은 검무 그 자체였다.

더욱이 당가륵이 불영수십삼검의 파쇄법을 말해 준 순간부터는 장난하듯 가볍게 검을 밀어낼 수 있었다. 촌철살인의 검결을 성검이 이해하기 시작한 것이다.

"호호, 화 공자의 춤 실력을 잘 보았습니다."

당가륵에게서 시선을 거둔 묘취화가 가볍게 손을 휘저으며 말했다.

스르르룽―

맑은 공명음을 내며 거미줄처럼 성검을 옥죄던 검신들이 결계를 풀기 시작했다. 열세 개의 검신은 처음과 마찬가지로 한 자루 검으로 변해 묘취화의 손으로 회수되었고, 성검은 그제야 무사들의 시선이 자기한 사람에게 모아져 있음을 알게 되었다.

"음회회, 이거 나 혼자 즐긴 것 같아서 무안하군."

성검이 머쓱한 표정을 지으며 중얼거렸다.

연무장의 분위기는 묘했다. 묘취화와 함께 나타난 수십 명의 여검수는 마치 꽃잎 형상으로 진을 이룬 채 철룡방 무사들과 대치하고 있었다. 물론 그녀들이 호위하고자 하는 인물은 묘취화였으나, 명령이 내려지면 언제라도 철룡방의 무사들을 쓸어버릴 기세였다.

'놀랍군. 하나같이 고수들이야. 비록 철룡방의 무사들이 수적으로 압도적이지만, 정작 싸움이 벌어지면 추풍낙엽이 될 게야. 철룡방 정도는 묘취화 한 사람만으로도 반 시진 안에 평정할 수 있을 테지.'

성검은 천년밀문의 여검수들을 흘낏 쳐다보며 내심 긴장했다.

"화 공자, 약속은 약속이니 술을 마시러 가야 하지 않겠소?"

묘취화에게서 시선을 거둔 당가륵이 말했다.

"음회회. 물론이지요. 아무래도 묘 여협은 술 생각이 없는 듯하니 우리끼리 가십시다. 이거야 원, 다짜고짜 검을 날리면 어쩌자는 건지."

"하하, 하지만 화 공자는 운이 좋은 편이오. 원래 천년밀문 소문주의 특기는 등 뒤에서 검을 찌르는 것이니 말이오."

"……!"

묘취화의 아미가 꿈틀거렸다.

그녀의 표정은 쉽게 이해하기 힘든 것이었다. 언뜻 슬픈 표정인 듯싶다가도 곧 냉소로 바뀌었고, 눈빛에 연민이 스치는 듯싶다가도 원망의 눈초리로 바뀌었다. 그렇게 애증이 교묘히 뒤섞이다가도 또 어느 순간엔 사마귀의 눈처럼 냉막하고 능청스러웠다.

"호호. 당가륵, 왜 천년밀문의 소환령을 무시했지요? 문주께선 당 대협을 무척 보고 싶어하셨는데 말입니다."

묘취화가 이번엔 미루나무 수림에서처럼 교태미 넘치는 미소를 띠며 물었다.

"하하, 아시다시피 난 천년밀문에 그다지 좋은 감정을 가지고 있지
않소."

"호호, 너무하는군요. 문주님은 싫다 해도 나, 묘취화가 보고 싶지는
않았나요?"

"……!"

시종 담담하던 당가륵의 눈이 무섭게 떨렸다.

묘취화와는 달리 당가륵의 표정은 단순했다. 냉막한 조소와 분노.
언뜻언뜻 그리움 같은 것이 배어 나오기도 했으나, 당가륵의 감정은 애
증, 그 이상은 아니었다.

"풋— 죽이고 싶지 않았냐고 물어보는 게 당연하지 않을까?"

"호호, 재미있어라. 어차피 당신 이름은 천년밀문의 척살부에 올랐
답니다. 나로서도 당신을 죽일 수밖에 없는 입장이지요. 호호, 내 손으
로 죽이기가 싫어 화 공자께 부탁했지만 이제 어쩔 수 없잖아요? 하지
만 당신도 나를 죽이고 싶다니 잘됐군요. 좋아요, 기회를 드리죠. 자,
당신의 검으로 묘취화를 찔러주세요."

묘취화는 보다 농염한 미소를 지으며 두 팔을 활짝 벌렸다.

그녀의 풍만한 가슴이 당가륵에게 안길 듯 다가왔다. 몽롱한 시선이
당가륵의 얼굴을 훑었고, 달짝지근한 숨결이 후각을 자극했다.

"……!"

사검의 손잡이를 쥔 당가륵의 손이 바르르, 떨렸다.

그는 이제껏 감정을 조절하며 담담하게 행동해 왔지만 더 이상은 아
니었다. 두 눈에선 줄기줄기 신광이 뻗었고, 질끈 깨문 입술엔 피가 배
었다.

“부드럽게… 부드럽게 찔러주세요. 당신은 늘 나를 달뜨게 했잖아요? 자, 망설이지 말아요. 기회는 지금뿐이랍니다.”

묘취화가 지그시 두 눈을 감으며 교소를 내비쳤다.

그녀는 마치 꿈을 꾸고 있는 듯했다. 아니, 어쩌면 당가륵에게 최면을 걸고 있는 것인지도 모른다.

“푸훗, 역시 술이나 마시러 가는 게 좋겠군.”

당가륵은 허허롭게 웃으며 뒤돌아 섰다.

신광이 사그라진 두 눈엔 초점이 없었다. 마치 백치의 눈동자처럼 아무것도 담겨 있지 않았다. 그것이 스산하게 느껴졌다.

“당신은 철룡방을 벗어날 수 없어요. 이곳이 당신의 무덤이 될 테니까.”

묘취화의 음성은 어느새 삭풍처럼 삭막하고 냉랭하게 변해 있었다.

그녀의 말에 성검은 반사적으로 여검수들에게 눈길을 주었다. 이제 곧 그녀들이 움직이리란 것을 알았기 때문이다.

하지만 문제는 더욱 심각했다.

“당가륵! 사사로운 감정으로 정의를 등지다니. 오늘 네 죽음은 너의 그릇이 그만큼 작았기 때문이라고 생각하거라.”

귀에 익은 여인의 음성…….

성검은 빠르게 고개를 돌렸다.

“흑화신녀? 아니……!”

철룡방의 대문으로 한 떼의 여인들이 들이닥치고 있었다.

그녀들의 수는 어림잡아 백여 명에 이르렀다. 취영오매와 궁장 차림의 여인 십여 명이 흑화신녀를 호위하듯 감싸고 있었고 나머지 여검수들이 그 뒤를 따랐다.

하지만 정작 성검이 놀란 이유는 따로 있었다. 흑화신녀와 함께 철룡방으로 들어서고 있는 한 사내 때문이었다.

"채 대인……."

성검의 입에서 침음성이 새어 나왔다. 낙양의 동방룡에 있어야 할 채승옥이 흑화신녀와 함께 이곳에 모습을 드러낸 것이다.

'은하대맥과 천년밀문이 손을 잡고 있다는 의미인가? 하지만 일이 이렇게 되도록 왜 내겐 아무런 얘기도 하지 않았을까.'

갑자기 현기증이 일기 시작했다.

"신녀께 인사드립니다."

성검과는 달리 당가륵이 차분한 어조로 말했다.

"흥, 네 인사 따위는 받고 싶지 않아. 당문과의 관계를 생각해 조용히 일을 해결하고 싶었지만 뜻대로 되지 않았구나? 말해 보거라. 네 배후를 밝힌다면 목숨은 살려줄 수도 있어."

흑화신녀는 못마땅한 표정으로 당가륵과 성검을 쳐다보았다.

한편, 그녀 옆에서 연무장을 둘러보던 채승옥은 성검과 눈이 마주치자 잠자코 있으라는 듯 눈짓을 보냈다. 그것은 취영오매의 일매 역시 마찬가지였다. 취영오매가 비록 성검과는 인연이 깊었으나 어쩐지 계속 꼬이고 있다는 느낌이었다.

'대체 무슨 일인지 알 수가 없지 않은가. 한 가지 분명한 것은 천년밀문이 점점 마음에 들지 않는다는 사실뿐이야.'

가볍게 한숨을 내쉬던 성검은 즉시 동방칠수의 수호성들을 바라보았다. 그들이 채승옥의 사람들이었다는 데 생각이 미쳤기 때문이다. 어쩌면 그들은 성검이 모르는 무엇인가를 알고 있을지도 모를 일이다.

하지만 변금은과 모용각, 철행궁 역시 의외라는 듯 황망히 눈동자를 굴릴 뿐이었다.

"하하, 죄송하지만 저와 천년밀문의 인연은 이미 오래전에 끊어졌습니다. 왜 아직도 제게 집착을 하시는지 모르겠습니다."

당가륵의 담담한 음성이 다시 성검의 시선을 잡아끌었다.

"뭣이라! 당가륵, 우리의 일에 사사건건 개입해 그르친 것은 네놈이었다. 지금에 와서 발뺌을 할 셈이냐?"

"신녀, 무슨 말씀인지 모르겠습니다. 저 당가륵, 비록 문중을 떠나 강호를 떠돌고 있으나 결코 악행을 저질러 온 적이 없습니다. 다만 정의롭지 못한 자들을 혼내준 경우가 있을 뿐인데, 저 때문에 일을 그르치셨다니……. 하하, 혹 천년밀문의 제자들 가운데 제게 당한 이들이 있습니까? 하지만 정말 그렇다면 그들은 분명 악행을 저지른 이들일 것입니다."

"이런 건방진……!"

흑화신녀의 얼굴에 노기가 어렸다.

당장이라도 일장을 날려 당가륵을 죽여 버릴 것 같았다. 그런데 웬일인지 그녀의 우수가 바르르 떨릴 뿐 앞으로 뻗어 나오지는 않았다.

힘겹게 살기를 잠재운 흑화신녀의 눈이 연무장 한편에 서 있는 묘취화와 마주쳤다. 두 사람의 눈빛엔 많은 감정들이 담겨 있었다.

'음… 알 수 없군. 한 가지 분명한 것은 묘취화 때문에 흑화신녀가 참았다는 것이겠지. 평생 그녀의 가슴에 한을 심어주기는 싫었을 테니까. 하지만 도대체 묘취화의 눈빛은 무엇이란 말인가…….'

성검은 가볍게 고개를 저었다.

묘취화의 눈빛은 어찌 보면 흑화신녀가 당가륵을 죽이지 않은 데 안도하고 있는 것처럼 보였고, 또 달리 보자면 왜 당가륵을 죽이지 않았는지 원망하고 있는 듯했다.

"모두 주목해 주시오. 나는 철룡방주 역우올시다. 도대체 무슨 일로 오늘 강호의 여러 고수들이 모이셨는지 알 수 없으나 여기는 엄연히 철룡방입니다. 더 이상의 소란은 원치 않으며 묵과할 수도 없습니다."

역우가 쩌렁쩌렁한 음성으로 소란을 잠재웠다.

비록 철룡방에 나타난 인물들이 하나같이 호락호락하지 않은 고수들이란 사실을 알고 있었지만 역우로선 더 이상의 수치를 감당할 수 없었다. 철룡방의 주인은 누가 뭐래도 역우 자신이었으니까.

하지만 그것은 어디까지나 그의 사정이었을 뿐이다.

"흥! 너 따위가 나설 자리가 아니다."

흑화신녀는 당가륵에 대한 화풀이라도 하듯 역우에게 주저없이 일장을 뻗었다.

"크헙!"

북을 두드리는 듯한 격타음에 이어 역우의 신음성이 터져 나왔다.

미처 피할 사이도 없이 일장에 가슴을 격타당한 역우는 피를 토하며 삼 장여 뒤로 나가떨어졌다.

흑화신녀의 일장은 신묘했다. 분명히 역우의 몸에 닿기까지는 아무런 기척이 없었다. 파공성은 물론 주위에 있던 이들의 옷깃 하나 흔들리지 않았다. 하지만 정작 역우의 가슴에 닿을 때는 산을 쪼갤 듯한 위력이었다.

"역우!"

"방주님!"

비학검 이가성과 철룡방의 무사들이 일제히 역우에게 몰려들어 그를 부축했다. 하지만 역우는 힘겹게 객혈할 뿐이었다. 치명상은 아니었으나 충격이 만만치 않았다.

"흑화 노선배, 대체 이게 무슨 짓입니까!"

성검이 매서운 눈으로 흑화신녀를 노려보았다.

제7장

고지기, 심득을 얻다

철룡방의 식솔들은 형제나 다름없었다. 성검 자신이 그들을 회유하지 않았는가. 아무리 상대가 흑화신녀라 해도 쉽게 넘어갈 일이 아니었다.

"호호, 네놈이 화관필이란 애송이더냐? 그러고 보니 지난번 십선각에서 마주친 적이 있군. 한때 우리 취영오매를 도와준 적이 있다고? 그때는 다른 이름이었다지, 아마. 어쨌든 함부로 나서지 말거라. 버릇없는 아이가 어떻게 되는지는 똑똑히 보았을 테니 말이야."

고개를 홱 돌려 날카로운 눈으로 쏘아보던 흑화신녀가 가소롭다는 듯 말했다.

"흥. 점점 가관이십니다, 노선배!"

성검이 빠드득, 이를 갈며 말했다.

이제껏 누구에게도 허리를 굽혀본 적이 없는 그였다. 아니, 허리를 굽힐 상대와 그렇지 않은 상대를 구분해 왔다. 그런데 흑화신녀는 결코 굽힐 상대가 아니었다.

"뭣이라?"

흑화신녀가 노성을 터뜨리며 눈에 살기를 드리웠다. 동시에 그녀의 좌수가 가볍게 뒤로 꺾였다. 당장이라도 일장을 쏘아낼 태세였다.

하지만 그때 그녀 옆에 서 있던 채승옥이 다급히 그녀와 성검 사이에 끼어들었다.

"화 공자, 자중하시오."

흑화신녀의 공격을 온몸으로 저지한 채승옥이 성검에게 다가오며 말했다. 그의 표정 역시 꽤나 난감해 보였다.

"제발 자중하시오, 제발."

성검의 두 손을 움켜쥔 채승옥이 낮으면서도 간절하게 중얼거렸다.

"채 대인……."

성검은 잠시 호흡을 가다듬었다. 역우가 당하는 모습을 보고 너무 흥분해 있었다. 만약 채승옥이 끼어들지 않았다면 어떤 일이 벌어졌을지 장담할 수 없는 상황이다.

"도대체 어떻게 된 일입니까?"

성검은 채승옥의 손을 풀며 나직하게 물었다.

"차차 말씀드리리다. 일단은 더 이상의 소요가 없도록 철룡방의 무사들을 진정시켜 주시오. 화 공자도 보셨다시피, 천년밀문의 문주는 성격이 급하오. 자칫하면 큰 소란이 일어날 것입니다."

채승옥은 들릴 듯 말 듯한 음성으로 말했다.

하지만 그의 만류에도 불구하고 사태는 좀체 수그러들 것 같지 않았다. 비학검 이가성의 분노가 폭발한 것이다.

"이 요녀, 더 이상 묵과할 수 없다!"

이가성은 역우를 펀히 눕힌 후 곧장 검을 뽑아 들었다.

피릉—

비학검 이가성은 이미 이성을 상실했다. 특유의 화려한 변초도 포기한 채 그는 흑화신녀를 향해 직선으로 쏘아져 들어갔다. 왼손을 검격에 살짝 걸친 채 몸을 곧게 펴 수평으로 신형을 날리는 그는, 말 그대로 한 마리 학처럼 우아했으며 섬전처럼 빨랐다.

하지만 상대는 호락호락하지 않은 고수들.

채채채채챙—

취영오매가 동시에 검을 뻗어 비학검의 검을 쳐냈다.

"홍, 감히 너 따위가 상대할 분이 아니야!"

삼매 은매란이 앙칼진 음성으로 말하며 이가성의 검로를 차단했고, 뒤이어 나머지 취영오매들이 이가성을 포위하며 합격하기 시작했다.

"오냐, 이 요녀들! 철룡방의 이름이 결코 헛되지 않다는 것을 확인시켜 주마. 비록 나 이가성이 죽는 한이 있어도!"

이가성은 팽이처럼 신형을 회전시켜 취영오매의 공격을 차단하며 허공으로 솟구쳤다.

허공의 한 정점에서 회전이 멎었다. 이어 날카로운 일갈과 함께 비학검의 허리가 활처럼 휘었고, 이번엔 수평으로 몸이 회전하기 시작했다.

"비학취어(飛鶴取魚)!"

한순간 강한 바람이 일며 검이 갈대처럼 휘어지는 듯한 환각이 일었다.

채채채채챙—!

강맹한 검풍에 놀란 취영오매는 일제히 퇴법을 펼쳐 공간을 넓혔다.

"홍, 촌놈치고는 제법인걸?"

은매란이 잘려 나간 옷섶을 매만지며 비아냥거리듯 말했다.

합격진을 펼친 덕에 위기를 모면하기는 했지만 취영오매로서도 섬뜩한 순간이었다. 일개 이름없는 방파의 무사치고는 놀라운 무위가 아닐 수 없었다.

하지만 이가성의 한계는 거기까지였다.

"커흡!"

갑자기 그가 피를 토하며 바닥에 주저앉았다.

지병을 앓아오던 이가성은 분노로 인해 이성을 잃고 급격하게 내공을 끌어올린 탓에 내상이 도지고 피가 역류하게 된 것이다.

"어머, 뭐야. 호호, 그게 다였어? 분수를 모르고 날뛰더니 결국 춤만 추다 말았잖아? 홍, 그럼 그렇지. 감히 시골구석의 하류무사 주제에……."

은매란이 어이없다는 듯 실소를 터뜨리며 말했다.

그녀는 방금 전 자신들의 합격에 이가성이 내상을 입은 것이라고 단정 지었다. 철룡방 따위에 취영오매를 상대할 무사가 있다는 사실을 인정하기 싫었던 것이다.

"이건 주제를 모르고 나선 대가야."

은매란의 검이 머리 위로 치켜졌다.

"멈춰!"

잠자코 상황을 지켜보던 성검이 노성을 터뜨리며 신형을 날렸다.

"호호, 이번엔 네가 덤비겠다는 거야? 정말 웃기는군. 하지만 잘됐다. 그렇지 않아도 처음부터 네놈이 마음에 들지 않았어. 감히 내 가슴을······.”

은매란이 말끝을 흐리며 바르르, 볼살을 떨었다.

지난번 구곡까지 닿는 뱃길에서 성검에게 봉변을 당했던 일을 떠올리자 수치감과 분노가 치솟았기 때문이다.

“이 대협, 미안하오.”

성검은 은매란을 무시한 채 바닥에 쓰러져 있는 이가성을 부축했다.

모든 게 자기 때문이란 자책을 떨칠 수 없었다. 철룡방을 부추겨 천검궁에 대항하지만 않았어도 이런 봉변은 없었을 것이다.

아니, 천검궁의 보복을 두려워하기는 했으나 믿었던 은하대맥의 묵인 하에, 혹은 은하대맥 자체에 의해 곤경에 처하게 될 줄은 몰랐다. 모든 게 뒤죽박죽이었다. 배신감에 치가 떨렸다.

“호호, 미안할 거 없어. 네놈이 먼저 죽게 될 테니까.”

은매란의 검이 성검의 목덜미를 향해 내리 꽂혔다. 하지만 그 순간 성검의 신형이 섬전처럼 움직였다.

“······!”

은매란의 두 눈이 홉떠졌다. 믿을 수 없는 일이었다. 그녀의 검이 성검의 검지와 중지 사이에 꽂혀 미동도 하지 않았다.

챙!

성검이 가볍게 두 손가락을 뒤트는 순간 은매란의 검이 두 동강났다.

“더 이상은 참지 않는다!”

성검의 두 눈에서 신광이 줄기줄기 뻗어났다.

가볍게 떨리는 채승옥의 두 눈과 마주쳤으나, 이제 멈추기엔 늦었다. 지금의 성검에겐 은하대맥이고 뭐고 생각할 겨를이 없었다. 단지 자신을 믿었던 이들에게 배신감을 안겨줄 수 없다는 신념뿐이었다.

"류 공자, 이게 무슨 짓이죠?"

취영오매의 일매 송가영이 앙칼지게 외쳤다.

"가영 누이, 더 이상 나를 난처하게 하지 마시오. 이곳은 분명 철룡방이고, 당신들이 쓰러뜨린 두 분이 바로 철룡방의 주인이오. 그만 물러가 주시오."

"……!"

송가영의 아미가 가볍게 경련했다.

성검의 온몸에서 피어오르는 살기를 감당할 수 없었다. 구곡에서 마주쳤을 때, 아니, 십선각에서 마주쳤을 때만 해도 성검에게선 아무런 기도도 감지해 낼 수 없었다. 그저 흔하게 볼 수 있는 낭인 무사 정도로만 여겼다. 하지만 지금의 성검은 달랐다. 그에게서 뿜어지는 기도에 숨이 막힐 지경이다.

"호호, 화 공자. 공자는 내가 상대해 드리지요."

묘취화가 가볍게 날아올라 송가영 옆에 내려섰다.

성검은 지그시 손을 움직여 검의 손잡이를 쥐었다. 이미 그녀의 불영수십삼검과 대적해 본지라 호락호락한 상대가 아니란 것을 알고 있었다.

"그래, 아직 승부를 내지 못했으니 끝을 봐야겠지."

성검의 검이 사르릉, 소리를 내며 검집을 벗어났다.

학검. 이가성에게서 받은 검이다. 우연이었을까? 성검은 평소와 달리 학검과 연검, 두 자루를 지니고 당가특과의 비무에 나섰다. 이가성과 역우에게 자신이 철룡방을 대신해 비무에 나섰음을 보여주고 싶었기 때문이다.

비록 당가륵과의 비무에서 미처 학검을 뽑지 못했지만, 결국 성검에 겐 학검을 쓸 수밖에 없는 상황이 오고 말았다.

'이 대협, 이 검으로 철룡방과의 의리를 지키겠소.'

"타핫—"

짧은 기합성과 함께 학검이 맹렬하게 허공을 갈랐다.

챙!

묘취화의 상아검이 눈부시게 빛나며 성검의 검과 마주쳤다.

두 사람의 검은 불꽃을 튀기며 순식간에 삼십여 초를 교환했으나 어느 쪽도 밀리지 않았다. 마치 보법을 무시한 채 검의 빠르기만으로 승부를 내겠다는 식이었다. 상체를 곧게 세운 채 상하좌우로 검을 찌르고 막으며 숱한 불꽃을 만들어냈다.

신체는 정지해 있고, 오로지 검만이 눈에 보이지 않을 만큼 빠르고 현란하게 움직였다. 그런 정(靜)과 동(動)의 대립은 묘한 부조화를 연출했으나, 막상 구경하는 사람들의 손에는 땀이 배어날 정도였다.

챙!

한순간, 두 사람의 동작이 딱 멈췄다. 두 자루 검은 조금의 반동도 없이 자석처럼 붙었다. 하지만 살기는 더욱 증폭되어 있었다.

'저놈이 저 정도 고수였단 말이야?'

싸움을 지켜보던 삼매 은매란은 두 눈을 동그랗게 뜬 채 성검을 빤히 쳐다보았다. 그녀는 자기도 모르게 옷소매를 꼭 쥐어짜고 있었다. 신광이 뻗어 나오고 있는 성검에게서 처음으로 사내다운 멋을 느끼는 중이었다. 물론 스스로는 인정하고 있지 않았지만.

"호호, 빠르군요. 내 몸을 달뜨게 하고 있어."

묘취화가 가쁜 숨을 몰아쉬며 야릇한 미소를 지었다. 후끈 달아오른 그녀의 숨결에서 단내가 물씬 풍겼다.

성검 역시 마찬가지였다. 묘취화와 검을 섞는 동안 알 수 없는 희열을 느꼈다. 마치 지난봄 강변에서 화향검과 비무를 겨룰 때처럼 짜릿한 전율이 일었고, 잠들어 있던 본능이 온몸을 휘어 감았다. 성검은 잠시나마 역우와 이가성의 일을 잊었다. 지금 그의 몸을 지배하고 있는 것은 오로지 투지였다.

한순간 성검의 양미가 꿈틀거렸다.

"이야아아압—"

성검은 검을 마주한 자세 그대로 전진하며 기합성을 내질렀다.

"하아—"

묘취화의 입이 가볍게 벌어졌다.

전혀 뜻하지 않은 공격이었다. 이제까지는 평수를 이루어왔지만 성검의 투로가 바뀌었다. 검을 마주하고 있던 그 잠시 동안 성검의 무위가 한 단계 진전되기라도 한 느낌이었다.

연달아 다섯 걸음을 물러선 묘취화는 다급히 정신을 수습한 후 검신을 좌측으로 가볍게 틀며 우측으로 펄쩍 물러섰다. 하지만 그녀는 발뒤꿈치가 닿기도 전에 다시 성검에게 몸을 날리며 순식간에 여섯 차례나 검을 휘둘렀다.

"……!"

성검이 입술을 질끈 깨물었다.

채 일 장도 되지 않는 거리였다. 그 거리에서 현란한 빛의 파동이 일었고, 그것에 현혹되려는 찰나 열세 개의 검신이 쏘아져 들어왔다.

불영수십삼검은 이미 그 파쇄법을 알고 있었다. 하지만 이번엔 달랐다. 비록 눈을 어지럽히는 열세 개의 검신은 같았으나, 그 검로는 일흔

여덟 방향이었다. 기습 공격이라고는 믿어지지 않을 만큼 완벽한 검의 결계가 순식간에 펼쳐진 것이다.

하지만 성검의 검로는 이미 결정되었다.

"타핫―"

성검은 검을 쥔 묘취화의 손목에 시선을 고정시킨 채 직선으로 뻗어 갔다. 검의 결계 따위는 잊었다. 묘취화의 검만 놓치지 않는다면 결계는 무의미해진다. 언뜻 현란해 보일지 모르지만, 거리가 너무 가까웠다. 묘취화는 그 점을 망각했던 것이다.

차르르릉―

학검이 상아검의 검신을 타고 미끄러지다가 수면 위로 물수제비 뜨는 돌처럼 가볍게 튕긴 후 묘취화의 손목을 찍어 눌렀다.

"하악―"

묘취화가 뾰족한 비명을 지르며 검을 놓쳤다.

그 순간, 천잠사로 연결된 열두 개의 검신이 바닥으로 떨어져 내렸다. 하지만 성검의 검은 쉴 틈을 주지 않고 묘취화의 목을 향해 그대로 뻗어 나갔다.

챙!

날카로운 쇳소리와 함께 검을 쥔 손이 짜르르, 울렸다.

"헛―"

성검은 침음성을 흘리며 그대로 동작을 멈추었다.

자칫하면 묘취화를 죽일 뻔했다. 아무 생각이 없었다. 머리 속은 칠흑처럼 어두운 공간으로 변했고, 직선으로 이루어진 빛살들이 어지럽게 뒤섞였을 뿐이다. 성검의 머리에선 그 빛살들에 저항해 또 다른 빛살을 만들어냈고, 지금에 이르렀다. 만약 누군가가 그의 검단을 쳐내지 않았다면 학검은 분명 묘취화의 목을 관통했을 것이다.

"……?"

천천히 옮겨지던 성검의 시선이 한 사람에게 멎었다. 흑화신녀였다.

2

"흥, 제법이구나. 동방칠수의 각다워. 하지만 더 이상 나를 화나게 한다면 네놈의 숨통을 끊어놓을 수밖에 없어."

흑화신녀가 엄청난 살기를 내뿜으며 또박또박 끊어 말했다.

그녀를 감싼 살기가 얼마나 매서운지 마치 공기 층이 일렁이고 있는 느낌이었다. 보름 전쯤 취봉접과의 싸움에서 입은 내상이 말끔히 치료된 것이 분명했다.

'동방칠수의 각답다? 그렇다면 흑화신녀 역시 내 내력을 알고 있다는 얘긴가? 도대체 어떻게 얽힌 관계지.'

성검은 머리가 혼란스러워졌다. 자신이 알지 못하는 일들이 너무 많았다. 은하대맥에 대해 막연히 의심이 이는 것도 어쩔 수 없는 일이었다.

"신녀께 무례를 범했다면 용서하십시오. 하지만 아무도 역 방주나 이 대협의 허락 없이 철룡방을 넘볼 순 없습니다."

성검은 검을 거두며 차분한 어조로 말했다.

아무래도 상황이 좋지 않았다. 비록 정주 내에서 철룡방의 무사들이 용맹을 떨치고는 있지만 천년밀문은 상당한 고수 집단이다. 취영오매만 하더라도 그 하나 하나가 방주인 역우나 이가성에 뒤지지 않는 인물이었다. 만약 싸움이 벌어진다면 삽시간에 무너져 내릴 것이다.

"화 공자, 진정하시오. 우린 철룡방의 관리를 천년밀문에 일임하기로 했습니다. 그게 상부의 명령입니다. 이미 개봉도 접수가 되었을 겁니다. 화 공자는 임무를 완수한 것이고, 이제 동방칠수엔 새로운 임무가 주어질 예정입니다."

채승옥이 성검을 안심시키기 위해 설득조로 말하며 다가왔다.

하지만 그 순간, 피를 토하며 쓰러져 있던 역우가 몸을 일으켰다.

"누구 맘대로! 우리 철룡방은 누구에게도 귀속되지 않소!"

홍건히 피에 젖은 입으로 역우가 씹어뱉듯 말했다.

흑화신녀를 노려보던 그의 눈이 천천히 성검을 향하고 있었다. 비록 절망적인 상황이었지만 한 가지만은 분명했다. 이가성이나 자신이 사람을 잘못 보지는 않았다는 것.

어차피 그들이 천검궁이라는 뒷배를 가진 검황문을 상대로 위험한 도박을 한 것은 은하대맥에 대한 믿음 때문이 아니었다. 아니, 은하대맥이라는 존재 자체를 알지 못했다. 그들이 믿은 것은 성검 한 사람이었다. 비록 지금 위기에 처하고 말았지만, 성검은 의리를 지키고 있다. 그것만으로도 위안이 될 듯했다.

"호호, 역우라고? 정말 가증스러운 놈이구나. 천검궁의 개 노릇을 하던 철룡방의 잡것이 왜 갑자기 협사의 흉내를 내고 있는 것이지? 그래, 모두 죽여주지. 어차피 너희 벌레 같은 것들은 내 성에 차지 않아. 얘들아, 한 놈도 살려두지 말거라! 어차피 수하로 거두지 않을 바엔 살인멸구(殺人滅口)를 해야 할 테니!"

흑화신녀가 표독스러운 표정으로 말했다.

　살인멸구. 그 한마디로 인해 연무장은 순식간에 칼바람의 소용돌이에 휘말렸다. 천년밀문 여검수들이 조금의 망설임도 없이 검을 뻗어 철룡방의 무사들을 베기 시작한 것이다. 마치 작정하고 온 듯 일사불란한 움직임이었다.

　“으아악―”

　“끄아아―”

　사방에서 비명성이 일었다. 철룡방의 무사들 역시 상황을 간파하고 일제히 검을 뽑았다. 하지만 수준 차가 너무 현저했다. 천년밀문의 여검수들은 그 하나 하나가 고수급이었고, 그런 그녀들의 검이 스치고 지나갈 때마다 혈화(血花)가 피어났다.

　“용서 못한다! 팔괘쾌섬도법!”

　역우가 도풍을 일으키며 여검수들 사이를 가로지르기 시작했다.

　순식간에 네 명의 여검수가 상체와 하체가 분리된 시체로 변했다. 내상에도 불구하고 역우는 한 방파의 방주답게 쾌속무비한 도법을 펼쳐 갔다.

　하지만 그것도 잠시, 세 자루의 검이 일제히 역우의 몸통에 꽂혔다.

　“역 아우!”

　이가성이 힘겹게 몸을 일으키며 포효했다. 그 순간 그의 입에서 검붉은 피가 분수처럼 뿜어져 나왔다.

　평생의 지기(知己)로 여기며 살아온 역우였다. 그의 죽음이 이가성의 몸속에서 심화(心火)를 불러일으켰고, 그 불길에 기혈이 들끓고 만 것이다.

　“끄, 끄아아아!”

　성검의 입에서 고막을 찢을 듯 처참한 노성이 터져 나왔다.

노을처럼 붉은 기류에 몸이 휩싸였다고 느낀 순간, 성검의 신형은 이미 그 자리에 있지 않았다.

"흐아악—"

"커헙—"

천년밀문 여검수들의 비명이 사방에서 터져 나왔다. 하나의 불덩어리가 빠르게 연무장을 휘돌고 있었다.

좌아아아—

불덩어리가 지나칠 때마다 기괴한 파공성이 일었고, 여검수들은 영문도 모른 채 피를 토해내며 고꾸라졌다. 일방적인 우세를 점하던 천년밀문의 여검수들 사이에 일제히 동요가 일었고, 그것은 불덩어리를 바라보는 흑화신녀 역시 마찬가지였다.

"……!"

미간을 찌푸리며 바르르 눈동자를 떨던 흑화신녀의 쌍수가 섬뜩한 청색 기류에 물들기 시작했다.

'호호, 놀랍군. 나 흑화신녀가 저런 애송이를 상대로 천년비화신공의 태극편을 펼치게 되리라곤 생각지 못했어.'

흑화신녀는 지그시 두 눈을 감은 채 두 팔을 빠르게 교차해 태극을 만들어냈고, 연무장의 한편을 향해 곧장 쌍수를 뻗었다.

콰오오오오—

뭉쳐진 한 덩어리의 청색 기류가 그녀의 쌍수를 떠나며 용의 포효와도 같은 파공성을 일으켰다. 한 마리 청룡이 성검을 향해 굽이쳐 들어가는 형상이다.

"화 공자!"

어디선가 다급성이 터졌다.

하지만 늦었다. 청룡은 어느새 용암을 뚫고 나온 화룡처럼 붉고 포악하게 변해 있었다. 그 거대한 불의 덩어리가 성검의 몸을 집어삼키기 위해 내리 꽂히는 중이다.

하지만 그 순간,

콰콰콰콰쾅—!

지축을 가를 듯한 굉음과 함께 거대한 폭사가 일었다.

"크헙—"

성검은 감당할 수 없는 폭사의 여파에 밀려 십여 장이나 날아가 연무장 앞 전각의 벽에 부딪쳤다. 그가 부딪친 벽면에 쩌억, 금이 가며 부서진 벽돌 가루가 쏟아져 내렸다.

"오호호호! 기영옥, 부끄럽지도 않느냐? 어린아이의 뒤를 노리다니 말이야. 천년밀문의 역사상 너처럼 치사한 문주가 있었더냐!"

지붕 위에서 한 노파의 음성이 쩌러렁, 울렸다. 취봉접이다.

"흥! 흡혈소란, 네가 어찌 감히 천년밀문을 입에 올리느냐! 밀문에서 떠난 계집이 아직껏 무공을 폐하지 않다니. 너야말로 뻔뻔한 계집이구나!"

흑화신녀가 노기 가득한 음성으로 씹어뱉듯 말했다.

"쯧쯧, 내 비록 사부의 뜻을 거스르고 밀문과의 인연을 끊었으나 역대 문주님들의 업적이 네 대에 와서 무너지는 것을 보니 마음이 편치 않구나. 오호호, 그래서 아예 이 참에 너를 밀어내고 내가 문주의 자리에 올라 천년밀문의 정통성을 이을까 하는데, 밀문의 장래를 위해 스스로 물러나지 않겠느냐?"

"흥, 어디 네년이 헛바닥이 잘리고도 계속 지껄일 수 있는지 보자꾸나!"

"오호호호! 주제 파악을 못하는 건 여전하군. 너는 늘 열등한 존재였느니라. 네가 환생에 환생을 거듭한다고 해도 영원히 내 발뒤꿈치도 따라오지 못할걸? 쌓아놓은 공덕이 없으니 말이야."

두 노파의 설전은 끝없이 이어질 듯했다.

하지만 가만히 살펴보면 적어도 독설에 있어 취봉접이 한 수 위임을 알 수 있었다. 그녀는 시종일관 느물거리는 말투로 흑화신녀를 자극했고, 흑화신녀는 아랫입술을 질끈 깨물었음에도 분노를 다스리지 못했다.

"그래, 흡혈소란. 마침 잘 되었다. 이곳을 네년의 무덤으로 만들어주마!"

흑화신녀의 쌍장이 거침없이 뻗어 나갔다.

촤아아아아—

또 한 마리의 용이 그녀의 쌍수를 떠나며 포효했다.

하지만 취봉접은 보름 전 이미 그녀와 손을 섞은 적이 있기에 정면으로 부딪치는 대신 가볍게 신형을 날려 지붕 아래로 내려섰다.

콰콰콰콰쾅—!

취봉접이 서 있던 지점에서 거대한 폭사가 일었고, 기왓장이 일제히 허공으로 솟구쳤다가 사방으로 비산했다.

"오호호호. 기영옥, 괜히 힘 뺄 필요 없다. 어차피 너는 나에게 안 되는 계집이거든. 난 그저 오늘 내 손주 사위를 구하기 위해 온 것뿐이야. 그러니 다음에 놀아주마."

"……?"

흑화신녀가 묘한 표정을 지었다. 손주 사위라니, 취봉접이 무슨 이야기를 하고 있는지 알 수 없었기 때문이다.

"쩝. 기영옥, 그리고 보면 네가 부럽기도 하구나. 무자식이 상팔자라고, 자식 없이 늙었으니 천하에 무슨 근심이 있을까? 오호호호, 딸이고, 손주고, 증손녀고 하나같이 속을 썩이니 흰머리가 안 늘 수 없단 말이지."

취봉접은 고개를 절레절레 흔들다가 곧장 몸을 돌려 성검 옆으로 날아들었다.

"쯧쯧. 부실한 녀석, 이렇게 허약해서야 어디 밤일이나 제대로 할 수 있겠느냐? 우선 녹용이나 다려 먹여야겠어."

쓰러져 있는 성검을 내려다보며 취봉접이 다시 한 번 혀를 찼다.

"도대체 무슨 수작이지?"

흑화신녀가 매서운 눈초리로 노려보며 물었다.

"오호호호, 말하지 않았느냐. 이놈이 바로 내 손주 사위 될 놈이니라. 뭐, 무공은 좀 달리지만 그래도 얼굴 하나는 반반하지 않느냐?"

"……!"

"그렇게 놀랄 것 없느니라. 너 기영옥이 겁을 상실하고 내 손주 사위를 상하게 했지만 모르고 한 일을 어찌 탓할 수 있을까. 내가 다 용서하지. 오호호호!"

취봉접은 그 작은 체구를 움직여 성검을 옆구리에 낀 후 곧장 신형을 날렸다.

흑화신녀를 비롯한 천년밀문의 여제자들은 멀뚱히 그 모습을 지켜볼 뿐 아무런 제지도 할 수 없었다. 취봉접이 마치 새처럼 날아 어느새 담장 위에 서 있었던 것이다. 그런데 담장 위엔 언제 나타났는지 초지일관 초지가 기다리고 있었다.

"아, 한 가지 잊을 뻔했군. 주허자, 그 늙은이가 특별히 부탁한 것이 있는데 말이야. 얘, 초지야, 이놈은 네 서방이니 네가 이고 가거라.”

취봉접이 초지에게 성검을 떠넘기며 말했다.

잠시 연무장을 둘러보던 취봉접은 이내 한곳에 눈길을 멈추더니 곧장 몸을 날려 당가륵 앞에 내려섰다. 당가륵을 에워싸고 있던 천년밀문의 여제자들은 제풀에 놀라 서너 걸음씩 물러섰다.

“오호호, 네놈도 제법 잘생겼구나?”

“……?”

취봉접의 뜬금없는 말에 당가륵은 가벼운 미소를 내비쳤다.

하지만 그녀는 당가륵의 반응 따위는 중요하지 않다는 듯 빠르게 손을 뻗어 그를 점혈한 후 옆구리에 끼워 넣었다.

“주 늙은이 부탁이니 너도 데려가야겠다.”

말을 마친 취봉접은 다시 신형을 날려 담장 위로 올라갔다.

그때까지도 흑화신녀는 당혹스런 표정으로 취봉접의 행동을 지켜볼 뿐이었다. 뒤늦게 정신을 차리고 뭔가 말을 하려 했지만 취봉접이 먼저 입을 열었다.

“오호호호. 기영옥, 이 말을 하지 않을 수 없구나. 살인멸구를 하기 위해 이 많은 놈들을 다 죽이겠다니 혹시 미친 게 아니냐? 오호호호, 죽이는 거야 네 마음이지만 돌아가신 사부님이 네 짓거리를 안다면 무덤을 뚫고 나오려 하시지 않겠느냐?”

“취봉접, 정녕 네가 죽음을 자초하는구나!”

흑화신녀는 빠드득, 이를 갈았다.

하지만 취봉접은 이제 볼일이 다 끝났다는 듯 길게 웃으며 신형을 날렸다.

“오호호호! 더 놀아주고 싶지만, 너처럼 열등한 계집이랑 놀면 수준만 떨어질 것 같아서 그만 가야겠다. 오호호호!"

난장판이 된 철룡방의 연무장에는 한동안 취봉접의 웃음소리가 메아리쳤다.

3

"나도 같이 놀자아—"

우물 속의 귀신은 쉬지 않고 지껄여 댔다.

분명히 늙은이의 목소리였지만 워낙 쩌렁쩌렁해서 구구방과 흑풍채의 도적 놈들은 간담이 서늘해지는 것을 느꼈다. 하지만 그런 공포가 한편으론 자칫 와해될 위기에 처했던 구구방과 흑풍채의 관계를 다시 돈독하게 다지는 계기로 작용했다.

"소 방주, 화룡방이 고수를 영입했다는 소문이 헛소문이 아니었나 보오. 마치 고막을 찢어놓을 듯한 음공이 아닙니까."

"하지만 왜 저런 고수가 이제야 모습을 드러내는지 모르겠구려."

험악한 눈길을 주고받던 맹요구와 소두병은 어느새 손을 맞잡고 있었다. 그 마주 잡은 손으로 사나이들의 뜨거운 우정이 전류처럼 흘러갔다.

"소 방주, 구구방의 용맹무쌍한 무사들을 시켜 확인해 보는 게 좋을 듯하오."

맹요구가 슬쩍 곁눈질해서 소두병의 눈치를 살피며 말했다.

하지만 소두병이라고 해서 애꿎은 부하들을 다치게 하고 싶지 않았다. 이미 맹요구의 속셈을 확인하지 않았는가.

"아니, 그럴 수야 없지요. 흑풍채의 용사들이 일을 마무리 짓는 게 순리라고 생각하오."

"어허, 무슨 그런 겸양의 말씀을……."

"우라질, 겸양은 무슨……. 방금 전까지만 해도 기세등등하던 맹 채주께서 갑자기 왜 이러시오. 우리 덜떨어진 구구방은 그냥 구경만 하겠소이다."

두 사람은 맞잡았던 손을 획 뿌리치며 다시 으르렁거리기 시작했다.

한편, 곤죽이 되도록 얻어맞고 바닥에 질질 끌려 맹요구와 소두병 앞에 내던져졌던 장여룡과 염자방은 조금씩 정신을 수습하고 있었다. 그들의 꺼져 가던 의식을 깨운 것은 분명 고지기의 음성이었다.

"자방아, 이놈. 조금만 기다려라. 나 고지기가 나가서 같이 놀아주마아—"

고지기는 계속해서 소리를 내지르고 있었다.

장여룡과 염자방은 피가 배어 붉게 물든 눈으로 서로의 얼굴을 쳐다보았다. 얼어붙은 땅바닥에 볼이 닿아 있었지만 아무런 감각이 없었다. 온몸의 관절이 흐물흐물 녹고 뼈가 어긋난 것처럼 쑤셨다.

"혀, 형님… 저 늙은이가 아직… 살아 있었나 봅니다."

염자방이 힘겹게 입술을 달싹여 들릴 듯 말 듯 작은 소리를 토해냈다.

칠 척 거구, 역발산기개세로 불리던 염자방이었지만 역시 매에는 장사가 없었다. 여기저기 찢겨 나간 옷 사이로는 실뱀처럼 꿈틀거리던 근육덩어리 대신 흉하게 입을 벌린 검상(劍傷)과 멍 자국이 있었을 뿐이고, 곱슬곱슬한 털은 피에 엉겨 굳어졌다. 어느 모로 보나 푸줏간에 걸린 고깃덩이 이상은 아니었다.

그것은 장여룡 역시 마찬가지였다. 자르르 윤기 흐르던 흑발은 피 때문에 적발(赤髮)이 되었고, 꺾어진 팔꿈치로는 하얀 뼈가 드러나 끔찍한 모습이었다.

"고, 고지기 스님이 그… 동안 우물 안에 있었던 모양이군."

장여룡은 피식, 실소를 터뜨렸다.

고지기는 약 한 달 전쯤 갑자기 종적을 감추었다. 워낙 식탐 많고 주접스러운 늙은이라 간혹 염자방에게 잔소리를 듣긴 했지만, 그렇다고 대접이 소홀했던 것은 아니다. 그가 의형제를 맺은 성검의 사부인만큼 염자방과 장여룡은 정성을 다해 봉양했다.

그런데 고지기가 아무 말 없이 사라진 것이다. 처음 한동안 염자방과 장여룡은 그가 또 어디 주루나 식당에 가서 제멋대로 화룡방의 이름을 팔아먹으며 외상을 긋고 있으려니 여겼다. 하지만 사흘이 지나도록 모습을 드러내지 않자 슬슬 걱정되기 시작했고, 닷새가 지나고부터는 화룡방의 식솔들을 일제히 풀어 고지기를 찾아 나섰다.

하지만 어디에도 고지기의 흔적은 없었다. 남진관을 떠나지 않고는 불가능한 일이었다. 아니, 남진관을 떠났다 해도 누군가의 눈에는 띄었어야 정상이다. 그런데 그 무렵 누구도 그를 보았다는 사람이 나타나지 않았다.

장여룡과 염자방으로선 난감한 일이 아닐 수 없었다. 몸이 성하다면 모를까, 술이나 음식 먹을 때 빼고는 송장이나 다름없던 늙은이가 엄동설한에 자취를 감추었으니 필경 화를 당한 게 분명하다고 여겼다.

"미친 영감은 어, 어쩔 수 없는 모양입니다. 사, 살 수 있는 기회를 놓치다니……."

"그러게 말일세. 하지만 목청 하나는 여, 여전히 쓸 만하군. 그나저나 서, 성검 아우를 볼 면목이 없군. 저 영감이라도 살아 있다면 면목은 섰으련만……."

"하하, 우리 의형제는 한날한시에 죽기로 했는데 약속을 지키지 못하게 되었습니다, 형님."

"하지만 자네와 난 함께 가는군."

염자방과 장여륭은 씁쓸한 미소를 머금은 채 서로를 바라보았다.

점차 정신이 흐릿해졌다. 언 땅이 따뜻하게 느껴졌고 잠이 밀려왔다. 아무 생각 없이 긴 잠에 들고 싶었다.

하지만 그때였다.

"푸헤헤헤! 고지기가 회춘을 했으니 당장 송죽루로 가서 묵향이랑 놀자—"

우물 안에서 회오리 소리와 함께 쩌렁쩌렁한 공명음이 터져 나왔다.

우물을 덮어두었던 묵직한 박달나무 덮개가 콰지직 소리를 내며 박살이 난 것도 그 순간이었다.

"으허헉—"

"까아악—"

두려운 눈빛으로 우물을 노려보고 있던 소두병과 맹요구가 깜짝 놀라며 몇 걸음 물러섰다.

그럴 수밖에 없었다. 볼까지 길게 늘어진 눈썹 아래에선 신광이 줄기줄기 뻗어 나왔고, 문둥이처럼 뭉개진 코에서는 연신 콧김이 뿜어졌다. 하지만 가장 섬뜩한 것은 귀밑까지 길게 찢어진 아귀 같은 입이었다.

"매, 맹 채주, 귀신, 아니, 야차가 분명하오!"

"세상에! 이런 일이……."

소두병과 맹요구만이 아니었다. 수적들과 산적 놈들이 일제히 비명을 내지르며 고지기에게서 멀찍이 물러서기 시작했다. 기괴한 생김새는 물론, 그가 보여준 가공할 무위에 기가 질려 버린 것이다.

"혀, 형님, 저 늙은이 눈을 보십시오. 백태가 없어졌습니다!"

"백태뿐만이 아닐세. 몸에서 풍기는 기도를 보게나. 분명 과거의 고지기가 아니야. 도대체 그동안 저 늙은이에게 무슨 일이 벌어진 게지?"

염자방과 장여룡은 정신이 번쩍 드는 듯 몸을 꿈틀거렸다.

어쩌면 아직 화룡방의 운이 다한 게 아니란 생각이 퍼뜩 스쳐 갔다. 고지기는 툭하면 왕년을 들먹이면서 자신이 한때 소림사의 최고수라고 말해 오지 않았던가. 당시엔 입이라도 꿰매 버리고 싶었지만 지금은 아니었다. 그들이 보기에도 고지기의 몸에서 풍기는 기도는 절세고수의 그것이었다.

"엥? 네놈들은 누구냐. 그리고… 헤헤. 자방이랑 여룡이가 맞군. 네놈들은 게서 뭘 하고 있느냐. 푸헤헤, 한심한 놈들. 나이가 몇인데 아직까지 그렇게 애들 같은 놀이를 하느냐? 헤헤, 정말 취향이 별난 놈들이라니까."

멀뚱히 장원을 살피던 고지기가 고개를 갸우뚱하며 말했다.

고지기의 회춘. '금개록'의 진언에 빠지면서 고지기에겐 탈화 현상이 일어났다. 서로 다른 기가 상충해 급속도로 내력이 고갈되기 시작한 것이다. 그나마 초령흡기술로 시체에 남아 있는 기를 흡수하며 근근히 내력의 고갈을 막았지만 언제부턴가 마음을 비우고 그냥 죽음을 기다리게 되었다.

하지만 그 이후 고지기는 꾸준히 금단 현상에 시달렸다. 금개록에 적힌 밀교 진언에 중독되어 있었던 것이다. 성검이 남진관을 떠난 후 고지기는 더 이상 자신을 통제할 수 없었다. 초령흡기술로 생사람의 기를 흡수하고 싶은 욕구에 시달렸던 것이다.

어쩔 수 없이 고지기는 자신을 통제하기 위해 마지막 남은 기력을 모아 스스로의 능력을 봉인하기로 했다. 자신에게 내재된 능력, 즉 진언을 통한 주술로 사람들을 해치지 않기 위해 결계를 형성하고 그 안에 스스로를 가둬둘 작정이었다.

하지만 그러기 위해선 일정한 공간이 필요했다. 물론 고지기는 그 공간이 자신의 무덤이 되리란 사실을 잘 알고 있었다. 한동안 마땅한 공간을 찾아 헤매던 고지기가 발견한 곳은 연무장 한편에 자리잡은 폐정(廢井)이었다.

더 이상 물이 솟지 않아 그 우물을 조만간 메울 생각이란 얘기를 염자방에게 들은 기억이 있었다. 고지기는 당장 우물 안으로 기어들어 갔다. 자신이 그 안에서 결계를 형성한다면 아무리 위급한 상황에서도 다른 사람을 해치지 못할 테고, 설령 시체가 발견되지 않는다 해도 우물이 메워질 때 자연스럽게 매장되리란 생각을 하게 된 것이다.

우물은 생각보다 깊었다. 바닥에서 입구까지 무려 이십여 장의 거리였다. 햇빛 한 줌 새어 들어오지 않는 그곳에서 고지기는 결계를 형성한 후 가부좌를 틀고 죽을 날만 기다렸다.

물론 처음 한동안은 왜 그렇게 먹고 싶은 것들이 생각나는지, 당장 결계를 풀고 꺼내달라고 버럭버럭 소리를 내지를까 하는 생각도 들었다. 하지만 고지기의 마지막 자존심이 그것을 허락하지 않았다.

'에이힝— 국수도 좋지만 깔끔하게 죽자. 그동안 떨어온 주접으로

도 충분하다. 아무렴, 고승이 되어 열반에 들지는 못해도 정갈한 죽음
을 맞는 것을 포기할 수야 없는 일이지.'

고지기는 그렇게 스스로를 설득하며 아직 머리 속에 남은 불교 경전
의 구절들을 떠올렸다.

하지만 묘하게도 떠오르는 것은 '금개록'에 적힌 진언뿐이었다. 더
욱이 한 번 떠오른 진언들은 아무리 노력해도 머리에서 떠나지 않았다.
꼬리에 꼬리를 물었고, 그동안 깊게 생각하지 못했던 진언이 조금씩 이
해되기 시작했다.

그렇게 보름이 지날 무렵, 묘한 현상이 일어났다. 이미 식탐을 비롯
한 모든 욕구들이 사라지고 머리가 맑게 틔어왔다. 더욱이 지난 보름
간 반복해서 되뇌었던 진언들이 하나하나의 영상으로 되살아났다.

정작 놀라운 것은 그 영상들이 호흡법과 수면법으로 이어지고, 그것
이 또다시 무공 초식으로 변화해 갔다는 점이다. 언젠가 성검에게 말
했듯 금개록은 무학에 가까운 진언집이었고, 그 뿌리는 마교에 가까웠
다.

다시 열흘이 지날 무렵, 어이없게도 고지기는 입신(入神), 즉 일종의
강신(降神)을 경험하게 되었다.

〈들어라.〉

자신의 내면 깊숙한 곳에서 알 수 없는 소리가 울려 퍼졌다.

고지기는 잠시 고개를 갸우뚱했다.

'에히잉, 너무 오래 굶다 보니 환청이 들리는군. 하긴, 이제까지 환
각에 시달렸는데 환청이 깔린다고 이상할 것도 없지.'

고지기는 환청을 무시한 채 지그시 눈을 감고 정신을 집중했다. 요
사이 호흡이 안정되며, 쑤시고 결리던 몸이 한결 좋아졌다. 아무래도

그게 단식과 명상의 효과가 아닐까 하고 고지기는 생각했다.

그런데 알 수 없는 목소리가 다시 내장을 울리며 머리로 치고 들어왔다.

〈좀 들어라.〉

"엥?"

〈영감탱이, 제발 좀 들어라.〉

"어쭈구리."

고지기는 두 눈을 번쩍 떴다. 그리고 다시 고개를 갸우뚱했다.

하지만 그 순간 벼락같은 섬전이 두 눈을 가득 채웠고, 정신이 아찔해졌다. 머리 속에선 중구난방으로 떠돌던 숱한 초식들이 하나로 연결되며 일사불란하게 움직였고, 알 수 없는 음성이 계속 이어졌다.

〈고지기, 나는 미타삼존(彌陀三尊)을 모시던 막불족(莫佛足)이다. 한때 소림의 승려로 천축과 서장을 드나들며 불경을 수집하고 연구하던 중 미타삼존의 계시를 받아 하나의 종파를 여니 그것이 바로 화라마종(華羅魔宗)이다. 나 막불족은 화라마종의 시조로 이곳 대륙에 새로운 부처의 전당을 세우고 미타삼존의 법을 설파하던 중 무지몽매한 소림의 중놈들에 의해 핍박을 받게 되었다.〉

"환장하겠군."

고지기는 머리를 윙윙 울리는 목소리에 저항하며 빠드득, 이를 갈았다.

'죽어도 곱게 죽자! 이 나이에 마귀의 꾀임에 빠졌다간 오공으로 피를 토하고 죽는 것도 모자라 무간지옥에서 온몸이 찢기는 고통을 받을게야. 아무렴. 나모라 다나다라 야야 남악알야 바로기제 새바라야.'

처절했다. 고지기는 '신묘장구대다라니' 를 읊어 마귀의 목소리에 저항했다.

대비신주로도 불리는 신묘장구대다라니는 관음보살의 대자대비한 힘을 빌어 액란을 벗어나고 자비와 지혜를 얻게 되는 다라니로, 그 오묘한 힘을 빌면 고목에서도 꽃을 피우고 죽은 새도 살린다고 전해진다. 고지기는 어줍잖은 퇴마 진언으로 승부하느니 관음보살의 힘으로 마를 다스리고자 했다.

하지만 웬걸.

〈옴 살바 바예수 다라나 가라야 다사명 나막 가리다바 이맘알야 바로기제 새바라 다바 니라간타 나막 하리나야 마발다…….〉

"옴 살바 바예수 다라나 가라야 다사명 나막 가리다바 이맘알야 바로기제 새바라 다바 니라간타 나막 하리나야 마발다……. 엥?"

다라니에 한참 몰입해 가던 고지기는 자신이 마귀와 함께 '신묘장구대다라니'를 합송하고 있음을 깨닫고 퍼뜩 정신을 차렸다.

〈참으로 오묘한 깨달음이 있지 않으냐? 케헴, 시간이야 많지만 너의 궁금증을 풀어주기 위해 계속 이야기하마.〉

고지기가 다라니를 멈추는 것과 동시에 마귀가 다시 이야기를 이어 갔다.

〈비록 무지몽매한 소림의 중들이 나를 잡아 퇴마 의식을 행한 후 참회동에 가두었으나, 그곳에서도 나의 전도는 멈추지 않았다. 참회동에 갇힌 중들은 물론 그곳을 지키는 고승들까지도 나의 법력에 감화를 받아 스스로 제자 될 것을 자처하니, 소림사에선 나를 더욱 경계해 뇌옥에 가두게 되었다.〉

"어허, 저런……."

고지기는 자기도 모르는 사이에 마귀의 말에 현혹되고 말았다.

어쩌면 당연한 일인지도 모른다. 수십 년간 장경각 안에서 고독하게 무학에 심취했던 그로서는 인간의 고독에 관해 누구보다 쉽게 공감할 수 있었으니까.

〈하지만 그 역시 미타삼존의 뜻. 그 뇌옥에는 지키는 이도 없이 단 한 사람의 죄인이 있었다. 그는 과거 마교의 교주로, 강호의 절세고수로 꼽혔던 음양마(陰陽魔) 독거이(獨巨異). 정파연합의 협공으로 어렵게 생포해 이곳 소림의 뇌옥에 가두게 된 인물이다. 나 막불족은 그 가없은 중생을 위해 미타삼존의 뜻을 가르치고 화라미종의 대통을 잇게 하였다. 그러나 오호, 통재라…….〉

"아니, 또 무슨 일이……."

고지기는 마른침을 꿀꺽 삼켰다.

사실, 고지기 역시 독거이에 관해 잘 알고 있었다. 그는 삼백 년 전의 기인으로, 강호 일통을 목전에 둔 상태에서 갑자기 실종되었다. 이후 마교는 끊임없이 쇠락했고, 이제는 천검궁에 밀려 그 명맥만 힘겹게 잇고 있는 상황이다. 그런데 바로 그 독거이가 소림사의 뇌옥에 갇혀 있었다니…….

어쨌거나 막불족인지 마귀인지의 이야기는 앞뒤가 매끄럽게 이어졌다. 다만 독거이와 같은 뇌옥에 갇혔다면 막불족 역시 삼백 년 전의 인물. 이미 귀신이 되었을 테니, 자신이 귀신에 시달리고 있다는 사실은 더욱 확실해진 셈이다.

〈독거이의 명은 나 막불족보다 짧았으니, 그가 남긴 것은 하나의 무공 비급뿐이었다. 난 제자의 죽음을 기리기 위해 비로소 화라미종의 정수와 그가 남긴 무공 비급의 정수를 한 권의 책으로 정리하니, 그것이 바로 '화라마경(華羅魔經)' 이다. 하여 화라마경에 기록된 진언들은

그 하나하나가 미타삼존의 말씀인 동시에 절정에 달한 독거이의 무학이다.〉

"아……!"

짧은 침음성이 자연스럽게 고지기의 입을 비집고 나왔다. 비로소 금개록이 마교의 무학과 그 뿌리를 같이하게 된 연유를 알게 된 것이다.

마귀, 아니, 막불족의 이야기는 계속 이어졌다.

〈세월은 흘렀고, 나 막불족 역시 열반에 들 때가 되었다. 하지만 한 가지 미혹이 남았으니, 그것은 미타삼존의 계시로 완성된 화라마종의 대통이 끊어지는 것. 독거이가 죽은 이후 뇌옥에는 어떤 죄인도 들어오지 않았으니 나는 최후의 선택을 할 수밖에 없었다. 바로 유혼잠기술(幽魂潛氣術)을 통해 나의 마지막 기 한 가닥을 화라마경에 실어놓는 것이다. 또한 나는 사후의 일을 배려해 이 화라마경의 표지에 '금개록' 이라는 글자를 적게 되니, 이것을 최초로 여는 자에게 내가 남긴 마지막 기 한 가닥과 화라마종의 대통을 넘기기 위해서다. 고지기여, 이제 나의 호흡은 다 되었다. 그대가 원하든 않든 그대는 화라마종의 대통을 잇게 되었다. 부디 미타삼존의 뜻을 이어 세상을 밝게 비추거라.〉

막불족의 이야기가 끝나는 것과 동시에 고지기의 온몸에서 뜨겁고 차가운 기운이 휘돌기 시작했다.

"커흡……!"

고지기는 신음을 토해내며 그대로 고꾸라졌다.

막불족에게 몇 가지 궁금한 것을 더 물어보고 싶었으나 도저히 그럴 상황이 아니었다. 온몸의 뼈마디가 어긋나고 기혈이 뒤틀리는 듯한 통증이 찾아왔다. 머리는 섬전으로 가득 차고 심장이 파열될 것처럼 들끓었다.

"끄아아아—"

처절한 비명과 함께 고지기는 그대로 까무러치고 말았다.

고지기가 깨어난 것은 방금 전의 일이다. 쇠가 맞부딪치는 소리와 고성이 우물 안까지 꽝꽝 울려 퍼졌다.

얼마나 오랫동안 가사(假死) 상태에 있었던 것인지는 모르지만, 한 가지 확실한 것은 고지기 자신이 부활했다는 사실이었다.

백태로 뒤덮였던 두 눈은 어둠 속의 물체까지 분별할 만큼 밝아졌고, 청각 또한 마찬가지였다. 과거 무공이 절정에 달했을 때 이상으로 몸에 활력이 넘쳤고, 호흡을 할 때마다 청량한 기운이 들고났다. 분명 회춘이었다.

"우헤헤헤. 이것이 다 미타삼존의 법력일세. 아무럼, 우헤헤헤! 자, 이제 때가 도래하였으니 대륙에 화라마종의 세를 넓히고 미타삼존의 법으로 우매한 중생을 깨우쳐 주리라, 화라마종 제삼대 종주 고지기의 이름으로!"

그렇게 해서 고지기는 우물의 덮개를 박살 내며 세상에 다시 모습을 드러낸 것이다.

"스, 스님……."

피투성이가 된 채 언 땅에 처박혀 있던 염자방이 힘겹게 고지기를 불렀다.

"응? 왜 그러느냐. 헤헤, 그나저나 그동안 백태 때문에 흐릿하게 보였는데, 이제 보니 자방이 넌 천상 수적 놈 해먹을 팔자였구나. 생긴 것도 참……."

"도와… 주십시오."

"엥? 우헤헤헤. 이놈, 나 고지기가 화라마종의 제삼대 종주가 되어 우매하고 가엾은 중생들을 도와주기 위해 부활했음을 어찌 알고. 기특한지고."

고지기가 화들짝 놀라며 염자방을 다시 보았다.

염자방으로선 울화가 치밀었다. 자존심 구기고 사정을 하는데 이놈의 주접스러운 늙은이가 헛소리만 해대니 당연한 일이었다.

"우리질! 무슨 말씀을 하시는 겁니까? 지금 우리가 다 죽어가는 게 안 보입니까? 저, 저 인간 말종들이 우리 화룡방을……."

빠드득, 이를 갈던 염자방이 성질을 참지 못하고 피를 토하며 쓰러졌다.

"엥? 이게 장난이 아니었느냐. 어허, 이런 안쓰러운 일이……. 어찌 수적 놈처럼 생겼다는 이유만으로 저 착한 자방이를 개 패듯 팼을꼬. 미타삼존의 법으로 세상을 밝히고자 부활한 나 고지기가 그냥 보아 넘길 수 없는 일이로고."

쯧쯧, 혀를 차던 고지기가 매서운 눈길로 맹요구와 소두병을 쏘아보았다.

그 순간 맹요구와 소두병은 이미 오줌을 지리고 있었다. 고지기의 출현. 구구방과 흑풍채의 역사도 이제 저물 때가 된 것이다.

제8장

정도무한종주 굉우소

"대인, 도대체 이게 어떻게 된 일입니까?"

철행궁의 음성이 방 안에 웅웅거리는 파동을 일으켰다.

취봉접과 초지가 성검을 데려간 이후 세 수호성은 다급히 뒤를 좇았다. 하지만 그들의 신법이 너무 빨라서 도중에 포기할 수밖에 없었다. 할 수 없이 십선각으로 찾아가 보았지만 그곳엔 아무도 없었다. 십선각은 굳게 문이 닫혀 있었으며, 주허자는 물론 그의 뚱보 아들도 보이지 않았다.

수호성들이 다시 철룡방으로 돌아왔을 때는 이미 모든 상황이 종료되어 있었다. 천년밀문에 저항하는 철룡방의 무사들은 대부분 죽거나 지하 감옥에 갇혔고, 백여 명의 여검수들이 철통 같이 경계를 섰다.

만약 채승옥이 대문에서 기다리고 있지 않았다면 수호성들은 천년밀문의 여검수들과 대판 싸움을 벌였을지도 모를 일이다.

“음… 화 공자를 찾지 못했는가?”

채승옥은 철행궁의 질문에 답하는 대신 길게 한숨을 내쉬며 물었다.

너울거리는 황촉불이 그런 채승옥의 표정에 명암을 드리웠다. 창밖으로는 이미 어둠이 깊게 자리잡고 있었다.

그들은 지금 철룡방의 별채에 모여 있다. 아마도 별채 주위엔 천년밀문의 여검수들이 배치되었을 것이다. 흑화신녀는 채승옥이나 동방칠수의 수호성 따위에는 관심을 두지 않았지만 경비를 책임진 여검수들은 달랐다. 그녀들은 천년밀문 외의 인물들을 필요 이상으로 경계하고 있는 듯했다.

“그랬으니 이렇게 우리끼리 돌아온 거 아니겠습니까. 대인, 혹 은하대맥에서 큰형님을 배신한 겁니까?”

변금은이 노기가 가라앉지 않은 표정으로 채승옥을 바라보았다.

“목소리를 낮추게.”

난감한 표정을 짓고 있던 채승옥이 낮게 중얼거렸다.

“우라질! 뭐가 무서워서 목소리를 낮춘단 말입니까?”

변금은이 투덜거리기는 했지만, 목소리는 얼마간 낮아졌다.

“나로서도 일이 이렇게 꼬일 줄은 몰랐네. 한 가지 확실한 것은 은하대맥 내에 이상 기류가 일고 있다는 것이야. 모든 결정은 닷새 전에 갑자기 내려졌다네.”

채승옥은 다시 한 번 한숨을 내쉬며 말을 이었다.

닷새 전, 동방룡으로 한 통의 밀서가 도착했다. 그때까지도 채승옥은 별다른 의문점을 갖지 못했다. 밀서를 전하는 인물이 바뀌었을 뿐, 평소에도 한 달에 두세 번 꼴로 비슷한 형식의 지시가 하달되었으니까.

하지만 밀서의 내용을 확인하는 순간 채승옥은 강한 의문에 휩싸였
다.

행선지 변경. 새로운 지점은 어자(馭者)에게……

밀서의 내용은 간단했다. 하지만 그 간단한 문구가 의미하는 바는
컸다. 이제껏 동방칠수와 함께해 온 사업에서 일시에 손을 떼라는 의
미였다.

은하대맥의 밀서는 대개 암어(暗語)로 이루어져 있었고, 이번에도 다
르지 않았다. 밀서를 확인한 채승옥은 그제야 밀서를 가지고 온 인물
이 은하대맥의 고위 인사임을 알고 예를 갖추었다.

밀서에 적힌 어자, 즉 마부란 상부의 지시 사항을 전하는 사자(使者)
를 의미한다. 큰 사건에 관계된 명령 하달의 경우, 암어투성이의 밀서
로 정확한 뜻을 전달하기란 쉬운 일이 아니다. 그래서 부득불 상부에
서 믿을 만한 인물을 보내 사건의 개요와 구체적인 사항을 설명하게
되는데, 그런 임무를 띤 이가 어자, 즉 상부의 사자다.

사자가 전하는 말은 충격적이었다.

이미 몇 년 전부터 천검궁이 은하대맥의 존재를 감지하고 조직적인
첩보 활동을 벌여왔다. 그러던 중 지난봄 일검수 류추영이 도발했고,
그 사건을 계기로 천검궁이 일 년여에 걸쳐 전면적인 토벌을 준비해
왔다.

은하대맥 역시 조만간 천검궁과 전면전을 치르기 위해 만반의 준비
를 해왔지만, 이제 사정이 달라졌다. 대륙 각지에 포진해 있는 천검궁
의 조직을 일시에 기습 공격하는 것으로 기선을 제압하려 했으나 상황

이 역전된 것이다. 오히려 은하대맥의 조직 편성도가 천검궁의 정보망에 걸려든 만큼 궤멸의 위기에 처했다.

실제로 최근 천검궁의 전투 병력들이 은밀하게 대륙 각지에 재배치되며 조만간 대대적인 토벌 작전이 거행되리란 정보가 입수되었다. 은하대맥의 수뇌부 유천십이성은 사태의 심각성을 인정하고 즉시 조직 재편령을 내렸다. 천검궁과의 전쟁 계획을 최고 십 년 이후로 연기하고, 보다 깊게 지하로 잠적한다는 것이 골자였다.

어쩔 수 없는 일이었다. 이미 천검궁에 조직 체계와 전력이 노출된 이상 전면전으로는 도저히 승산이 없기 때문이다. 현재로선 피해를 최소한으로 줄이며 조직을 재편하는 것이 급선무다.

사태의 심각성을 인정한 은하대맥의 유천십이성은 현재 진행되고 있는 사업을 전면 중단할 것과 향후 행동 지령을 각 조직에 하달하기 시작했다. 동방룡 역시 예외는 아니다.

이상이 사자가 전한 상부 지시의 골자였다.

채승옥은 상부의 지시에 거역할 위치가 아니었다. 그저 사자가 전한 행동 지령에 따라 움직일 수밖에.

어쨌거나 그 와중에 채승옥이 알게 된 새로운 단체가 바로 천년밀문이었다. 동방칠수가 개척한 낙양과 정주 지역의 패권과 사업을 천년밀문에게 인수인계하라는 지시가 있었던 것이다.

조치는 신속하게 이루어졌다. 바로 그날 저녁 천년밀문의 취영오매가 동방룡을 찾았고, 이제까지 채승옥의 손에서 정리된 문서와 자료들을 인수했다. 그리고 곧장 이곳 정주로 출발해 오늘 아침 천년밀문의 문주 흑화신녀와 합류했다.

일이 급박하게 전개된 탓에 숨돌릴 틈도 없었다. 하지만 채승옥은 수십 년간을 상계에 몸담아오며 예리한 직관과 비상한 머리로 숱한 난관을 뚫어온 인물이다. 그는 미처 생각할 틈도 없이 쉬지 않고 닦달하는 사자의 명령에 적절하게 대처하면서도 나름대로 사태를 정확하게 읽어내려 애썼다.

수상한 점이 한두 가지가 아니었다. 우선 가장 미심쩍은 것이 천년밀문과의 관계였다. 물론 채승옥처럼 중간 관리자의 위치에 있는 이로선 은하대맥의 조직에 관해 아는 바가 적다. 하지만 한 가지 분명한 것은 천년밀문이 은하대맥의 산하 조직이 아니란 점이다. 그것은 흑화신녀와 몇 마디 대화를 나누는 것만으로도 쉽게 감지해 낼 수 있었다. 확실히 흑화신녀는 은하대맥에 대해 아는 바가 적었으며, 우호적이지도 않았다.

그렇다면 왜 은하대맥에선 느닷없이 천년밀문을 끌어들여 어렵게 개척한 사업채의 이권을 이양하는 것일까. 천검궁의 이목을 돌리기 위해? 혹은 천년밀문과의 연합을 위해?

어느 쪽도 아닌 듯했다. 오히려 은하대맥의 결정은 천검궁에 유리하게 작용할 수밖에 없었다. 어차피 은하대맥의 존재가 드러난 상황에 또 다른 신비 단체까지 모습을 드러낸 셈이다. 이제 더 이상 숨은 적이 없다. 천검궁으로선 바라던 바였을 것이다.

더욱 마음에 걸리는 것은 일련의 모든 움직임이 천검궁의 행보와 때를 같이하고 있다는 점이다. 사실 천검궁은 잠룡이나 다를 바 없었다. 강호의 패권을 쥔 거대한 단체였지만 어떤 이유에선지 웅크려 있다는 느낌을 지울 수 없었다. 만약 긴 잠을 깨고 본격적으로 용의 위용을 떨치려 한다면 대륙 전체에 파란이 일 것이다.

그런데 그런 천검궁이 비로소 몸을 꿈틀거리기 시작했고, 묘하게도 그 시기에 발 맞추어 은하대맥에 심상치 않은 기운이 감돌고 있다. 뭔가 불길하고 미심쩍은 기운이…….

"행궁, 용각, 금은. 자네들, 나를 믿는가?"

깊은 생각에 잠겨 있던 채승옥이 입을 열었다. 여전히 낮은 음성이었다.

"그야…….."

"대인께선 우리를 거두어주신 분이니…….."

"큰형님을 배신하는 일이 아니길 바랄 뿐입니다."

철행궁과 모용각, 변금은이 차례로 말했다.

어차피 그들은 은하대맥 따위에는 관심이 없었다. 그저 채승옥이 지시하는 대로 움직여 왔을 뿐이다.

하지만 이제는 채승옥 못지않게 성검이란 존재 역시 중요했다. 채승옥과 성검, 둘 중 하나를 선택해야 한다면 그만큼 난감한 일도 없을 것이다.

오늘 흑화신녀의 행동을 보았을 때 그들이 그런 위기감을 느낀 것은 결코 무리가 아니다. 무슨 이유에서인지는 알 수 없지만, 이제 은하대맥에서 성검의 위치는 조금도 중요하지 않은 듯했다. 아니, 어쩌면 처음부터 그랬는지도 모르지만.

"자네들도 알겠지만 나는 장사꾼이야. 내가 은하대맥을 선택한 이유도 그 때문이었지. 아무래도 조짐이 이상하네. 난 나름대로 대비책을 강구할 테니 자네들은 그동안 화 공자를 찾아주게."

채승옥이 진지한 표정으로 말했다.

비록 황금 요대에 칠색 비단옷, 금을 덧씌운 치아 따위로 인해 천박한 졸부의 인상을 풍기는 그였지만 눈빛 하나만큼은 혜지로 빛났다.

동방칠수가 그에게 몸을 의탁한 것도 어쩌면 그 눈빛이 주는 신뢰감 때문이었을 것이다.

"쩝. 알았습니다, 대인. 그저 대인만 믿겠습니다. 부디 우리를 의리도 모르는 파렴치한 놈들로만 만들지 말아주십시오."

철행궁이 고개를 끄덕이며 대답했다.

"흥, 네가 예쁘장하게 생겨서 목숨을 구해주었다고 생각하면 큰 오산이야. 그리고 네가 취영오맨지 뭔지 하는 못생긴 계집애들이랑 싸워서 초지일관 초지의 기분이 좋아졌다고 생각한다면 그건 정말 웃긴 일이지."

초지는 토라진 음성으로 톡 쏘아붙인 후 곁눈질로 성검을 쳐다보았다.

"호호, 하지만 정말 볼수록 예쁘장하긴 하네?"

다시 중얼거리며 초지는 손가락을 뻗어 성검의 볼을 콕 찔러보았다.

하지만 성검은 미동도 없었다. 흑화신녀의 쌍장에 당한 후 아직까지 깨어나지 못한 것이다. 그나마 다행이었다. 만약 취봉접이 흑화신녀의 쌍장을 쳐내지 않았다면 아마 성검은 그 일장으로 죽음을 맞게 되었을 것이다.

취봉접과 초지는 철룡방을 벗어난 후 곧장 초루당으로 돌아왔다. 천년밀문이 대대적으로 정주에 입성한 만큼 이제 몸을 사려야 했다. 초루당에는 이미 주허자와 그의 뚱보 아들이 취봉접 일행을 기다리고 있었다.

어쨌거나 초지는 기분이 좋았다. 짝사랑하던 성검을 수중에 넣었기 때문이다. 사실, 지난번 십선각에서 성검이 취영오매와 노닥거리는 모습을 본 이후 초지는 무시무시한 살기를 느꼈다. 어쩌면 오늘 비무에서 성검을 죽이게 될지도 모른다고까지 생각했다. 워낙 단순한 초지이다 보니.

그런데 정작 비무에서 패한 것은 초지였다. 미처 비장의 신공인 멸마열천장을 써보지도 못하고 성검의 일격에 당하고 만 것이다.

하지만 일은 그것으로 끝나지 않았다. 성검에게 패해 정신을 잃었던 초지가 눈을 뜬 것은 주허자의 술도가에서였다. 충격으로 정신을 잃었을 뿐, 다행히 내상은 없었다. 그저 주허자가 간단한 시침을 하는 것으로 초지를 깨워낸 것이다.

"할머니, 그놈 죽였어?"

정신이 들었을 때 취봉접에게 제일 먼저 물어본 말이었다.

"오호호호. 그럴 수야 없지."

취봉접은 몹시 기분이 좋아 보였다.

초지로선 고개가 갸우뚱 돌아갈 수밖에 없었다. 평소의 취봉접이라면 자신을 이 꼴로 만들어놓은 성검을 살려둘 턱이 없었으니까.

하지만 잠시 후 초지는 취봉접이 그렇게 들떠 있는 이유를 알게 되었다.

"오호호. 초지야, 역시 너는 내 증손녀답구나. 어떻게 그렇게 괜찮은 녀석을 신랑감으로 점찍었느냐? 얼굴도 반반한 데다 무공도 쓸 만하고, 무엇보다 가문이 마음에 드는구나."

"응? 그건 또 무슨 말이야."

"오호호호! 내 짐작이 틀리지 않는다면 그놈은 청해류가의 씨앗이다. 비록 지금은 몰락하고 말았지만 용의 자식은 용일 수밖에 없는 게지."

"……!"

초지의 두 눈이 크게 홉떠졌다.

그녀 역시 청해류가에 대해선 익히 알고 있었다. 오만한 취봉접이었지만, 청해류가의 비전절기인 십육수활류검법에 관한 한 칭찬을 아끼지 않았다. 어쩌면 그것은 강호의 전설로 남아 있는 일검수 류추영 때문인지도 몰랐다.

하지만 그것으로 성검에 대한 초지의 분노가 사라진 것은 아니다. 그녀의 머리 속에는 취영오매와 노닥거리던 성검의 모습이 떠나지 않았다.

"초지야, 어서 네놈 신랑을 구하러 가자꾸나. 그놈이 주 늙은이의 제자 놈과 비무를 한다는구나. 문제는 기영옥 그 계집이 지금 철룡방으로 향하고 있다는 게야. 아무래도 무슨 사단이 날 것 같단 말이지. 워낙 악독한 계집이라 마음을 놓을 수 없어."

취봉접은 말을 마치자마자 초지를 데리고 철룡방으로 향했다.

초지는 마지못해 취봉접을 따라가기는 했지만, 성검의 안위를 걱정하지는 않았다. 심사가 복잡했던 것이다. 만약 성검이 취영오매와 싸우는 모습을 보지 않았다면 쓰러진 성검을 안고 이곳까지 오는 일도 없었을 것이다.

"호호, 할머니는 네가 깨어나는 대로 나랑 혼례를 치러주겠다고 하셨지만 내가 아직 마음을 허락한 건 아니야. 앞으로 네가 하는 걸 봐서 결정할 테야. 호호호."

이런저런 생각에 잠겨 있던 초지가 손가락을 튕겨 성검의 이마를 때렸다.

사실 성검은 흑화신녀의 공격에 적지 않은 충격을 받았다. 하지만

별다른 외상이나 내상은 없었다. 설령 큰 부상을 입었다고 해도 초지
는 그다지 걱정하지 않았을 것이다. 주허자가 있는 한 어떤 식으로든
성검을 치료할 수 있을 테니까.

"음… 그런데 정말 남자들은 수소나 수말처럼 거기에 뭐가 달렸을
까? 할머니 얘기로는 수컷은 다 똑같다고 하던데."

이제껏 이성에 대해 공부할 기회가 없었던 초지는 문득 호기심에 사
로잡혔다.

적을 알고 나를 알면 백전백승이라지 않는가. 우선은 성검의 몸을
면밀히 살피고, 약점으로 삼을 만한 구석이 있다면 일일이 머리에 새겨
넣어야 했다. 더욱이 취봉접 말대로라면 사내의 그곳은 치명적인 약점
이라고 했으니…….

잠시 망설이던 초지는 천천히 손을 뻗어 성검의 바지 끈을 풀기 시
작했다.

한편, 주허자와 취봉접은 일층 식당에서 당가륵과 차를 나누는 중이
었다.

"당가륵, 이제 자네의 배후에 대해 밝힐 때가 된 듯하군. 천년밀문에
선 자네의 배후에 천검궁이 있다고 믿고 있는 모양일세."

주허자가 두 손으로 찻잔을 감싼 채 물었다.

비록 싸구려 차였지만 찻잔을 통해 전해지는 온기가 그를 편안하게
했다. 주허자의 나이 이미 백이십 세를 넘었다. 그 나이에 새삼스레 강
호의 일에 얽히기는 싫었지만 흑화신녀가 개입한 이상 모르는 척할 수
만도 없었다.

"흥, 내가 자리를 피해주어야 말을 할 게야?"

묵묵부답으로 앉아 있는 당가륵을 보며 취봉접이 투덜거리듯 말했다.

취봉접 역시 주허자가 아끼는 당가륵이 천검궁의 개라고는 믿지 않았다. 굳이 주허자가 아니더라도 당가륵에게선 협사의 면모가 엿보였다. 비록 냉소로 그 모습을 감추고는 있었지만.

"아닙니다. 숨길 이유가 없겠지요."

당가륵이 무겁게 입을 열었다.

"오호호. 벙어리는 아니었군?"

취봉접은 뭔가 재미있는 이야기가 나오길 기대하는 눈으로 당가륵의 표정을 살폈다.

사실 그녀는 뒤늦게나마 흑화신녀와 만나 다시 강호의 일에 휘말린 것이 그다지 싫지 않았다. 오히려 너무 오랫동안 은거해 온 것에 대해 후회하고 있었다. 강호엔 얼마나 재미있는 일들이 많은가. 딸과 손주와 증손녀로 인해 어쩔 수 없이 강호를 외면하기는 했지만, 그녀의 피는 여전히 뜨거웠다.

"흥. 이 녀석, 또 뜸을 들이는 게냐? 이 늙은이가 속이 터져 죽은 다음에야 다음 말을 이을 테냐? 어서 속 시원하게 까발려 보거라!"

속이 탄다는 듯 차를 한입에 털어 넣은 취봉접이 노성을 터뜨렸다.

하지만 당가륵은 지극히 담담한 음성으로 느리게 입을 열었다.

"두 분께서는 혹시 발산도 굉우소라는 명호를 들어보셨습니까?"

"……?"

주허자와 취봉접의 시선이 허공에서 마주쳤다. 비록 발산도 굉우소가 까마득한 후학이긴 하지만 어찌 그 명호를 알 수 없을까.

2

‘헉!’

죽은 듯이 누워 있던 성검은 저도 모르게 몸을 꿈틀했다.

상황으로 미루어볼 때 깨어 있는 것보다는 기절한 척 쓰러져 있는 게 좋을 것 같아 꿈쩍도 하지 않고 있었다. 그런데 초지가 바지 끈을 푸는 순간 마치 온몸이 벼락에 감전된 것처럼 저절로 경련을 일으켰다.

“애구머니!”

초지는 화들짝 놀라며 한 걸음 물러섰다.

하지만 그것도 잠시, 성검의 눈 위로 조심스럽게 손을 뻗어 몇 번 휘 젓다가는 다시 다가왔다.

‘으… 이 계집애가 혹시 날 겁탈하려는 것은 아니겠지?’

성검은 미동도 못한 채 꼴깍 침을 삼켰다.

물론 송죽루의 매란이를 통해 음양의 조화와 그 오묘한 이치를 깨닫 기는 했지만, 아무래도 상황이 묘했다. 이렇게 맨 정신으로 당할 수는 없는 일이었다. 그렇다고 뾰족한 대책도 없고 난감했다.

하지만 그런 고민도 잠시였다.

“호호, 정말 급소는 급소인가 보군? 혼절해 있는 상황에서도 이렇게 필사적으로 방어하려는 걸 보면 말이야? 좋았어. 다음에 싸우게 되면 최대한 저곳을 공략해야겠어. 호호, 금나수를 펼치는 척하며 균형을 흩어놓은 후 몸을 휘돌리며 관음십팔족이나 무상각으로 일격을 가하는 거야. 제가 아무리 날고 긴다고 해도 급소를 맞는 이상 쓰러지지 않고 배기겠어? 물론 온몸의 공력을 실어서 때려야겠지."

초지가 낭랑한 음성으로 말했다.

입 안이 말라가는 와중에도 꼴깍, 침이 넘어갔다. 그 소리가 성검 자신에게 얼마나 크게 느껴졌던지 바르르, 몸을 떨어야 할 지경이었다.

어떻게 해서든지 위기를 모면해야 했다. 푼수 같은 초지에게 아랫도리를 내맡길 수는 없었다. 워낙 미련한 데다 푼수 같은 아이라 일이 어떻게 확대될지 알 수 없는 일이었다.

"음냐—"

성검은 몸을 뒤척이며 입맛을 다셨다.

"어머!"

슬쩍 다가서려던 초지가 화들짝 놀라며 다시 뒤로 물러섰다.

예상대로다. 하지만 이 정도에서 멈출 수는 없는 일이었다. 다시 엉뚱한 생각을 못하게 철저하게 방어해야 했다. 똘똘한 이세를 위해, 청해류가의 이름을 더럽히지 않기 위해 초지는 절대 사양이다. 그러니 부득불, 체면을 구겨가면서까지…….

뿌우웅—

거북한 파열음이 성검의 엉덩이를 비집고 새어 나왔다.

"우웩— 지저붕항 놈. 어떻게 초지 앞에서…….”

초지가 두세 걸음 더 물러서며 코맹맹이 소리로 지껄였다.

성검은 눈 뜨고 보지 않아도 초지가 코를 쥐어틀고 있으리란 사실을 잘 알고 있었다.

'음회회, 사내대장부가 한낱 대장(大腸)의 건강한 운동을 부끄러워할 이유가 없지. 더욱이 목숨보다 소중하다는 정조를 지키기 위한 행위라면!'

성검은 행복한 표정을 지으며 그렇게 자신을 다독였다.

하지만 그게 실수였다. 초지는 성검이 웃는 모습이 무척 도발적이라고 생각한 것이 분명했다. 그렇지 않고선 그렇게 화를 낼 이유가 없었으니까.

"흥! 방귀 뀐 놈이 웃어? 어떻게 이렇게 지저분할 수 있지? 초지는 태어나서 방귀를 열 번도 안 뀌었단 말이야! 나이 아홉 이후엔 단 한 번도! 그런데 네가 감히 초지 앞에서 이런 더러운 냄새를 풍겼단 말이지. 흥, 좋아. 이 나쁜 놈! 이건 초지에 대한 도전이니까 결코 그냥 넘어갈 수 없어. 네 머리털을 몽땅 뽑아서 엉덩이에 처박아줄 테다!"

초지는 한다면 하는 애였다. 지금 성검의 몸 상태가 어떤지 따위엔 관심이 없었다. 그녀는 두 손을 갈퀴처럼 구부린 후 곧장 성검에게 달려들었다.

'우라질!'

성검은 피가 바짝 마르는 느낌이었다. 이제 어쩔 수 없었다. 기절해 있는 척하다가 기회를 엿본 후 달아나려 했지만 이쯤에서 눈을 뜨는 수밖에.

"아하암—"

초지의 공격을 막기 위해 두 팔을 크게 펼쳐 기지개를 켜는 척했다.

하지만 그게 또 뜻하지 않은 결과를 초래했다.

"에궁—"

성검이 갑자기 몸을 뒤척이며 깨어나는 바람에 초지는 화들짝 놀라며 발을 헛디뎠다. 그리고 그 바람에 초지의 몸은 그대로 성검을 덮치고 말았다.

"헉!"

성검의 입에서 외마디 비명이 새어 나왔다.

초지의 머리가 그대로 명치에 꽂힌 것이다. 하지만 일은 그쯤에서 끝나지 않았다. 제풀에 놀란 초지가 막 몸을 일으키려는 찰나,

뽀오옹, 뽕, 뽕—

초지의 대장이 연달아 실례되는 운동을 하고 말았다.

"……!"

"……?"

성검과 초지의 시선이 허공에서 딱 마주쳤다.

그 순식간의 시간 동안 두 사람의 표정은 놀라울 만큼 다양한 변화를 일으켰다. 처음 당혹스러운 표정이었던 성검은 점차 안정을 되찾으며 득의에 차기 시작했다. 복어처럼 모아졌던 입이 선을 넓히며 귀밑까지 벌어졌다. 고개가 천천히 뒤로 넘어가며 앙천대소한 것은 잠시 후의 일이었다.

반면 초지는 아직도 자기가 방귀를 뀌었다는 사실을 믿지 못하겠다는 듯, 아니, 인정할 수 없다는 듯 억울함을 호소하는 눈빛이었다. 그녀의 눈은 점점 커져서 나중에는 퉁방울만한 눈동자가 바닥으로 툭 떨어져 데굴데굴 구를 것 같았다.

"음, 음푸회회회!"

"으, 으아아아앙—"

두 사람의 입에서 웃음과 울음이 터진 것은 거의 동시였다.

성검의 머리 속에선 방금 전 초지가 했던 말이 계속 맴돌았다. '흥! 방귀 뀐 놈이 웃어? 어떻게 이렇게 지저분할 수 있지? 초지는 태어나서 방귀를 열 번도 안 뀌었단 말이야! 나이 아홉 이후엔 단 한 번도! 단 한 번도오오—'

웃음을 멈춘 성검은 정색을 하며 초지를 빤히 쳐다보았다.

"안녕, 초지야?"

"……."

울상으로 얼굴이 굳어 있던 초지는 가만히 성검을 마주 보았다. 너무 당혹스러워서 어떻게 행동해야 할지 알 수 없었다.

"초지, 넌 대장이 무척 건강하구나."

"응?"

초지는 울음을 뚝 그친 후 성검의 얼굴을 빤히 쳐다보았다.

돌려서 말을 하는 데 익숙지 않은 초지는 성검이 무슨 말을 하는지 금세 이해하지 못했다. 그저 자신의 건강한 몸을 알아주는 성검이 고맙게 느껴졌을 뿐이다. 더욱이 성검의 감미로운 목소리에 초지는 순식간에 귓불이 붉어지는 것을 느끼기까지 했다.

"연달아 세 번 방귀를 뀌다니 말이야. 음푸회회회!"

"……?"

성검의 웃는 모습이 무척 아름답다고 느끼던 초지는 하마터면 따라 웃을 뻔했다.

하지만 곧 그가 한 말이 뇌에 전달되었고, 그것이 자기를 놀리는 말임을 깨달았다. 귀에서 뇌로 전달되는 과정이 느리긴 했지만, 분노가 폭발하는 시간까지 그렇게 더딘 것은 아니다.

퍽!

"끄아아아—"

갑자기 날아온 주먹에 성검은 오른 눈을 감싸 쥐며 그대로 넘어갔다.

"으, 으아아앙— 두고 봐, 이 나쁜 놈! 꼭 복수하고 말 거야! 흥, 혹시라도 초지가 방귀를 뀌었다는 사실을 남에게 누설하면 그날로 죽음인 지 알아! 너는 물론 그 비밀을 들은 놈까지 살인멸구해 버릴 거야! 으 아아앙―"

초지는 얼굴을 감싸 쥐고도 할 말을 다 하고 나서야 방을 뛰쳐나갔 다.

"으아아야. 젠장, 정말 소도 잡을 주먹이군. 무슨 계집애가……."

성검은 투덜거리며 힘겹게 몸을 일으켰다.

하지만 잠시 후 그의 얼굴로 가벼운 미소가 자리잡기 시작했다. 이 제껏 깨닫지 못했지만, 초지도 나름대로 귀여운 구석이 있었다.

'음… 저 망아지 같은 계집애가 내 천상배필이라고? 헤헤, 말도 안 돼. 하지만 사실 얼굴은 예쁘잖아. 팔자라는데 그냥 데리고 살아?

성검은 고개를 갸웃거리며 열려진 문을 바라보았다. 복도 어디선가 아직도 초지의 울음소리가 들려오는 듯했다.

'음회회, 내가 무슨 생각을……. 가슴이 너무 빈약해. 최소한 오리 알보다는 커야 정상 아냐? 음, 하지만 역시 얼굴은 예쁘잖아. 그러면 충분하지 않을까?

성검이 다시 고개를 갸웃했다. 아무래도 주허자의 술점이 마음에 걸 렸다.

주허자가 '이런 염병! 정말 날 사이비 취급하는 거요? 공자! 내가 사 술을 걸면 공자는 사흘 안에 요절할 수도 있소! 더 지독한 사술을 걸 면……' 하고 말할 때까지만 해도 전형적인 사이비라고 생각했다.

하지만 '공자가 정 그 여인이 마음에 들지 않는다면 다른 인연을 찾 을 수도 있지요. 그게 바로 선택이라는 것 아니겠습니까? 흐흐, 하지만 천생배필을 마다한다면 공자는 전혀 예상치 못한 인생을 살게 될 수도 있소이다. 이렇게 말입니다' 하면서 탁자 위에 '급살(急煞)'이라는 글귀를 만들어냈을 때는 솔직히 섬뜩했다.

'음회회, 맞아. 솔직히 여자가 얼굴만 예쁘면 되지. 얼굴 예쁜 마누라한테야 잔소리 듣는 것도 재미있지 않을까? 아니야, 아무리 그래도 초지는 지나치게 머리가 나쁘단 말이지. 닭도 개보다는 나을 거야. 어휴, 초지가 달걀이라도 낳으면 우리 청해류가는 끝장이 아니냔 말이지. 아니야, 그래도 얼굴만 예쁘면 돼!'

성검은 두 손을 꽉 움켜쥔 채 예쁘게 웃는 초지의 모습을 떠올렸다. 하지만 곧 다시 고개가 꺾였다.

'푸후— 그렇게 맹하게 웃으면 어쩌니, 초지야.'

"발산도 굉우소가 너의 배후란 말이냐?"

취봉접이 의외라는 듯 물었다.

"정확하게 말하자면 정도무한종(靜道無限宗)이라는 종단입니다. 굉대협은 그 종단의 초대 종주로 등극하셨지요."

당가륵은 차분한 음성으로 말을 이었다.

과거 취영오매를 상대할 때 보여주었던 장난기나 냉소 따위는 찾아볼 수 없었다. 하지만 그런 모습이 오히려 주허자에게는 익숙했다. 사실 지금의 침착하고 사려 깊은 모습이 진정한 당가륵의 모습이었는지도 모른다.

"음… 또 하나의 신비 문파란 말인가?"

주허자가 지그시 눈을 감으며 중얼거렸다.

그 역시 그늘에서 살아온 사람. 신비 문파나 고인들에 대해 많은 정보를 지니고 있었다. 하지만 최근 우후죽순으로 모습을 드러내는 세력들을 보면서 걱정이 앞섰다.

비록 천검궁이 강호를 일통하는 과정에서 많은 원한을 산 것은 사실이다. 하지만 이후 오랫동안 강호는 평안하지 않았는가.

어떤 측면에선 천검궁이라는 존재가 강호의 평화를 유지하는 한 축이 된 것도 사실이다. 그런데 최근 이상한 조짐이 곳곳에서 발견되었다. 이제껏 잠잠하던 천년밀문이 본격적으로 존재를 부각시킨 것도 그렇고, 은하대맥이 그들과 연결된 것도 그랬다. 어떤 식으로든 조만간 강호에 다시 피바람이 불게 되리란 사실을 인정하지 않을 수 없었다.

"정도무한종이 조직된 것은 채 몇 년 되지 않은 일입니다. 이십여 년 전, 청해류가의 가주가 주축이 되어 결성한 정파연합이 천검궁에 패퇴한 후 일검수 류 대협과 굉 대협은 새로운 조직을 만들기 위해 오랫동안 강호를 잠행했습니다. 하지만 두 분은 서로 만나지 못한 채 서로 다른 두 개의 조직에 관여하게 되었지요."

"그래, 일검수는 은하대맥에 몸을 담았고, 지난봄 모습을 드러냈지. 결국 역천휘를 제거하지 못한 채 의문의 실종을 당했지만. 그런데 내가 알기로 일검수가 비록 은하대맥의 맥주이긴 했으나, 그 조직은 일검수 한 사람의 것이 아니었어. 은하대맥은 아주 복잡하고 은밀한 단체지. 이번 천년밀문의 일도 그렇고, 좀체 종잡을 수가 없는 집단이야."

주허자가 고개를 끄덕이며 당가륵의 말을 받았다.

"흥. 주 늙은이, 자꾸 이야기를 자를 테야? 임자가 자꾸 주접스럽게 나서니까 이야기가 이어지지 않잖아."

취봉접이 주허자를 힐끔 노려보며 투덜댔다.

취봉접 역시 그늘의 사람이었으나 그녀가 아는 정보는 대부분 주허자를 닦달해 얻어낸 것에 불과했다. 그러니 당가륵을 통해 얻게 될 새로운 정보에 관심이 가는 것은 당연한 일이다.

"하하, 그런가? 그래, 이제 입을 다물 테니 상세하게 이야기해 보시게."

머쓱한 표정을 지으며 주허자가 다시 당가륵에게 시선을 주었다.

"예, 그러지요. 사실 굉 대협은 그동안 꾸준히 은거 고수들과 후기지수들을 찾아내 하나의 세력을 모으고 있었습니다. 하지만 그 세력은 보잘것없는 규모였지요. 그러던 중 이 년 전쯤 서장에서 몇 명의 기인을 만나게 되었습니다. 그들은 원래 해동국의 고승들로, 대륙과 천축을 돌며 불학을 연구하던 중 밀교에 심취해 서장에 머무른 이들이었습니다. 당시 굉 대협은 얼마간의 좌절을 겪고, 평소 친분이 있던 황교(黃敎)의 고수 좌불쌍화(坐佛雙花)를 만나기 위해 서장에 들른 길이었습니다. 천검궁을 무너뜨리는 일이 요원하게 느껴져 답답한 심정이었지요. 그런데 그곳에서 좌불쌍화의 소개로 그들 고승을 만나게 된 것입니다."

"흥, 그게 어쨌다는 거지? 고작 오랑캐의 중놈들을 만난 게 뭐가 대단하다고 이야기를 질질 끄는 게야?"

이번엔 취봉접이 끼어들어 당가륵의 말을 잘랐다.

"소란, 일단 들어보세. 비록 오랑캐라고는 하지만 해동이라는 곳이 원래 신선족들의 나라로 알려져 있지 않은가."

주허자가 흥미롭다는 듯 당가륵을 쳐다보며 이야기를 재촉했다.

"얼어죽을 신선? 오랑캐가 오랑캐지."

취봉접은 쩝, 입맛을 다시며 뚱한 표정을 지었고, 당가륵의 말은 다시 이어졌다.

"주 사부의 말씀이 틀리지는 않은 듯합니다. 비록 승려들이라고는 하지만 그들은 선도(仙道)에도 꽤나 조예가 깊은 이들이었습니다. 어쨌거나 굉 대협과 만난 자리에서 고승들은 몇 가지 예언을 했는데……."

당가륵은 침착한 어조로 굉우소와 정도무한종에 대해 이야기를 이어갔다.

시간은 이미 자시(子時)를 향해 치달았다. 창밖에선 설원의 정적을 깨며 밤새들이 울음소리를 높여가고 있었다.

3

해동의 고승은 모두 다섯 명이었다.

그들은 각각 일해(一解), 이망(二忘), 삼공(三空), 사탈(四脫), 오통(五通)이란 법명을 쓰고 있었다. 불가에 귀의한 순서로 법명을 짓고 누가 가장 먼저 해탈하는지 내기를 하는 중인데, 하나같이 득도의 경지에 다다랐다. 다만 자신들의 내기에 너무 집착한 나머지 아직 해탈을 이루지 못하고 있을 뿐이다. 그 내기야말로 그들에게 남은 마지막 미혹(迷惑)이었던 셈이다.

어쨌거나 좌불쌍화의 소개로 굉우소를 만난 그들은 첫눈에 굉우소가 범상치 않은 인물임을 알았다.

"시주, 하늘엔 수많은 별이 있으나 길을 찾고자 하는 이에겐 오직 하나의 별자리만이 필요하다오."

일해가 바닥까지 길게 늘어진 수염을 쓰다듬으며 입을 열었다.

쉽게 나이를 짐작할 수 없는 늙은이였다. 늙어도 아주 늙어서, 도대

체 나이가 얼마나 되어야 저 정도로 늙을 수 있을까 싶게 온몸이 주름
으로 덮여 있었다. 게다가 유난히 피부가 검어서 얼굴에 자란 검버섯
조차도 눈에 띄지 않을 정도였다.

"제가 어리석어 그 말의 깊은 뜻을 헤아리지 못합니다."

굉우소는 혜안으로 가득한 일해의 눈을 들여다보며 의중을 물었다.

하지만 일해는 더 긴 이야기를 하지 않은 채 깊게 눈을 감아버렸다.
정작 입을 연 것은 옆에 앉아 있던 이망이었다.

"일해가 이망이고, 이망이 삼공이며, 삼공이 사탈이고, 사탈이 오통
이란 의미지요."

"예?"

굉우소는 당혹스런 표정을 지었다.

좀 더 야위고 피부가 좀 덜 검다는 것을 빼고는 일해와 그 모양이 별
로 다를 것이 없는 상늙은이. 이망은 잠시 두 눈을 끔뻑였다. 웃음기를
머금은 잔주름 사이에서 쥐눈처럼 작고 둥근 두 눈이 반짝였다.

"이망의 말은 무의미하오. 그저 바람 소리라 생각하시오."

이번엔 삼공이 말했다.

삼공 역시 상늙은이였으나 워낙 풍채가 좋아 다른 승려들보다는 조
금 덜 늙어 보였다.

어쨌거나 굉우소는 그들의 선문답을 들을 기분이 아니었다. 그래서
이번엔 아예 입을 닫아버렸다. 좌불쌍화가 하도 호들갑을 떨어서 만나
보긴 했으나 염장만 질러대고 있다는 느낌이었다.

그러거나 말거나 다섯 승려들—이때부터 굉우소는 그들을 중놈으로 낮
춰 잡아보기 시작했지만—은 저희끼리 계속 말을 이어갔다.

"삼공의 말뿐 아니라 세상의 모든 말은 바람 소리라오."

주름 때문에 눈도 제대로 뜨지 못하는 사탈이 말했고, 이제 굉우소의 시선은 자연히 오통을 향했다.

'조또―'

굉우소의 입 안에서 자연스럽게 생겨난 바람 소리였다.

하지만 그 중얼거림이 입 밖으로 새어 나간 것일까. 오통은 날카로운 눈으로 굉우소를 노려볼 뿐 입을 열 생각을 하지 않았다.

"……?"

굉우소는 제풀에 놀라 잠자코 침묵을 지켰고, 방 안으로는 한동안 정적만이 내려앉았다.

얼마의 시간이 그렇게 흘러갔고, 그사이 굉우소는 자신이 너무 조급해하고 있는 것이 아닌가 하는 생각이 들었다.

'내가 지칠 대로 지치다 보니 마음에 여유가 없고, 그래서 평정을 잃은 것이 아닐까? 그래서 선사들은 선문답으로 그것을 깨우쳐 주려는 게 아닐까. 내가 아둔해 선사들의 번뜩이는 선기(禪機)를 알아채지 못하는 것은 아닌가. 하면 다섯 분의 말씀이 곧 현성공안(現成公案)이 되는 것일까? 아, 하지만 나는 아직 어리석어 그 깊은 뜻을 알 수 없으니…….'

굉우소가 한숨을 내쉬며 한탄을 하는데, 그제야 비로소 오통의 입이 열렸다.

"하하, 굉 시주의 입에서야말로 진짜 바람 소리가 나는구려."

"예?"

굉우소는 얼떨결에 반문했고, 그 순간 비로소 오통의 인자한 미소와 마주쳤다.

"시주, 우리는 시주와는 달리 강호에 관해 아는 바가 적소. 하지만

우리가 몸담고 있는 선방(禪房)과 시주가 몸담아온 강호가 다를 바가
없다는 생각이오. 좌불쌍화가 말하길, 시주의 선방에 난제가 있다 하
니 미력하나마 우리 다섯 땡중이 천기를 누설해서라도 그 문제를 푸는
데 도움이 될까 하고 이렇게 자리를 마련한 것이라오."

"……!"

오통의 다감한 음성에 굉우소는 마음이 편안해지는 것을 느꼈다.

다른 승려들과는 달리 오통은 작고 통통한 체격이었다. 언뜻 보기엔
고행이나 좌선보다는 음주가무로 늙어온 게 아닌가 싶을 만큼 활달해
보였는데, 오히려 그 모습이 굉우소에게 호감을 주었다.

"예, 스님. 사실 이 미련한 중생이 아직 미혹에서 벗어나지 못했습니
다. 제 선방엔 지붕이 없어 하늘이 훤히 보이는데, 아무리 찾아도 제가
의지해야 할 별은 보이지 않습니다. 예전엔 하나의 별이 제게 길을 인
도하고 저를 보살폈지만, 너무 오랫동안 모습을 드러내지 않았지요.
거대한 운하에 휩쓸려 간 것일지도 모릅니다."

굉우소는 호흡을 가다듬은 후 일해의 선문답을 흉내 내 속마음을 털
어놓았다.

물론 굉우소가 말한 하나의 별은 일검수 류추영이었고, 운하는 천검
궁, 혹은 세월을 의미하는 것이었다. 선문답에 대해 아는 바가 없으니
비유로써 말할 수밖에 없었다.

"하하, 굉 시주의 설명은 일해, 이망, 삼공, 사탈보다 어려우니 오통
으로서도 난감할 수밖에 없구려."

"죄송합니다. 워낙 어리석은 중생이라 주제를 모르고……."

"별말씀을. 다만 이 늙은이는 속세의 일이 불가의 일보다 어렵다는
의미로 한 말이외다. 결코 굉 시주를 놀리려 한 말이 아니오. 사실 불

가 제자들은 해탈이라는 하나의 목표를 위해 정진하고 있다오. 중생을 구제하거나 부처님의 심오한 가르침을 배우는 것도 해탈과 무관하지 않소. 어찌 보면 가장 이기적인 일일 수도 있으나, 그것이 곧 세상을 구하는 일이라 믿소이다.”

오통은 가볍게 합장한 후 다시 말을 이었다.

“그에 비해 굉 시주가 발 디디고 사는 세상은 오로지 갈등과 불확실, 의심만이 판을 치는 곳이오. 그러니 하나의 별을 기다리며 힘겹게 자신의 길을 걷기가 어려운 것일 테고. 하지만 이 늙은이 보기에 부처의 뜻이 시주 옆에 놓였소이다.”

“예?”

굉우소는 짧게 되물었다.

혹시라도 오통의 말이 그렇게 애매하게 끊기면 어쩌나 하는 마음에, 한 가닥 희망이라도 잡기 위해 부득불 되묻고 만 것이다.

“굉 시주의 관상을 보니 아직 그 별이 굉 시주를 떠나지 않았단 말이올시다. 아마 조만간 모습을 드러낼 것이오. 다만 아직 그 별의 때가 되지 않아 다시 사라지고 말 테지만.”

“스님, 좀 더 상세히 말씀해 주십시오. 부탁입니다.”

이유를 알 수 없었다.

굉우소는 마치 오통의 말이 신탁처럼 들렸다. 좁쌀 한 톨만큼의 의심도 일지 않았다. 일검수가 조만간 모습을 드러내리란 사실에 환희가 밀려들었다. 하지만 그가 다시 떠난다니, 그건 또 무슨 말인가.

“굉 시주, 시주와 우리의 인연 또한 끝나지 않았소이다. 비록 이 땡중들이 해탈에서 멀리 떨어져 있으나 아주 맑은 눈을 가지고 있다오. 흔히 그 눈을 일컬어 숙명통(宿命通)이라 하오. 우리 다섯 사람은 굉 시주와 얽힌 전생과 현생은 물론 내생까지 읽고 있으니 우리가 다시 만나게 되리란 것을 알고 있소이다."

"……?"

"굉 시주께서 기다리던 별은 나타났다가 다시 사라질 것이나, 굉 시주께서 원한다면 우리는 그 별을 다시 찾아드릴 것이오. 그것은 우리가 전생에서 시주에게 적지 않은 빚을 졌기 때문이지요."

오통은 말을 마친 후 지그시 눈을 감았다.

다섯 승려들과의 대화는 그것으로 끝났다. 궁금한 몇 가지를 더 묻고 싶었지만 오통을 비롯한 모든 승려들은 한번 감은 눈을 다시 뜨려 하지 않았다. 굉우소는 어쩔 수 없이 예를 올린 후 자리에서 물러날 수밖에 없었다. 그리고 곧장 좌불쌍화와 인사를 나눈 후 중원으로 돌아왔다.

일검수의 소식을 들은 것은 중원으로 돌아와서 채 보름도 되지 않아서의 일이었다. 그가 천검궁에 나타나 역천휘와 겨루던 중 검은 소용돌이에 휘말려 자취를 감추었다는 이야기가 강호 전체에 퍼졌던 것이다.

굉우소는 마치 벼락을 맞은 느낌이었다. 비록 일검수가 다시 사라지기는 했지만, 해동국 승려들의 예언이 딱 들어맞은 것이다. 이후 굉우소는 좌절감을 떨쳐 버리고, 천검궁에 대항할 세력을 양성하는 데 매진했다.

일은 믿기지 않을 만큼 빠르게 진척되었다. 자칫 강호에서 잊혀져 가던 일검수의 존재는 새로운 신화로 탄생했고, 정파의 후기지수와 은거 고수들이 속속 모습을 드러내면서 굉우소와 합류하기 시작한 것이다.

"음… 자네 역시 그 가운데 한 사람이란 말인가?"

주허자가 낮게 한숨을 내쉬며 물었다.

그에게도 일검수의 등장은 충격이었다. 사실 주허자는 어렴풋이 은하대맥의 존재를 알고 있었다. 아니, 그가 아는 인물 중에 은하대맥에 몸담은 이들이 있어, 그들에 관해 직접 이야기를 들은 바 있다. 하지만 일검수가 천검궁에 모습을 드러내기 전까지 은하대맥의 맥주가 일검수였다는 사실은 감쪽같이 몰랐다.

"그렇습니다. 하지만 전 사실 류 대협이 모습을 드러내기 전부터 굉 대협에게 가르침을 받고 있었습니다. 천년밀문을 떠난 후 방황하던 저를 굉 대협이 거두어주셨지요."

당가륵이 담담한 음성으로 말했다.

인연이란 참 묘했다. 당가륵은 당문에서 뛰쳐나온 후 세 명의 사부를 만난 셈이다. 묘취화와 주허자, 그리고 굉우소. 그런데 그들 모두와 인연을 맺은 인물이 가까운 곳에 또 한 명 있다는 사실을 아직 모르고 있었다.

"그렇다면 개봉의 세력을 접수한 이유는 무엇인가? 굉우소 역시 은하대맥처럼 천검궁의 자금줄을 끊기 위해 자네에게 그런 임무를 맡긴 것인가?"

"꼭 그렇다고는 할 수 없습니다. 제가 개봉에 세운 파천방은 일종의 접선책입니다. 비무를 명목으로 파천방을 찾았던 이들 일부는 사실 정도무한종의 간부들입니다. 그저 세인들의 눈을 속이기 위해 비무를 겨루는 방식을 택했을 뿐입니다. 또 한 가지 목적은 은거 고수나 후기지수들을 모으기 위해서였습니다. 실제로 저와 비무를 겨룬 상대 가운데는 쓸 만한 자들이 있었고, 이미 정도무한종으로 포섭했습니다."

"오호호, 영악한 아이로고. 하지만 너는 왜 이곳 정주에 온 것이더냐? 개봉에 자리잡은 것만으로도 천검궁의 신경을 자극하는 일이었을 텐데, 무리하게 손을 뻗친 이유를 알 수 없구나."

당가륵과 주허자의 대화에 귀를 기울이던 취봉접이 귀를 만지작거리며 물었다.

취봉접은 여우처럼 영악한 늙은이였다. 미심쩍은 부분을 곧잘 집어냈으며, 그 궁금증을 참지도 않았다.

주허자 역시 고개를 끄덕이며 당가륵에게 시선을 돌렸다. 아무리 생각해도 철룡방에, 그것도 성검을 지목해 도전장을 보낸 것은 쉽게 납득할 수 없는 일이었다.

"두 가지 이유에서입니다."

당가륵은 숨길 이유가 없다는 듯 곧바로 이야기를 이어갔다.

그가 성검에게 도전장을 보낸 첫 번째 이유는 정도무한종의 정보망에 화관필이란 인물이 감지되었기 때문이다.

화관필, 즉 성검은 이미 낙양의 세력을 모두 평정했고, 이곳 정주까지도 삽시간에 접수했다. 비록 철룡방이 전면에 나섰지만 그 주체가 성검이고, 성검의 배후에 은하대맥이 존재한다는 사실을 아는 것은 어려운 일이 아니었다.

실제로 정도무한종에선 꾸준히 은하대맥을 주시해 왔다. 비록 일검수가 이끌던 집단이긴 하지만 미심쩍은 부분이 한두 가지가 아니었다. 우선 맥주인 일검수가 거사를 일으키는 데 정작 은하대맥은 미동도 하지 않았다. 더욱이 극비리에 전개된 일검수의 거사를 천검궁에서 미리 감지했던 것도 수상한 점이었다. 그 외 입수되는 정보들도 하나같이 의혹투성이였다.

일검수가 사라진 이후에도 은하대맥은 이렇다 할 동요 없이 모습을 드러내지 않았다. 그런데 최근 화관필이란 자가 움직이면서, 은밀하게 활동해 오던 타 세력들까지 일제히 움직이기 시작했다.

따라서 정도무한종에선 당가륵을 통해 은하대맥의 정확한 실체를 파악케 했다. 그것이 도전장을 보낸 이유였다.

두 번째 이유는 천년밀문 때문이었다. 앞서 말했듯 은하대맥이 움직이는 것과 동시에 여러 집단이 한꺼번에 움직이기 시작했다. 그 대표적인 예가 천년밀문이었다.

당가륵이 알고 있는 한 천년밀문은 과거 마교와 동맹을 맺었다가 어려움을 겪은 후 어떠한 단체와도 연합하지 않았다. 그런데 느닷없이 은하대맥과 손을 잡다니, 쉽게 이해할 수 없는 일이었다.

당가륵 자신, 천년밀문과 깊은 인연이 있었던 만큼 이번 일에 자청해서 투입이 되었다. 물론 마음 한편엔 묘취화를 만날 수 있다는 기대감도 있었다. 하지만 뜻하지 않게 천년밀문이 본격적으로 일에 개입했다. 흑화신녀까지 직접 모습을 드러낼 것이라고는 미처 생각지 못했던 것이다.

"음… 우리 이상으로 자네 역시 골치가 아프겠군."

주허자가 고개를 끄덕이며 깊은 생각에 잠기기 시작했다.

"그렇습니다. 현재로선 혼란이 가중된 느낌입니다. 다만 한 가지 확실해진 것은 은하대맥이 결코 천검궁의 적대 세력이 아니란 점입니다."

"아니, 그건 또 무슨 말이냐? 그렇다면 은하대맥도 그렇고, 천년밀문도 그렇고, 다 천검궁과 그렇고 그런 사이란 말이냐?"

취봉접이 잔뜩 인상을 찌푸렸다.

그녀는 천년밀문의 성처녀였다. 그런 만큼 당가륵이 천년밀문에 대해 한 말을 어느 정도 수긍하고 있었다. 실제로 천년밀문은 자경옥수가 문주로 있을 때까지 강호의 어떠한 세력과도 손을 잡지 않았다.

물론 취봉접 스스로 천년밀문을 떠났으니 흑화신녀가 문주가 된 지금 은하대맥과 손을 잡는다고 해서 자기가 이러쿵저러쿵 끼어들 계제가 아니었다. 하지만 그 배후가 천검궁이라면 이야기가 달라진다. 그것은 천년밀문의 정체성에 정면으로 위배되는 것이기 때문이다.

"현재로선 뭐라고 확언할 없습니다. 하지만 은하대맥은 확실히 냄새가 납니다. 전 화 공자를 통해 그 정보를 캐려 했지만, 상황으로 보아 화 공자 역시 은하대맥의 핵심 인사는 아닌 듯합니다."

"혹 자네 그 아이의 정체를 알고 있는가?"

주허자가 찻잔을 돌리며 나직한 음성으로 물었다.

"어떤 정체를 말씀하시는지……."

"오호호, 아직 모르고 있었구나. 얘야, 그 아이의 성은 화씨가 아니라 류씨이니라. 조만간 내 손주 사위가 될 몸이지."

"예?"

당가륵은 취봉접이 도대체 무슨 이야기를 하는지 알 수 없다는 표정으로 주허자를 바라보았다.

"취봉접의 말은 사실이야. 그 아이는 류성검이란 이름과 화관필이란 이름 모두를 사용하고 있더군. 아마 화관필이란 이름은 은하대맥에 들어간 후 신분을 감추기 위해 사용하기 시작했겠지."

"하지만 그게 화 공자의 정체와 무슨……. 가만, 류성검이라면……."

당가륵은 말끝을 흐리며 주허자의 대답을 기다렸다.

"오호호호! 그 아이가 바로 청해류가의 씨앗이니라."

"……!"

당가륵의 두 눈이 부릅떠졌다.

아닌 게 아니라 그 역시 굉우소로부터 성검에 대한 이야기를 들은 바 있었다. 아니, 굉우소와 함께 성검을 만나기 위해 항산 초자영의 모옥을 찾기도 했다.

서장에서 돌아와 일검수의 소식을 접한 굉우소는 곧장 성검을 만나 아비의 일을 알려주고 그를 정도무한종에 가입시키려 했다. 초자영에게 무공을 전수받았다면 상당한 고수가 되어 있을 것이라고 판단했던 것이다.

하지만 그들이 도착했을 때는 이미 초자영이 죽고 성검이 항산을 떠난 후였다. 누구도 성검의 행선지를 알 수 없었으므로 굉우소와 당가륵은 허탈하게 발길을 돌려야 했다. 그런데 화관필이 바로 성검이었다니…….

"맙소사……!"

당가륵은 길게 한숨을 내쉬며 단숨에 차를 들이켰다. 하지만 차를 들이키고 나서도 여전히 마음이 진정되지 않았다.

"자넨 앞으로 어찌할 생각인가?"

주허자가 차분한 음성으로 다시 물었다.

"화 공자가 일검수 대협의 자제가 확실하다면 머뭇거릴 이유가 없습니다. 곧장 곤륜산으로 돌아갈 생각입니다."

"곤륜산엘?"

"예. 그곳이 정도무한종의 본산입니다. 종주도 현재 그곳에 머무르고 있습니다. 사실… 본산에선 지금 일검수 대협의 소환 의식이 진행 중입니다.”

잠시 뜸을 들이던 당가륵이 담담하게 말했다.

하지만 그 순간 주허자와 취봉접은 서로 시선을 마주한 채 당혹스런 표정을 지었다. 그리고 동시에 입을 열었다.

“소환이라고 했는가?”

“그건 또 무슨 귀신 씻나락 까먹는 소리지?”

정체 불명의 노인

'흐헤헤, 둘은 앙숙이군. 괜히 긴장했잖아?'

성검의 방 창가에 맹꽁이처럼 달라붙어 있던 검은 인영 하나가 천천히 숨을 토해냈다.

한줄기 바람이 달빛을 가리고 있던 나뭇잎을 흔들었다. 인영의 모습이 달빛에 적나라하게 드러났다.

주동선. 검은 인영의 정체는 분명히 그였다.

주동선은 주허자가 뒤늦게 얻은 아들로, 아직껏 연애 한 번 해보지 못한 숫총각이다. 세상 여자들은 결코 코끼리 같은 덩치에 뱀눈을 한 데다 느끼하기까지 한 주동선에게 관심을 기울이지 않았다.

하지만 그런 여자들의 취향과는 상관없이 주동선의 시선은 늘 여자들, 그것도 예쁜 여자들에게만 집중되어 있었다.

최근 초지와 취봉접이 술도가에 머물면서 주동선의 관심은 온통 초지에게 쏠렸다. 취봉접과 주허자가 막역한 사이라 주동선은 과거에도 몇 차례 초지와 만난 적이 있었다. 그때는 그저 망아지 같은 꼬맹이 정도로 여겼는데, 몇 년 못 본 사이 초지는 어느새 성숙미가 풍기는 처녀가 되었다. 그러니 주동선의 눈이 뒤집힐 수밖에.

주동선은 어떻게 초지를 꼬실까 고민하다가 결국 주허자의 도움을 받기로 했다. 사실 이성에 관해 털어놓을 상대로 아버지만큼 좋은 상대도 없었다.

"아버지, 저 장가보내 주세요."

주동선은 뜬금없이 그렇게 말했다.

"하긴, 너도 나이가 찼지. 하지만 세상에 어떤 눈 삔 계집이 너 같은 녀석에게 시집을 오려 하겠느냐?"

"우쒸— 아버지 닮은 것도 죄예요?"

"엥? 나, 나를 닮아?"

주허자는 옆에 놓인 동경(銅鏡)을 집어 쪼그라질 대로 쪼그라진 자기 얼굴과 주동선의 코끼리 같은 몸뚱이를 번갈아 쳐다보았다. 하지만 아무리 노력해도 닮은 구석이라곤 눈곱만큼도 찾을 수 없었다.

주동선은 그런 주허자를 무시한 채 말을 이었다.

"마음에 드는 색시도 만났단 말입니다."

"에엥? 그, 그 처녀도 너를 마음에 들어하더냐?"

주허자는 이번에도 의심스러운 눈초리로 주동선을 바라보았다.

"흐헤헤, 혼사란 원래 인륜지대사이거늘 어찌 당사자들이 결정할 수 있단 말입니까? 어르신들이 알아서 날을 잡고 혼례를 치르면 되는 거지요."

"끄응, 네놈이 언제부터 그렇게 아비 말을 잘 들었다고……. 그래,

내가 아는 집안의 처자이더냐?"

"물론입니다. 제가 어찌 근본도 모르는 집안의 처자를 골라 아버님의 심기를 흐리겠습니까. 흐헤헤, 우리 취선도가의 명성에 걸맞는 집안입니다."

주동선은 헤벌쭉이 웃으며 말했다.

하지만 그의 대답에 주허자는 더욱 불안해하는 듯했다.

"쩝. 뭐, 집안까지나……. 그런 것을 따지다 보면 네놈은 아마 평생……. 헤헤, 아니다. 그래, 일단 들어나 보자꾸나. 상대가 누구냐?"

주허자는 길게 한숨을 토해내며 물었다.

"초지요."

"엥?"

주동선의 한마디에 주허자는 한동안 벌어진 입을 다물지 못했다.

결국 그날 주동선은 주허자에게서 어떤 대답도 듣지 못했다. 주허자가 목침을 끌어안은 채 끄응, 신음을 토해냈을 뿐 주동선을 쳐다보지도 않았기 때문이다. 그것이 대략 열흘 전의 일이었다.

'흥, 아버지가 도움을 주지 않으신다 해도 나 주동선이 초지를 포기할 수는 없지. 흐히히, 초지 조것이 이 오라비를 위해 예쁘게 커주었단 말이야! 어쨌거나 저 느끼한 녀석은 이제 더 이상 신경 쓰지 않아도 되겠어.'

주동선은 희미한 미소를 흩뿌린 후 천천히 벽을 타고 올라가기 시작했다. 지붕으로 올라가 기와를 걷어낸 후 초지의 방을 훔쳐보기 위해서였다.

그 동작은 꽤나 은밀했다. 코끼리 같은 몸뚱이와는 달리 몸놀림은 섬세하기 이를 데 없었다. 어떻게 한 것인지 수직으로 깎아지른 벽면에 찰싹 달라붙어 있었다.

'헤헤, 와섬공(臥蟾功)의 묘미가 이런 거 아니겠어? 아버지가 장작으로 두드려 패면서까지 가르쳐 주신 데는 다 이유가 있었던 게야. 흐헤헤, 장가만 보내주시면 앞으로 효도하면서 잘 모셔야지.'

주동선은 두꺼비처럼 몸을 움츠린 채 천천히 움직이며 기분 좋게 웃었다.

본래 주허자는 주동선에게 취선도가의 모든 비기를 전수하려 했으나 그게 쉽지 않았다. 나이 일백을 바라보는 나이에 우연히 만난 여인과 부부의 인연을 맺고 낳은 아들이 주동선이었다.

그런데 아무리 뜯어보아도 돌연변이라고밖에 할 수 없는 괴상한 녀석이 나온 것이다. 어쩌면 주허자보다는 제 어미를 닮아서 그런지도 모른다. 그도 아니면 제 어미가 일찍 죽는 바람에 젖 대신 술지게미를 먹고 자랐기 때문인지도 모른다.

어쨌거나 대대로 비상한 머리를 타고나는 취선도가의 인물들과는 달리 주동선은 보통에서도 약간 처지는 편에 속했다. 그러니 취선도가의 비전절기를 제대로 이해할 리 없었다. 결국 주허자는 모든 것을 포기하고 주동선에게 맞는 하나의 무공을 만들었으니, 그것이 바로 와섬공이었다.

와섬공에 대해 주허자는 이렇게 설명했다.

"동선아, 본시 우리 취선도가에선 비전의 기공을 익힐 뿐 따로 무예를 익히지 않는다. 기공만으로도 자기 몸 하나는 어려움없이 지킬 수 있기 때문이다. 하지만 너는 덩치만 컸지 미련하기 그지없고 남들에게 맞을 짓만 하고 있으니, 이 아비가 어찌 너를 두고 편안히 눈을 감으리오. 하여 내가 너에게 맞는 무공 하나를 창안했으니 그것이 바로 와섬

공이다. 와섬공이란 말 그대로 두꺼비가 누워 있는 형상을 딴 무공이
니라.”

주허자는 십여 년에 걸쳐 와섬공을 가르쳤다. 물론 주동선은 무공
따위에는 관심을 두지 않고 노는 데만 정신이 팔렸지만 그때마다 장작
으로 두드려 패며 사람 하나 만들어보자고 갖은 애를 태웠다.

와섬공. 원래 동물이나 사물을 본떠 만든 무공은 원시무공으로 치부
되기 십상이다.

하지만 주허자의 와섬공은 그 묘용을 가볍게 볼 수 없다. 두꺼비는
미련해 보이는 몸집에 무기로 내세울 만한 것이 아무것도 없는 양서류
에 불과하지만 뱀 따위의 천적조차도 함부로 대들지 못한다. 나름대로
진화를 거듭하며 자기를 보호하기 위한 힘을 길렀기 때문이다.

독(毒). 두꺼비의 무서움은 바로 거기에 있었다.

주허자도 어쩔 수 없는 아비였을까. 그는 취선도가의 전통을 외면한
채 맹독을 개발한 후 주동선의 몸속 깊이 심었다. 와섬공은 주동선을
위해 특별히 고안된 독공이었으므로.

그렇다고 해도 와섬공이 단순히 독공에 한정된 것은 아니었다. 그
역시 일종의 기공이다. 지금처럼 깎아지른 벽면에서 미끄러지지 않는
것도 그 때문이다. 또한 와섬공은 몸을 가볍게 하고 밤눈을 밝게 하며
동물적인 청각과 위기 감지력을 키운다.

하지만 독공은 독공인지라 염려되는 점이 없지 않았다. 사실 두꺼비
는 어수룩해 보이지만 상당히 위험한 동물이다. 번식기가 되면 수컷은
주변에서 움직이는 모든 것을 본능적으로 끌어안는다. 그 바람에 개구
리나 맹꽁이 따위의 숱한 유사종들이 두꺼비의 독에 죽고 만다. 심지
어는 수컷들까지도.

주허자는 그 점을 심각하게 염려했다. 사람의 번식기는 어느 한 계절에 나타나는 것이 아니라 수십 년에 걸쳐 쉬임없이 이어지니까.

결국 주허자는 와섬공의 폐해를 없애기 위해 주동선의 몸에 다시 독을 해독하는 약을 심었다. 그리고 독의 분비 역시 결정적인 위기에 처했을 때 비로소 몸 밖으로 표출되도록 보완했다. 그런 까닭에 주동선은 그야말로 독과 약의 보고가 되었고, 자신도 모르게 만독불침의 신체로 변해 버렸다. 물론 그 사실은 주허자 한 사람만이 알고 있었지만.

어쨌거나 주동선이 뭔가를 감지한 것은 와섬공으로 길러진 청각과 위기 감지력 덕분이었다.

"어라, 이 외떨어진 곳으로 웬 놈들이 몰려오는 거지?"

지붕 위를 조심스럽게 기어가던 주동선은 천천히 몸을 일으켜 멀리 들판을 바라보았다.

아닌 게 아니라 한 떼의 인마가 객잔을 향해 달려오고 있었다. 그제야 주동선은 주허자가 자신을 밖으로 내보내며 했던 말을 떠올렸다.

"엉뚱한 짓거리 하지 말고 망이나 잘 보거라. 우리는 지금 쫓기는 신세이니라. 수상한 자들이 나타나면 곧장 알려야 할 것이야. 자칫하다간 여기에 있는 일행은 물론 취선도가의 맥도 끊기게 될 게다."

주허자는 분명 그렇게 말했었다.

"쩝, 초지의 몸매를 감상하긴 글렀군."

나직하게 중얼거린 주동선은 두꺼비처럼 펄쩍 뛰어 바닥에 착지했다. 도저히 주동선 같은 덩치가 뛰어내린 것이라고는 믿기지 않는 놀라운 낙법이었다.

"아니, 당 대협이 정녕 굉 사부의 제자란 말씀이오? 그리고 아버지를 소환하다니, 그건 또 무슨 얘깁니까?"

성검이 목소리를 높였다.

마침 성검은 주허자를 만나기 위해 일층으로 내려왔다가 자초지종을 듣게 된 것이다. 정도무한종이라는 새로운 신비 단체와 굉우소에 대해, 그리고 아버지 일검수 류추영의 소환 작업에 대해.

"음… 강호가 좁다는 이야기가 헛말이 아니었구려. 화 공자가 일검수 선배의 아들이라니……. 하하, 이번 임무에서 뜻밖의 수확을 거둔 셈이오."

당가륵이 가볍게 웃음을 내비쳤다.

성검이 류추영의 아들이란 사실은 당가륵으로서도 전혀 짐작하지 못한 일이었다. 비록 천년밀문의 개입으로 일이 꼬이고 말았지만 차라리 잘된 일이란 생각이 들었다.

"누구보다 이번 일에 관심이 많을 듯하니 상세히 이야기를 들려 드리리다. 종주께서 일검수 선배의 소환에 관심을 가지게 된 것은……."

당가륵은 차분한 어조로 말을 이어 나갔다.

일검수 사건 이후 굉우소의 정도무한종은 빠르게 세력을 흡수해 갔다. 그중에는 류추영을 따르던 은하대맥의 인물들도 있었다. 하지만 그들을 통해 얻을 수 있는 정보는 극히 한정되어 있었다. 은하대맥이 워낙 여러 갈래로 나뉜 데다 각 조직의 폐쇄성이 심했기 때문이다.

처음 한동안 굉우소는 정도무한종과 함께 은하대맥의 그늘로 들어갈 생각까지 했다. 하지만 마침 만박신통(萬博神通)이란 기인이 굉우소를 찾아오면서 계획이 바뀌었다. 강호의 소식통이라고 자부하는 그에게서 은하대맥에 대해 괴이한 이야기를 들었기 때문이다.

"종주, 은하대맥의 유천십이성은 철저하게 그 신분이 은폐되어 있소. 당사자들조차 서로에 대해 제대로 알지 못하는 형편이오. 그것은 맥주였던 일검수 류 대협 역시 마찬가지였을 것이오."

만박신통의 이야기는 그렇게 시작되었다. 그는 마치 유천십이성과 은하대맥을 해부하듯 조심스럽게 그 막을 벗겨내 갔다.

"어떻게 해서 유천십이성이 조직되었는지는 알 수 없지만, 한 가지 확실한 것은 그들 중 일부가 천검궁의 비밀 요원이라는 점이오. 비록 그들이 일검수를 맥주로 모시긴 했지만 일검수의 정체에 대해 제대로 아는 인물은 믿을 만한 극소수의 수뇌부에 한정되었을 것이오. 맥 내의 적들은 일이 터진 후에야 일검수의 정체를 알게 되었겠지요."

"……!"

충격적인 사실이었다. 하지만 그것은 시작에 불과했다. 만박신통의 이야기는 거기에서 그치지 않았다.

일검수 사건 이후, 은하대맥 유천십이성의 인사들이 하나둘 암살되기 시작했다. 암살당한 수뇌 대부분은 정파의 후예들로, 일검수처럼 급진적인 성향을 지닌 인사들이었다.

암살이 진행되는 사이 은하대맥을 장악한 것은 천검궁의 비밀 요원들이다. 물론 처음부터 그들 모두가 천검궁에 소속되었던 것인지는 확실하지 않았다. 처음엔 천검궁에 저항하다가 일검수의 사건을 기점으로 해서 도저히 천검궁을 무너뜨릴 수 없다는 좌절감에 변절한 것일 수도 있었다.

"이제 은하대맥은 천검궁에 대한 저항력을 잃은 상태입니다. 오히려 저항 세력을 하나둘 말살하는 괴물로 변해 버렸지요. 그러니 정도무한종이 은하대맥에 합류한다는 것은 곧 호랑이의 아가리로 들어가는 행위에 불과합니다.”

만박신통은 고개를 저으며 씁쓸한 음성으로 말을 마쳤다.

아찔했다. 만약 만박신통이 아니었다면 굉우소는 미처 뜻을 펼치기도 전에 정도무한종을 고스란히 천검궁에 바치고 말았을 것이다.

‘천검궁……. 정녕 철옹성이란 말인가?’

굉우소로선 또 한 번 좌절을 맛본 느낌이었다.

그런데 며칠 후 본산으로 또 한 명의 반가운 손님이 찾아왔다. 서장의 좌불쌍화가 방문한 것이다. 그가 온 이유는 천검궁에서 벌어진 초자연적인 현상 때문이었다.

일검수를 집어삼킨 검은 소용돌이에 관한 소문은 이미 강호는 물론 서장에까지 전해졌다. 그런데 서장에 있는 다섯 명의 해동 승려들이 그 소용돌이의 정체에 대해 알고 있다는 것이다.

“또한 일검수의 소환에 대해서도 얘기했네. 종주, 하늘이 내린 기회일세. 해동 승려들의 말로는 일검수가 사라진 지 정확히 일 년째 되는 날 소환 의식이 가능하다는군. 나 역시 밀교 의식 가운데 그와 비슷한 사례가 있다는 이야기를 들은 바 있네. 그들 해동 승려는 이미 인간의 영역을 벗어난 존재들이야. 충분히 가능성이 있네. 이 소식을 직접 전해주기 위해 내가 찾아온 것일세.”

좌불쌍화의 말에 굉우소는 마치 심장이 터질 것처럼 기뻤다.

이후 시간은 빠르게 흘렀다. 그사이 정도무한종은 거대한 세력으로 성장했다. 굉우소가 혼신의 힘을 다해 세를 넓힌 것이다. 일검수의 소환과 동시에 천검궁의 파멸이 시작되리란 믿음으로.

이제 한 달 후면 일검수 류추영이 소멸한 지 정확히 일 년이 된다.

굉우소는 해동 승려들을 곤륜산의 정도무한종 본산으로 초빙하는 한편, 조직을 재정비하기 시작했다. 당가륵이 이번 임무에 투입된 것 역시 인재를 모으는 것 외에 은하대맥의 정체를 정확히 파악하기 위해서였다. 그런데 뜻밖에도 성검과 만나게 되었으니 의외의 성과라 하지 않을 수 없었다.

"이번 일을 통해 은하대맥의 정체에 대해 얼마간 확신하게 되었습니다. 이제 말씀드린 대로 저는 곤륜산으로 돌아가야 할 것 같습니다. 화 공자, 아니, 류 공자까지 만나게 되었으니 모두 함께 움직였으면 합니다만."

당가륵은 주허자와 취봉접, 성검을 번갈아 쳐다보며 말했다.

"당 대협, 망설일 이유가 뭐가 있겠소. 나는 합류하겠소."

성검이 자리에서 벌떡 일어서며 말했다.

촛불이 가볍게 바람에 흔들렸다. 방 안의 그림자들이 일렁거렸다. 성검의 얼굴에 잔경련이 일었다.

"오호호, 성검 이 아이가 가면 우리 조손도 갈 수밖에."

"우리 부자 역시 더 이상 이곳에 머물 형편이 아니지. 같이 가겠네."

취봉접과 주허자가 고개를 끄덕였다.

그런데 그때였다. 갑자기 객잔의 문이 벌컥 열리며 주동선이 허겁지겁 뛰어들어 와 고래고래 소리를 내지르기 시작했다.

"아버지! 이상한 놈들이 이쪽으로 달려오고 있습니다아— 어서 달아나야 합니다아—"

"……!"

한순간 객잔에 모여 있던 이들의 시선이 그에게 모아졌다.

"음, 생각보다는 저들의 행보가 빠르군."

주허자가 낮은 음성으로 중얼거렸다.

다행히 객잔 안의 인물들은 나름대로 고수의 반열에 오른 이들이었다. 추격대의 숫자가 아무리 많아도 달아나는 데는 별 어려움이 없었다.

"흥, 기영옥… 그 독사 같은 계집은 확실히 집요한 데가 있지. 어쩔 수 없군. 지금 당장 출발하는 수밖에. 성검아, 어서 초지를 부르거라."

취봉접은 성검을 향해 단호하게 말했다.

"예? 왜 하필… 쩝! 알았습니다."

귀찮다는 듯 뚱한 표정을 짓던 성검은 취봉접의 매서운 눈길에 몰려 어쩔 수 없이 자리에서 일어섰다.

하지만 속이 좋을 리 없었다.

'젠장, 앞으로 곤륜산까지 가는 길이 순탄하진 않겠군.'

계단을 오른 성검은 초지에게 화풀이를 해야겠다는 듯 그녀의 방 문을 뻥 걷어찼다.

빠지직!

걸쇠가 부러지는 소리에 이어 방 문이 활짝 열렸다.

"야, 빨리 짐 챙겨서… 허걱!"

빽, 소리를 내지르던 성검은 그 자리에 그대로 굳어질 수밖에 없었다. 결코 고의가 아니었다, 초지의 알몸을 본 것은.

"……!"

초지 역시 너무 놀라 그대로 굳어진 상황.

마침 옷을 갈아입으려던 그녀는 깜짝 놀라 그나마 손에 들고 있던

속옷까지 놓쳐 버렸다. 그리고 비명조차 지르지 못한 채 그저 입만 벙
긋거리고 있을 뿐이다.

"마, 마치 봄날 시내를 거슬러 올라가는 은어처럼 아름답구나. 햇빛
에 눈부시게 바숴지는 은어의 알몸처럼 말이야……."

성검은 저도 모르게 그렇게 중얼거렸다.

진심이었다. 마술이라도 부린 것일까. 초지의 가슴은 막연히 짐작했
던 것보다 훨씬 탐스럽고 예뻤다. 골반뼈 역시 햇볕을 받아 빛나는 지
느러미처럼 화려했다.

"으, 어어……."

쿵—

초지는 무엇인가를 말하려다 차마 그 말을 토해내지 못한 채 질식한
사람처럼 그대로 바닥에 고꾸라졌다.

"너, 너무 황홀한 표현이야……."

바닥에 머리가 닿는 순간, 초지는 그렇게 나직이 중얼거리고 있었
다. 그리고 그 말은 그대로 성검의 귀에 물결처럼 흘러 들어갔다.

히히히힝—

네 필의 말이 객잔 앞에 멈춰 선 것은 성검 일행이 달아난 지 채 반
각도 되기 전이었다.

"찾아라—"

한 사내가 다급히 외치자 말에서 내린 세 명의 사내가 객잔 안으로
뛰어들어 갔다.

하지만 그들은 곧 허탈한 표정으로 다시 나왔고, 잠시 밤하늘을 올
려다보며 한숨을 내쉬었다. 뭔가 뜻대로 풀리지 않는다는 표정으로.

"이곳에도 안 계신단 말이야?"

마상의 사내가 물었다.

"형님, 큰형님은 방금 전에 떠났답니다."

"화 대협께선 길도 없는 산길을 택하신 모양입니다. 추격대를 따돌리기 위해서 말입니다. 이제 어찌할 생각이신지요?"

두 사내의 얼굴로 달빛이 쏟아지고 있었다. 다름 아닌 변금은과 장순금이었다.

"음… 그나마 다행이구나. 아직까진 무사하신 모양이니 말이야."

마상의 사내 철행궁이 나직하게 안도의 한숨을 내쉬었다.

약 일각 전 주동선이 발견해 낸 무리는 다름 아닌 이들 세 수호성과 장순금이었다. 그들은 취봉접 조손이 이 객잔에 머물고 있다는 사실을 떠올린 후 곧장 말을 달려오는 길이었다.

"행선지는 알아냈느냐?"

잠시 생각에 잠겨 있던 철행궁이 물었다.

"주인 할멈이 사색이 되어 말하더군요. 곤륜산이라고. 극비를 말했으니 목숨만 살려달라고 말입니다. 형님, 저희가 그렇게 흉측하게 생겨먹었습니까?"

깊게 심호흡을 하던 모용각이 초롱초롱한 두 눈을 빛내며 물었다.

"그, 글쎄다……."

"그나저나 이제 어쩌실 겁니까?"

"어쩌긴. 쫓아가야지."

얼마간의 갈등이 남긴 했으나 성검을 따를 생각이었다. 곤륜산이 아니라 세상의 끝이라 해도.

"자, 이제부턴 말을 버린다. 산길로 접어들 테니 말이야."

2

청해성 곤륜산.

골짜기 여기저기에 잔설이 보였다. 하지만 양지바른 곳엔 이미 꽃이 피고 일찍 깨어난 벌과 나비가 날고 있었다.

흔히 중원 도가무학의 발상지로 불리는 곳이 이곳 곤륜산이다. 그런데 막상 곤륜산에는 도관의 수만큼이나 절이 많다. 서장과 멀지 않은 탓에 라마 승려의 모습도 심심찮게 볼 수 있으며, 새외의 도사나 사이비들 또한 많다.

과거 곤륜파의 명성이 하늘을 찌를 때는 그 일대가 모두 그들 사문의 관리 하에 있었다. 하지만 지금은 사정이 많이 달라졌다. 곤륜파의 위상은 이제 깊은 계곡 음지에 어렵사리 남은 잔설처럼 보잘것없었으며, 그나마도 머잖아 사그라질 위기에 처해 있었다. 곤륜파는 이미 이십 년째 봉문된 상태다.

"쯧쯧, 과거 네 증조부 일절천하 구룡휘가 천하를 호령할 때의 곤륜파는 결코 이러하지 않았느니라. 그이는 곤륜산보다 웅장했고, 그 최고봉에 걸린 구름보다 신비한 사람이었다. 알겠느냐, 초지야?"

앞서 가던 취봉접이 길게 한숨을 내쉬며 말했다.

그녀는 방금 전 산을 오르던 중 봄빛을 받으며 나물을 캐고 있는 곤륜 도사 하나를 발견한 후 영 기분이 착잡한 듯했다.

하지만 그녀의 푸념을 받아준 것은 초지가 아니라 성검이었다.

"음회회, 고지기 스님이 없는 게 천만다행입니다."

"엥? 이놈, 그게 무슨 소리냐. 여기서 왜 갑자기 그 빌어먹을 늙은이 이름이 나오느냐 말이다."

취봉접은 모호한 표정으로 성검을 바라보았다.

"음회회, 아닙니다."

"아니라니? 이놈, 어서 이실직고하거라! 그 영감탱이가 뭐라고 내 흉을 보았기에 네놈의 태도가 그러하냐."

"쩝, 정말 아무것도 아닙니다. 그저 고지기 스님도 곤륜파의 쇠락에 대해 말씀하신 바가 있어서…… 아마 농담으로 한 말씀일 겝니다."

성검은 태연한 표정으로 고개를 한번 흔들어 보인 후 곧장 시선을 돌렸다.

하지만 그런 태도가 취봉접을 더 자극했다. 물론 그것은 취봉접의 성격을 잘 아는 성검이 바짝 약을 올리기 위해 부러 딴청을 부리는 것이었고, 그런 만큼 취봉접의 극성이 만족스러웠다.

"이놈, 간이 배 밖으로 나온 게로구나! 감히 이 늙은이의 말을 듬성 듬성 듣다니. 마지막 기회이니라. 어서 그 영감이 지껄인 얘기를 늘어놓아 보거라!"

취봉접은 눈초리를 치켜세우며 노기를 바글바글 끓여댔다. 분명히 폭발 직전의 상태다.

"음회회, 그럼 듣고 화내지 마십시오? 정말 농담이었으니."

"오, 오냐. 어서 말해 보거라."

"사실 스님도 비슷한 말씀을 하셨습니다. 과거 곤륜파는 강호를 호령하였고, 일절천하 구룡휘는 천하의 영웅이었으나……."

한껏 고조된 음성으로 말하던 성검이 슬쩍 취봉접의 눈치를 살폈다.

취봉접은 여전히 매서운 눈으로 성검을 노려보았다. 뒤에 나올 이야기를 가히 짐작할 수 있다는 표정이었다.

"영웅이었으나? 어디 계속 지껄여 보거라."

"음회회, 여자 복이 없어 그 지경이 되었다고."

"흥! 네놈이 지금 이 할미를 능욕하는 것이렷다! 그래, 네놈 사부를 죽이기 전에 네놈부터 포를 떠놓아야겠다!"

미리 준비하고 있기라도 했다는 듯 취봉접이 응조수로 곧장 성검의 정수리를 찍어 내려갔다.

하지만 그 순간 뒤편에서 앙칼진 음성이 터져 나왔다.

"할머니!"

"엥? 왜, 왜 그러느냐, 초지야?"

"몰라서 물어?"

"……!"

취봉접은 초지의 매서운 눈을 바라보다 슬그머니 손을 내렸다.

긴 한숨이 터져 나온 것은 잠시 후였다. 하나밖에 없는 손녀가 마음을 준 녀석을 죽일 수는 없는 일이었다.

'으… 하지만 이 녀석이 초지를 믿고 계속 염장을 질러대지 않는가. 얼굴 반반하고 가문이 좋은 게 다 무슨 소용이야. 사내는 그저 속이 깊고 진실해야 하는 것을……. 이놈에 비하면 차라리 당가륵이나 주동선이 훨씬 나아.'

하지만 소용없는 일이었다. 초지의 마음이 이미 성검에게 기울었다. 누가 말려도 초지의 마음을 돌릴 수는 없다.

최근 초지와 성검은 급격히 가까워졌다. 청춘 남녀가 함께 오랜 시간을 보내다 보면 그런 일은 다반사다. 더욱이 취봉접이 보기에 성검은 정말 고수였다. 어떻게 녹인 것인지 고래 심줄보다 고집이 센 초지가 성검의 말이라면 끔벅했다.

문제는 성검이 초지를 대하는 태도가 영 미심쩍다는 점이다. 어딘지 진실함이 결여되었다는 느낌을 떨칠 수 없었다. 성검의 사람됨에 의심이 일기 시작한 것도 그 때문이다.

그것을 아는지 모르는지, 성검은 느끼한 시선으로 초지를 바라보며 간사한 혀를 놀렸다.

"음회회. 초지야, 설마 취 노선배께서 나처럼 까마득한 후학에게 주먹질을 하시겠니? 하지만 초지의 마음 씀씀이는 정말 나를 감동시키는구나. 초지의 마음은 이 곤륜산의 가장 맑은 계곡 안에서 봄볕을 받는 조약돌 같아. 마음에도 색이 있다면 초지의 마음은 쪽빛 하늘이 머물다 간 도라지꽃처럼 화사한 색일 거야."

"아흐—"

초지는 묘한 신음을 흘리며 소맷자락을 꼭 움켜쥐었다.

묘한 일이었다. 그녀는 요사이 성검이 무슨 말만 하면 그런 반응을 보였다. 아무리 듣고 곱씹어 들어도 유치찬란한 표현들인데, 초지는 몸을 배배 꼬며 어쩔 줄 몰라 했다.

"주허자, 초지가 왜 저러는 거야?"

닭살이 돋는다는 표정으로 초지를 바라보던 취봉접이 주허자에게 다가가 슬쩍 소매를 잡아당기며 물었다. 아무리 자기 손녀라지만 좀체 이해할 수 없는 상황이었다.

"간단해."

"뭐가 간단하다는 얘기지?"

"천생연분이거든."

주허자는 짧게 대답했다.

"엥? 정말 쟤들이 천생연분이긴 한 거야? 수백 번 곱씹어 생각해도 성검이 저 녀석은 우리 집안엔 안 맞아. 말을 할 때마다 몸에 닭살이 돋게 하는데……."

"하하, 초지는 자네 혈통을 이어받지 않은 모양이지."

"무슨 말도 안 되는 얘길. 나, 취봉접의 몸속에 흐르는 피는 우성이란 말이지. 아무리 거부를 하려 해도 이 피를 외면할 수는 없어."

취봉접은 단정적으로 말한 후 다시 초지와 성검을 바라보았다.

그런데 마침 그들 뒤편에 서 있던 주동선의 모습이 눈에 들어왔다. 그의 시선은 초지의 엉덩이에 붙박여 있었다. 초지 엉덩이가 씰룩쌜룩할 때마다 주동선의 입은 점점 크게 벌어지고 있었다.

"쯧쯧, 요리도 잘하고 귀엽기까지 한 놈이지만 좀 부실해. 아무리 봐도 주 늙은이를 닮지 않았단 말이지."

취봉접은 아쉬운 듯 입맛을 다셨다.

"소란, 자네 지금 내 아들 보고 하는 소리야?"

"오호호, 주 늙은이. 뭐, 자기 아들인지 아닌지는 모르겠지만, 동선이를 말하는 것만은 확실하지."

"말조심하시게. 나도 인정하고 싶지는 않지만 저놈이 취선도가의 후예임은 분명하다네. 그래서 고민이지. 저놈만 없었어도 쓸 만한 양자를 들여 어떻게 취선도가의 명성을 되찾아볼 수 있었으련만, 아무리 미련해도 아들이니 내칠 수도 없고……."

씁쓸한 표정으로 주동선을 쳐다보던 주허자가 한숨을 내쉬며 고개를 저었다.

아둔하긴 해도 평소 과묵한 주동선이다. 하지만 여자에게는 속수무

책이었다. 바보 아들 하나 사람 만들어보려고 별 짓을 다했지만 소용 없었다. 여자만 보면 침을 질질 흘리며 눈동자를 까뒤집곤 했다. 물론 그런 아들을 보다 보면 속이 뒤집혔지만, 자기 씨를 받은 자식을 때려봐야 자기 속만 터질 것이 뻔한 터라 그냥 참고 지내왔다.

"하긴. 그래도 저놈이 몇 가지 재주는 있지 않은가? 아무리 반쪽이라도 씨는 속일 수 없으니. 안 그래, 임자?"

"흥, 아마 당가륵이나 성검이 정도 되는 아들을 얻었다면 우리 취선도가는 반드시 내 대에 신의의 시대를 다시 열었을 게야."

"오호호, 하지만 자식 농사가 뜻대로 되는 게 아니잖아? 그러니 임자가 참는 수밖에."

취봉접은 주허자를 위로하다가 갑자기 고개를 저었다.

분명 남의 이야기할 때가 아니었다. 내리 삼대째 자식 농사를 망쳐온 집안이 취봉접 자신의 집안이었다.

"하하. 그나저나 취봉접 자네 기분이 묘하겠군. 구십여 년 만에 이곳을 다시 찾지 않았는가 말일세. 일절천하 구룡휘는 이미 죽었다 해도 어디 그가 남긴 추억까지가 사라졌겠는가. 기분이 어떠신가?"

지그시 미소를 머금은 주허자가 곁눈질로 취봉접의 표정을 살폈다.

'일절천하 구룡휘……'

주허자의 말로 인해 취봉접은 어느새 지난날의 추억에 잠기기 시작했다.

상청무상신공(上淸無上神功)과 옥심귀일공(玉心歸一功), 섬전수(閃電手), 정양의검법(正兩儀劍法), 낙안권(落雁拳), 금룡십팔해(擒龍十八解).

당시 구룡휘가 펼쳤던 무공들이 눈앞에 어른거렸다. 취봉접과 구룡휘는 무려 사흘 동안이나 단둘이 비무를 겨루었다. 그사이 구룡휘는 자신이 아는 무공을 거의 다 펼쳤다. 무엇으로도 취봉접을 제압할 수 없었던 것이다.

취봉접 역시 구룡휘에게 지지 않기 위해 혼신의 힘을 다했다. 특히 구룡휘의 태허도룡검은 수십 차례에 걸쳐 취봉접을 위기에 몰아넣었다. 만약 구룡휘가 살심을 품었다면 싸움은 사흘 동안 이어지지 못했을지도 모른다. 물론 취봉접 역시 살수는 피했다. 두 사람의 싸움이 쉽게 끝나지 않았던 것도 그 때문이다.

어쩌면 두 사람은 그렇게 교감을 이룬 것인지도 모른다. 아니, 적어도 취봉접은 그랬다. 비록 그날 이후 다시 만나지 못했지만, 이제껏 취봉접이 살아온 세월 가운데 그때만큼 행복하고 그리운 시절이 없었다.

"어라? 취 노선배, 도대체 저게 뭡니까?"

성검이 걸음을 멈춘 채 하늘 한편을 가리키며 물었다.

"응? 뭐가 말이냐. 내 눈엔 하늘과 구름밖에 보이지 않는구나."

어느새 화가 풀렸는지 취봉접은 정감있는 음성으로 되물었다.

"아니, 저 나무 위로 날아가고 있는 것 말입니다."

"나무 위?"

취봉접은 성검의 손가락을 따라 다시 시선을 돌렸다.

그녀는 그제야 뭔가 희미한 것이 새처럼 허공을 날고 있는 것을 발견했다. 취봉접은 안력을 돋워 그 물체를 보다 자세히 살피기 시작했다.

"아니, 저 신법은 분명……."

"혹, 곤륜파의 전설적인 신법인 운해비영(雲海飛影)이 아닙니까?"

애초에 질문을 던졌던 성검이 다급히 되물었다.

"그래, 분명 운해비영이다. 하지만 누가 있어 오늘날 운해비영을 다시 펼칠 수 있단 말인고? 그 신법의 오묘함으로 인해 감히 배우고자 하는 이가 있어도 배울 수가 없는 것이 운해비영이었거늘……."

취봉접은 다시 구룡휘를 추억하며 말끝을 흐렸다.

그 옛날 구룡휘는 운해비영을 펼치며 곤륜산 정상의 구름 위를 날아다녔다. 물론 비무를 펼치던 도중이었지만, 구룡휘와 함께 구름 속에 묻혔던 취봉접은 황홀한 꿈속을 노니는 기분이었다.

하지만 취봉접이 알기로, 운해비영의 신법은 구룡휘의 대에서 막이 내렸다. 절세고수의 반열에 오른 이후에야 그 신법의 묘리를 깨칠 수 있건만, 이후 곤륜파에선 고수가 배출되지 않았던 것이다.

물론 오랜 세월이 흘렀으니 취봉접이 모르는 뛰어난 후기지수가 나왔을 수도 있다. 그런데 그게 사실 쉽지 않은 일이다. 강호는 이미 천검궁의 천하가 되었고, 곤륜파는 봉문한 상태로 쇠락의 길을 걷고 있지 않은가. 이미 봉우리 초입에서 보았듯 곤륜 도사들은 이제 나물이나 캐러 다니는 게 고작이었다.

그녀가 생각에 잠겨 있는 사이 나무 위로 새처럼 날던 인영은 자취를 감추고 없었다.

"당가륵, 혹 지금 우리가 가고 있는 곳이 저 방향이냐?"

무엇에 생각이 미친 것인지 취봉접은 인영이 사라진 방향을 가리키며 물었다.

"맞습니다. 그곳에 본산이 있습니다."

"음. 그렇다면 방금 전 운해비영을 펼친 인물이 누구인지도 알고 있느냐?"

"예."

당가륵은 짧게 대답한 후 가볍게 미소 지었다.

"누구더냐?"

"차차 아시게 될 겝니다."

"……!"

취봉접은 잠시 당가륵을 노려보다가 아무 말 없이 걸음을 옮기기 시작했다.

결코 만만한 실력이 아니었다. 방금 전 그 인영의 운해비영은 절정에 달한 상태였다. 곤륜파의 신법을 타 문파의 사람이 그 정도로 완벽하게 펼쳐 낸다는 것은 불가능하다. 운해비영이야말로 곤륜파의 절기 중의 절기였으니 외부로 새어 나갈 수도 없다. 비록 속가제자들을 거두긴 했으나 그들에게 전하는 무공은 결코 상승무공이 아니었다.

그럴 리는 없다고 생각하면서도 취봉접은 머리 속에 한 사람을 그리고 있었다. 다름 아닌 일절천하 구룡휘…….

취봉접이 구룡휘의 부음(訃音)을 전해 들은 것은 구룡휘가 죽은 지 삼 개월이 지난 후였다. 약 사십 년 전의 일이었다. 당시 구룡휘의 나이 구십 세. 절세고수 하나가 그렇게 세상에서 사라진 것이다.

하늘이 무너지는 듯한 느낌이었다. 취봉접은 일 년여 후에 남몰래 이곳 곤륜산을 올랐다. 그리고 한밤중 구룡휘의 무덤을 찾아 홀로 절을 올리고 길게 통곡했다. 그러니 주허자의 말과는 달리 취봉접이 이곳 곤륜산을 마지막으로 찾은 것은 그때였다. 즉, 구십 년이 아니라 사십여 년 만인 셈이다.

어쨌거나 오십 년 가까이 재회하지 못했던 그들은 이승과 저승으로 갈려 만나게 된 것이다. 그나마 그동안은 구룡휘가 살아 있다는 것 하나로 언젠가 다시 만날 수 있으리라 믿었으나 이제 그 희망조차 사라지고 만 셈이다. 더욱 슬픈 것은 그녀 자신이 구룡휘의 임종을 지키지 못했다는 사실이었다.

취봉접은 한편으로 구룡휘에게 감사했다. 구룡휘는 끝내 자신을 외면했지만 평생을 독신으로 살며 나름대로 부부간의 신의를 지킨 셈이다.

"그래, 구룡휘가 세상에서 가장 사랑한 이는 바로 나 흡혈소란일 게야. 비록 혼례를 치르지는 못했다 하더라도."

취봉접은 그것이 진실임을 의심치 않았다.

"바로 저곳이 우리 정도무한종의 본산입니다."

어느새 봉우리에 오른 당가륵이 맞은편의 골짜기와 골짜기 사이에 자리잡은 구릉을 가리키며 말했다.

당가륵이 가리킨 곳에는 사방 몇 리에 이르는 벚나무 수림이 펼쳐져 있었다. 양지바른 그 수림엔 때 이른 벚꽃들이 지천으로 피어 마치 선경(仙境)의 풍경처럼 보였다.

"음… 곤륜산에 이런 절경이 숨어 있었군!"

잠시 넋을 잃은 듯 그곳을 바라보던 주허자가 낮게 탄성을 내질렀다.

벚나무도 벚나무였지만 그 수림 한가운데 자리잡은 장원도 아름답기 그지없었다. 이층으로 지어진 전각 몇 채와 단층의 건물들이 들어선 장원은 중원의 건축 양식과는 달리 곡선미를 한껏 자아내 벚나무 수림과 더없이 잘 어울렸다. 마치 곤륜산과 함께 애초부터 그렇게 자리잡고 있었던 것처럼 자연스러웠다.

"굉 사부께서 저곳에 머물고 있다는 말이지요?"

성검이 감회 어린 음성으로 물었다.

그의 나이 이미 스물네 살. 굉우소와 헤어진 지 육 년이 되었다. 그

사이 많은 일을 겪었고 무공은 놀랍게 진전을 이루었다.

'사내대장부는 사흘 만에 만나면 눈을 비비고 서로를 보아야 한다고 하지 않았는가. 그런데 이미 육 년의 세월이 흘렀다. 아, 굉 대협께선 날 보고 어떤 생각을 하실까?'

성검은 가슴이 벅차오르는 만큼 얼마간의 두려움을 느끼기도 했다. 모르고 있을 때면 모를까, 자신이 일검수 류추영의 후예임을 안 지금은 굉우소를 대하는 마음가짐이 다를 수밖에 없었다. 굉우소는 일검수 류추영의 가장 절친한 친구가 아닌가. 분명 성검 자신에게서 류추영의 모습을 발견하고자 할 것이다.

"자, 가자."

주허자가 담담하게 말하며 걸음을 옮겼다.

이제 그들은 또 하나의 신비 집단 정도무한종의 실체를 만나게 될 것이다. 그리고 일검수 류추영의 소환을 보게 될지도 모른다.

곤륜산의 봄볕이 성검 일행의 머리 위에서 곱게 바숴졌다.

화향검 대 고판성

보통 이층 높이에 수백 평의 규모로 화려하게 꾸며진 전각 정도면 고급 식당이라 할 만했다. 하지만 성하각(星河閣)은 규모에서부터 그런 식당들과도 확연하게 차별화되었다.

삼층 전각 두 채, 이층 전각이 여섯 채. 도합 여덟 채의 전각이 오천여 평의 대지 위에 자리잡고 있으며, 일꾼들의 수만 해도 사백여 명에 달했다. 그러니 그 많은 일꾼들을 먹여 살리자면 도대체 어느 정도로 돈을 긁어모아야 할지 대충 계산이 서게 마련이다.

화향검은 정원이 내려다보이는 성하각의 이층 전각에서 느긋하게 차를 마시고 있었다. 물론 그가 성하각을 찾은 이유는 단순히 차를 마시기 위해서가 아니다.

'음… 바로 오늘이군.'

차 한 모금을 들이킨 화향검은 지그시 눈을 감은 후 생각에 잠겼다.

천검궁의 정보 수집 능력은 이번에도 빛을 발했다. 애초에 성검에게
지급된 서류 안에는 고관성의 최근 행적에 관한 모든 것이 기록되어
있었다. 그의 초상화는 물론, 사소한 버릇과 즐겨 찾는 장소, 좋아하는
음식, 취미 따위의 신상 내력이 세세하게 적혔다. 또한 적대 관계에 있
는 인물이나 그를 추종하는 세력 따위의 인맥까지 수십 장의 서류로
작성되어 그것만으로도 고관성이라는 한 인물을 어렴풋이 짐작할 수
있을 듯했다.

고관성이 단골로 삼는 장소는 여러 군데였다. 주루나 의원, 찻집, 심
지어는 환관이라는 신분과는 전혀 어울리지 않는 기루까지, 그의 활동
영역은 지나치게 넓었다.

사실 고관성 같은 인물이 황실을 벗어나 저자를 나돌아다니는 것은
여간 피곤한 일이 아니다. 호위 무사만 해도 최소한 백여 명이 넘게 달
라붙어야 하고, 관리들은 그의 일거수일투족을 좇으며 눈에 거슬리는
것들을 정리해야 한다.

하지만 무슨 이유에서인지 고관성은 저자 나들이를 즐겼다. 다만 사
람들의 이목을 끄는 것을 싫어해 가마도 물린 채 변복을 하고 돌아다
녔다. 물론 만약의 사태를 위해 늘 수십 명의 고수들이 뒤따르는 것까
지 말릴 수는 없었지만.

화향검이 인파로 한참 북적이는 정오 무렵에, 그것도 굳이 사방이
트인 이곳 성하각을 암살 장소로 선택한 이유는 간단했다. 암살 장소
로는 너무도 어울리지 않아 호위 무사들의 수가 적으리란 판단이 선
것이다.

어차피 화향검은 이번 일에 목숨을 걸었다. 운이 좋아 살아난다면
천검궁을 등진 채 조용히 살아갈 생각이었다. 설령 죽는다 해도 자신

이 진 빚을 갚을 수만 있다면 그것으로 족하리라 생각했다.

화향검은 그런 사내였다. 나이 서른이 되도록 여자에게 눈길을 준 적도 없고, 자기 자신을 위해 무엇인가를 추구하지도 않았다. 그는 마치 역병으로 죽었어야 할 자신이 아직 살아 있다는 사실이 부담스럽다는 듯, 남의 인생을 사는 기분으로 살아왔다.

하지만 어느 날 문득 회의가 일었다. 성검을 만난 이후의 일이다. 이상하게도 화향검은 처음부터 그에게 끌렸다. 표현하지는 않았지만 성검의 얽매임 없는 삶의 방식은 그에게 큰 충격을 주었다.

'살아 있는 것 같다……'

성검의 생동감 넘치는 모습을 그는 그렇게 표현했다. 그제야 화향검은 자신이 죽은 사람처럼 살아왔다는 사실을 깨달았다.

화향검은 진지하게 자신의 삶을 돌이켜 보았다. 떠올릴 것이 많지 않았다. 오직 무공을 연마하는 데만 정진했다. 왜 그렇게 살아야 했는지조차도 생각하지 않고 살아왔다.

며칠 동안 깊은 생각에 잠겼던 그는 비로소 한 사람의 영상을 떠올렸다. 천검궁주 역천휘. 그와 처음 만났을 때의 일이 그림처럼 스쳐 갔다.

"나와 함께 가겠느냐?"

역천휘가 물었을 때 화향검은 거부할 수 없었다. 이유는 알 수 없다. 그저 그가 산처럼, 바다처럼 느껴졌고, 그라면 자신을 지켜줄 수 있을 듯했다.

"네 아비는 정말 훌륭한 장인이었음에 분명하다. 이토록 완벽한 검을 만들어내다니……."

말을 달리던 역천휘가 낮은 음성으로 말했을 때 화향검은 자신이 정말 한 자루 검이 된 듯했다. 바로 역천휘라는 거인을 위해 만들어진 검.

"너는 강하다. 나는 그것을 느낀다. 때로는 네 강함이 나를 두렵게 한다. 너는 한 자루 신검이기 때문이다. 어쩌면 내가 너를 다룰 수 없을지도 모른다는 생각이 나를 두렵게 하는 것이다."

혼란은 그때부터 시작되었다. 어느 날 역천휘의 입에서 그 말이 나왔을 때.
'그렇다면 나는 무엇일까?
오랫동안 고민했다. 그리고 성검을 만난 후 화향검은 자각했다.
'나는 누구의 검도 아니었구나. 누구에게도 다루어질 수 없는, 오직 스스로 존재하는 한 자루 검이었구나.'
하지만 빚은 빚이었다. 자신은 분명 역천휘를 위해 살아왔고, 인생의 절반가량이 그렇게 흘러갔으며 그런 흐름에 익숙해졌다. 변신을 원한다면 우선 역천휘에게 빚을 갚아야 한다. 그런데 마침 그가 목숨을 담보로 한 명령을 내렸다.
'죽어도 한다. 그리고 이것으로 모든 빚을 청산하겠다!'
화향검은 그렇게 생각하며 천검궁을 나섰고, 결국 이곳에 도착했다.
얼마의 시간이 흘렀을까. 성하각의 정원으로 한 무리의 사람들이 들어섰다.

'드디어 왔군.'

화향검은 한눈에 고관성을 알아보았다. 세밀하게 그려진 초상화 속의 인물과 일치하는 얼굴이었다. 더욱이 오른손 새끼손가락이 잘려져 있는 것으로 보아 의심의 여지가 없었다.

고관성은 육 척 장신의 호리호리한 몸매로 눈이 부실 만큼 흰 비단옷을 걸치고 있었다. 옆에는 도사 복장의 노인 둘이 연신 웃음을 터뜨렸고, 다섯 명의 흑의무사들이 등에 검을 꽂은 채 그들을 호위했다.

고관성 일행은 곧 맞은편 누각에 자리를 잡았다. 예약이 되어 있었던 것인지 몇 명의 점소이들이 준비된 음식을 빠르게 나르기 시작했다.

'마지막 식사가 될 수도 있는데 기다려 주지 못해 미안하군.'

화향검은 의자를 밀고 천천히 몸을 일으켰다.

스팟—

한줄기 섬광이 고관성의 눈을 파고들었다.

느닷없는 틈입이다. 빛처럼 자연스럽고 견고한 일검이다. 하지만 그 느닷없는 자객의 검은 차마 고관성에게 닿지 못했다. 오 척 단신의 흑의무사가 섬전처럼 두 사람 사이를 가로막은 것이다.

챙!

두 줄기의 벽광이 마주치며 날카로운 쇳소리를 냈다.

"흐읍!"

비록 검을 막는 데까지는 성공했지만 흑의무사는 두 걸음이나 뒤로 밀리며 피를 토해냈다. 화향검의 검에 실린 힘을 감당할 수 없었다.

사르르릉—

나머지 네 명의 호위 무사들이 검을 뽑아 든 것은 순식간이었다.

그들은 빠르게 검을 뽑으며 고관성을 에워쌌다. 화향검을 향해 검을 날리는 것보다 고관성을 보호하는 것이 급선무였다.

하지만 화향검은 마치 예상하기라도 했다는 듯 바닥에 오른발 끝을 딛는 것과 동시에 신형을 앞으로 눕히며 날아들었다. 마치 수면을 스치며 수평으로 비행하는 수리처럼 탄력이 느껴지는 움직임이다.

"타핫—"

짧은 기합성과 함께 네 자 길이의 은백색 검광이 허공에 그어졌다.

"크헙!"

"흐어억—"

검을 뻗어 화향검을 저지하려던 호위 무사 두 명이 허무한 단말마를 토해냈다. 분명 검로를 차단했다고 믿었건만 그들은 너무 느렸다. 화향검의 검이 희미한 잔상을 남길 무렵 그들은 가슴에서 피를 뿜어내며 바닥으로 고꾸라진 것이다.

"이런!"

나머지 두 명의 호위 무사가 좌우에서 거리를 좁히며 사선으로 검을 내리그었다.

하지만 화향검의 신법은 검보다 빨랐다. 또한 손놀림은 미처 검이 그은 호선조차 느끼지 못할 만큼 쾌속했다. 두 호위 무사를 스쳐 지났을 때 그들의 복부는 이미 서걱, 소리와 함께 깊게 갈라져 있었다.

이제 고관성과 화향검의 거리는 불과 네 자의 거리다. 화향검이 지닌 검의 길이에 불과한 셈이다.

그런데 묘한 일이었다. 그때까지도 고관성은 미동도 하지 않은 채 식탁에 앉아 있었다. 이런 일엔 인이 박혔다는 듯, 혹은 자객 따위에게 당할 실력이 아니라는 듯.

그것은 그와 동행한 두 노도사 역시 마찬가지였다. 노도사들은 분명 무림인들이었으나 사문을 짐작하기는 쉽지 않았다.

그들은 엇비슷한 나이로 형제처럼 닮았다. 다만 혼원모(混元帽) 아래로 흘러내린 머리는 극명하게 차이가 났다. 한 명의 도사는 칠순에 즈음한 얼굴에 어울리는 백발인 반면 또 한 명의 도사는 얼굴로만 나이를 먹은 것인지 새치 하나 없이 윤기 흐르는 흑발이었다.

품이 넓은 자색 도복은 정갈했고, 무릎 위엔 네 자 길이의 검이 놓였다. 고관성과는 어떤 사이인지 짐작하기 힘들지만 검을 지니고 함께 자리한 것으로 보아 상당한 친분을 지녔음에 분명했다.

이상의 것들이 흐르듯 화향검의 눈을 파고들었으나 그는 관여치 않은 채 곧장 검을 내리그었다. 노도사들이 끼어들 틈을 주지 않으리라는 계산이었다.

화향검의 검이 노리는 것은 고관성의 머리다. 최대한 깔끔하게 일을 마무리 짓고 싶었고, 그럴 자신이 있었다. 하지만……

퍽!

화향검이 검을 뻗는 순간 고관성이 식탁을 걷어찼고, 검은 아름드리 나무를 찍듯 둔탁한 소리를 내며 원형의 식탁에 반쯤 박혀들었다.

"검을 아는 자구나."

고관성은 담담한 음성을 토해낸 후 쌍수로 식탁을 뱅글 돌렸다.

"헛─"

뜻밖의 반격에 당혹성을 토해내며 화향검은 일 장여를 빠르게 물러섰다. 워낙 순식간에 벌어진 일이라 손에 쥐고 있던 검까지 놓친 상황이다.

콰지직!

고관성이 어디를 어떻게 가격한 것인지 묵직한 나무 식탁이 산산조각났고 거기에 박혔던 화향검의 검이 튕겨 나가 바닥에 떨어졌다.

"……!"

화향검의 얼굴에서 핏기가 가셨다.

예상은 했지만 보통 고수가 아니다. 평생을 실수로 교육받으며 자란 화향검이었지만 검을 놓쳐 본 경험은 한 번도 없었다.

고관성은 결코 서두르지 않았다. 그는 여전히 의자에 앉은 채 화향검을 바라보았고, 그로 인해 두 사람의 눈길이 허공에서 불꽃을 일으켰다.

"나으리, 적이 더 있을지 모릅니다. 우선 이곳을 벗어나시는 것이……."

단신의 흑의무사가 화향검과 고관성 사이에 끼어들며 말했다.

화향검의 일격을 제일 먼저 받아냈던 그는 검으로 바닥을 찍고 고관성을 등진 채 반쯤 무릎을 굽힌 상태였다. 입에서는 여전히 피를 토해 내고 있었으나, 어떻게 해서든 화향검을 막을 태세였다.

상황은 여러 가지로 화향검에게 불리하게 돌아가고 있었다. 소란이 일면서 성하각 밖에 대기하고 있던 무사들이 일제히 쏟아져 들어왔고, 고관성은 그 내력을 점칠 수 없을 만큼 고강했다.

'물러서야 하는가?'

자신의 공격이 무위로 돌아갔다는 충격 속에서 화향검은 갈등할 수밖에 없었다.

하지만 쉽게 물러설 수 없었다. 기회다. 오늘 이 기회를 놓친다면 다시 고관성을 노리기가 어려워진다. 그는 호위에 더욱 신경을 쓸 테고,

한동안은 바깥출입조차 꺼리게 될지도 모른다. 마음이 급해졌다.

'어쩔 수 없는 일이다.'

화향검은 신형을 날려 공중제비를 돌며 두 발로 누각의 천장을 박찼다. 그사이 품에서 두 자루 비수가 고관성과 흑의무사를 향해 뻗어 나갔다.

스팟—

놀랄 만큼 교묘한 동작이었다.

"크허!"

한 자루 비수는 정확히 흑의무사의 이마에 꽂혔다. 흑의무사는 바닥에 찍은 검을 뽑을 사이도 없이 허무한 단말마만을 남긴 채 쿵, 엉덩방아를 찧으며 뒤로 넘어갔다.

한편, 고관성조차도 비수가 목전에 닿아서야 위험을 감지해 낼 수 있었다. 그는 앉은 채로 신형을 비틀어 아슬아슬하게 비수를 피했으나, 목덜미를 스치고 지나가는 화끈한 통증을 느껴야 했다.

하지만 더 큰 문제는 비수의 뒤를 좇아 쏟아지고 있는 화향검의 후속 공격이었다. 화향검은 믿어지지 않을 정도로 쾌속한 동작으로 응조수를 뻗어내고 있었던 것이다.

쇄애액—

강맹한 파공성이 귓전을 파고드는 순간, 고관성은 본능적으로 좌수를 뻗어 화향검의 응조수와 맞서갔다.

빠드득!

두 개의 손이 마주치며 뼈가 갈리는 듯한 소리가 들렸다. 화향검과 고관성의 몸이 하나로 뭉쳐 바닥을 구른 것도 동시였다.

"……!"

쌍수를 맞잡은 채 바닥에 누운 두 사람의 눈이 한 자 정도의 거리를 두고 맞부딪쳤다. 순식간의 일이었지만 두 사람에겐 무척이나 길게 느껴지는 시간이었다.

사르르릉—

고관성과 동석했던 두 명의 노도사가 천천히 검을 뽑아 들었다.

두 노도사의 얼굴에 스치는 비릿한 웃음이 화향검의 눈을 파고들었다. 어떻게 해서든 고관성에게서 떨어져 나오려 했으나 그의 악력은 두 손을 으스러뜨릴 만큼 셌다. 벗어난다는 것은 도저히 불가능한 일이었다.

“하아—”

화향검의 입에서 낮은 바람 소리가 새어 나왔다. 두 노도사의 모습이 그대로 저승 사자의 얼굴로 보여졌다. 하지만,

“잘 가시오!”

“……?”

노도사들이 검을 내리꽂는 순간, 고관성이 화향검을 밀어내며 바닥을 굴렀다.

파곽—

두 자루의 검이 꽂힌 곳은 놀랍게도 화향검과 고관성 두 사람이 누워 있던 자리였다. 어떤 이유에서인지 그들은 화향검과 고관성, 두 사람을 동시에 노리고 있었던 것이다.

“이런!”

“눈치 채고 있었던 것인가?”

노도사들은 재빨리 검을 회수하며 당혹성을 내질렀다.

“하하! 젊은이, 자네 역시 주인에게 팽(烹)을 당한 처지인가 보군.”

튕기듯 일어난 고관성이 여전히 바닥에 누워 황망한 표정을 짓고 있는 화향검에게 말했다.

"팽이라……."

화향검은 천천히 되뇌고 있었으나 그 말이 무엇을 의미하는지를 깨닫는 데는 무척이나 오랜 시간이 걸렸다.

화향검을 팽시킬 주인이라면 천검궁의 역천휘밖에 없다. 하지만 그것은 도저히 믿어지지 않는 일이다. 고관성은 뭔가 큰 착각을 하고 있는 것이 분명했다.

하지만 두 노도사는 과연 누구란 말인가. 왜 기다렸다는 듯 화향검과 고관성을 노렸을까. 그들이 누구든 화향검이나 고관성 한 사람을 노리는 것이 정상이다. 더구나 그들은 마치 화향검의 공격을 기다리고 있었다는 듯 때를 노렸다. 고관성과 화향검이 빈틈을 드러내는 바로 그 순간을.

의혹의 시선으로 두 노도사를 바라보고 있는데, 성하각 안에서 또 다른 소란이 일기 시작했다.

"으아악―"

"크헉!"

누각을 향해 모여들던 무사들이 비명성을 내지르고 있었다. 그들은 어디선가 흩뿌려진 암기에 맞아 바닥을 나뒹굴었다. 이제까지 조금도 감지되지 않던 살기가 일시에 성하각을 가득 메웠다. 놀란 점소이와 일부 손님들이 비명을 내질렀고, 허겁지겁 출구를 향해 내달리는 이들도 있었다.

화향검은 빠르게 주위를 살폈다. 놀랍게도 식당 여기저기에 앉아 식사를 즐기던 자들이 일사불란하게 고관성의 호위 무사들을 향해 쏘아져 나가고 있었다. 손님을 가장한 자객들로, 비단옷을 걸치고 손에는 한 자가량의 단검을 든 그들의 수는 족히 육십여 명에 이르렀다.

"천우쌍노(天牛雙老), 드디어 마각을 드러내는구나."

식당 안의 상황을 살피던 고관성이 노도사들을 노려보며 씁쓸하게 말했다.

'천우쌍노?'

화향검은 아연한 느낌에 사로잡혔다.

그 역시 천우쌍노에 대해 익히 알고 있었다. 그들은 한때 천검궁의 살인 명부에 일급 대상으로 올랐던 정파의 인물들이었다. 워낙에 신비한 자들이어서 얼굴이 밝혀지지 않았으므로 초상화도 존재하지 않았다. 다만 그들의 오른 손등에 팔괘 문신이 있고, 도가의 고수들이란 정보 정도가 알려졌을 뿐이다.

더욱이 어떤 이유에선지 언제부턴가 살인 명부에서 이름이 지워졌다. 그런 경우가 종종 있는데, 이유는 두 가지 중 하나다. 이미 제거되었거나 천검궁에 포섭당했거나.

화향검은 빠르게 노도사들의 손등을 살펴보았다. 검을 쥐고 있는 두 손에 선명하게 팔괘 문신이 새겨졌다. 그렇다면 천검궁의 살인 명부에 올랐던 천우쌍노가 분명했다.

'이런…….'

많은 생각들이 화향검의 머리를 스치고 지나갔다. 그들이 아직 살아 있다는 것은 곧 천검궁에 회유됐다는 의미다. 그렇다면 천검궁주 역천휘는 이미 그들에게 고관성에 대한 살인 지령을 내린 셈이다.

그런데 왜 그들이 이곳에 와 있는 것일까. 암살을 돕기 위해서? 아닐 것이다. 그들은 방금 전 자신을 공격하지 않았던가.

화향검의 머리가 어지럽게 돌아가는 사이 천우쌍노는 자세를 가다
듬어 고관성에게 검을 겨누고 있었다.

"호호. 고관성, 눈치 채고 있었던 것이냐?"

두 노도사 가운데 비교적 마른 몸집의 백발도사가 기분 나쁜 미소를
내비쳤다.

"아니. 다만 모든 이를 의심하고 있었지. 최근 맥 내의 인사들이 암
살을 당해오지 않았는가. 그러니 누구라도 의심할 수밖에. 하지만 천
우쌍노 그대들까지 천검궁의 개였으리라고는 믿고 싶지 않았다. 한때
그대들은 협객이 아니었는가 말이야."

"지금이라고 해서 달라졌다고는 할 수 없지. 다만 고관성 자네와 다
른 길을 선택한 것뿐이야. 어차피 자네야말로 한때 무림의 공적으로
이름을 떨친 바 있는 색마가 아니었는가. 천검궁에 저항한다고 해서
자네의 죄가 씻겨지는 것은 아니지."

흑발의 머리를 어깨 너머로 흘려 내린 또 한 명의 도사가 담담하게
말했다.

한편, 식당 내의 상황은 신속하게 정리되고 있었다. 고관성의 호위
무사 오십여 명은 제대로 된 저항 한 번 해보지 못한 채 싸늘한 시체로
변해갔다. 또한 출구는 이미 손님으로 가장했던 자객들에 의해 완전히
차단되어 있었다. 성하각 전체가 이미 천우쌍노를 비롯한 뜻밖의 자객
들에 의해 점령된 것이다.

"젊은이, 놀랐는가? 아무래도 자네와 나는 철저하게 덫에 걸려든 모
양이야. 이제 어쩌겠는가. 잠시나마 나와 손을 잡아야 하지 않겠는가
말이지."

고관성이 부드러운 미소를 내비치며 화향검을 바라보았다.

하지만 화향검은 아무런 대답도 하지 못한 채 천우쌍노만을 노려보았다. 도대체 일이 어떻게 진행되고 있는 것인지 확신을 가질 수 없었다.

"흐흐, 늦었어. 이미 성하각은 자네들의 무덤이 되었단 말이지. 비록 눈치 빠른 자네로 인해 첫 번째 위기를 넘기긴 했지만 거기까지가 운의 전부야."

백발도사가 식당을 한차례 둘러보며 말했다.

고관성과 화향검의 시선은 자연스럽게 백발도사의 눈길을 좇고 있었다. 아닌 게 아니라 누각을 에워싼 모든 자리에 자객들이 배치되어 있었다.

"천우쌍노, 정녕 나 역시 암살 대상에 끼어 있었던 것이오?"

화향검은 마른 입술을 달싹여 나직한 음성으로 물었다.

도대체가 이유를 알 수 없었다. 아버지나 다름없던 역천휘가 자신을 벨 이유가 없다. 이제껏 그는 역천휘 한 사람을 위해 살아오지 않았던가.

"궁금한가?"

백발도사가 묘한 눈길로 화향검을 바라보았다.

"물론이오."

"흐흐, 그래. 너 또한 제거 대상이다. 하지만 나도 이유를 알 수 없군. 왜 천검궁의 기린아가 암살 대상이 되었는지 말이야. 정말 이상한 것은 천검궁주의 주문이었지. 자네가 고관성을 죽이거나 고관성이 자네를 죽이길 원했거든. 우리야 알 수 없는 일이지만 거기엔 또 나름대로의 사연이 있겠지."

"……!"

화향검의 볼살이 바르르 떨렸다.

도저히 믿을 수 없는 일이었다. 단 한 번도 역심을 품어본 적이 없는 그다. 아니, 천검궁의 지존 자리 따위는 애초에 관심도 없었다. 그저 이번 임무를 마치는 것과 동시에 은퇴할 생각이었다.

하지만 그 또한 죽임을 당할 만큼 큰 죄는 아니다. 게다가 굳이 자신을 고관성과 엮어 죽이려는 이유는 무엇이었을까. 혼란은 더욱 가중되고 있었다.

"이유는 저승에 가는 동안 곰곰이 생각하거라!"

말을 마친 백발도사가 곧장 화향검을 향해 검을 날렸다. 흑발의 도사가 고관성을 향해 검을 날린 것과 동시에 벌어진 일이다.

2

천우쌍노의 검은 매섭기 그지없었다.

화향검은 능파미보를 펼치며 백발도사의 검초를 아슬아슬하게 피했다. 하지만 좀체 공격권에서 벗어나지 못했다.

"미꾸라지 같은 놈, 어차피 네게는 달아날 곳조차 없다. 천검궁주에게서 버림받는 순간부터 넌 살아 있는 사람이 아니었단 말이다!"

백발도사가 미간을 찌푸리며 말했다. 잡힐 듯 잡히지 않는 화향검으로 인해 얼마간 짜증이 치밀어 오른 것이다.

"노선배, 하지만 이유를 알기 전엔 도저히 죽을 수 없소이다. 내가 직접 궁주를 만나뵙고 자초지종을 들어야겠단 말이오."

슬쩍 신형을 빗겨서 대각선으로 뻗어오는 검을 피한 화향검이 백발도사의 가랑이 사이로 눈길을 주었다. 바닥에 떨어진 검이 눈에 들어온 것이다. 하지만 좀체 그것을 집을 엄두가 나지 않았다.

한편, 고관성과 흑발도사의 싸움은 종잡을 수 없는 형태였다.

고관성의 손엔 어느새 단신의 호위 무사가 바닥에 꽂아두었던 검이 들려 있었다. 그는 흑발도사의 검을 막아내는 데 주력했음에도 결코 밀린다는 느낌을 주지 않았다. 비록 수비식이었으나 화려한 검초는 감탄을 자아낼 만큼 아름다웠다.

고관성은 마치 그 상황을 즐기고 있는 듯했다. 간혹 화향검과 백발도사의 싸움에 눈길을 주는 것으로 보아 시간을 끌고 있음이 분명했다.

어쨌거나 외적으로는 고관성과 화향검 모두 천우쌍노에게 밀리고 있었다. 자객들이 일체의 개입 없이 누각을 포위한 채 비무의 결과를 기다리는 것도 그 때문이었다.

"흐흐, 화향검의 명성이 헛되지는 않았구나. 네놈의 위명을 들으며 언젠가 직접 가르침을 주고 싶었지."

"하아, 검도 없는 검수를 상대로 그런 말을 할 수 있다니 천우쌍노의 명성은 이런 식으로 쌓인 모양이구려."

"닥쳐라, 이노옴—"

백발도사의 눈에서 신광이 폭사했고, 검은 더욱 거칠게 허공을 장악했다. 하지만 검이 거칠어지는 만큼 눈에 띄지 않던 빈틈이 드러나고 말았다.

화향검은 신형을 흔들어 백발도사의 시선을 현혹하는 한편, 검이 뻗어 나오는 순간을 노려 빠르게 직격해 들어갔다.

"헛—"

백발도사의 입에서 가벼운 바람 소리가 새어 나왔다.

그가 직선으로 검을 뻗는 순간 화향검이 바투 다가서며 검신을 왼쪽 겨드랑이 사이에 끼워 넣고 몸을 날렸던 것이다. 믿어지지 않을 만큼 표홀한 신법이었다.

백발도사는 빠르게 검신을 뒤틀었고, 그 바람에 화향검의 겨드랑이에 혈선이 그어졌다. 하지만 화향검은 어느새 얼굴이 맞닿을 만큼 거리를 좁힌 상태였다.

"이런—"

백발도사는 다급히 좌수를 펴 화향검의 복부에 꽂아 넣었다.

"흡!"

낮은 신음성.

화향검과 백발도사는 몸을 맞댄 채 서로의 눈을 바라보고 있었다. 그리고 잠시 후,

핏슝—

백발도사의 뒤편에 떨어져 있던 검이 섬전처럼 허공을 가르며 날아갔다.

"헛—"

흑발도사와의 싸움에 열중해 가던 고관성이 헛바람을 토해내며 신형을 틀었다. 날카로운 파공성에 실려 덮쳐 오는 살기를 느낀 것이다.

파르르릉—

허공을 갈랐던 검은 고관성의 목을 스치듯 지나가 나무 기둥에 박히며 바르르, 검신을 떨었다.

쿵, 소리를 내며 백발도사가 무너져 내린 것도 그때였다.

백발도사의 복부에 핏물이 번져 갔다. 방금 전, 그가 지공을 펼치려

는 순간 화향검은 우수를 뻗어 그 손을 쳐내는 동시에 그대로 단전을 파고든 것이다.

그렇다면 고관성에게 검을 날린 인물은?

"믿지 못할 일이군……."

고관성이 이채가 어린 눈으로 화향검을 바라보았다. 그는 자신에게 검을 날린 인물이 화향검이란 사실을 비로소 깨달았다.

그 생각은 틀리지 않았다. 화향검은 백발도사의 복부에 우수를 찔러 넣는 것과 동시에 가랑이 사이로 발을 뻗어 바닥의 검을 걷어찬 것이다.

"어쨌든 당신을 죽이는 것은 내 임무요."

화향검은 무표정한 얼굴로 고관성을 바라보며 말했다.

"역천휘가 자네를 죽이려 했는데도?"

"궁주와의 일은 당신을 죽인 이후에 매듭을 맺어야겠지."

"……?"

고관성은 어이가 없다는 표정으로 화향검을 바라보았다. 그것도 잠시, 빠르게 신형을 폭사시키며 흑발도사를 향해 검을 휘둘렀다.

"헛―"

우두커니 서서 백발도사의 주검을 내려다보고 있던 흑발도사는 당혹성을 내질렀다. 충격에 빠져 미처 고관성의 공격을 예상하지 못했던 것이다.

하지만 천우쌍노의 명성이 헛된 것만은 아니었다. 흑발도사는 본능적으로 검신을 눕혀 머리 위에서 치고 내려오는 고관성의 검을 막아냈다. 자신의 반쪽이나 다름없던 백발도사의 주검을 애도하는 것은 잠시 후의 일일 수밖에 없다.

챙—

"……!"

흑발도사의 눈이 점점 커졌다. 그리고 잠시 후 머리 위에서 흘러내린 피가 그의 놀란 두 눈을 적시기 시작했다.

이해할 수 없는 일이었다. 분명 고관성의 검을 막아냈건만, 고관성의 검은 이미 자신의 머리 정중앙에 삼 촌 깊이로 박혀 있었다.

흑발도사의 희미한 의식 속으로 방금 전 귓전을 울리던 쇳소리가 감지되었다.

'그래, 그랬었군…….'

흑발도사는 그 자리에서 풀썩, 쓰러지며 천천히 눈을 감았다. 그의 눈에 마지막으로 들어온 것은 한 조각 검편이었다. 고관성의 검에 의해 깨져 버린…….

결국 흑발도사는 백발도사의 주검을 애도할 필요가 없었다. 살아서 그랬듯 죽어서도 함께하게 되었으므로.

"쳐라—"

이제껏 싸움을 관전하던 자객들 중 누군가가 다급히 외쳤다.

예상외의 결과에 당황한 기색이 역력했으나 그것에 대처하는 시간은 빨랐다. 그들은 고관성과 화향검을 향해 암기를 날리며 일제히 단검을 들고 누각 위로 쏟아져 들어왔다. 상대가 고수이긴 하지만 백여 명에 이르는 수적 우위를 믿고 있었던 것이다.

"어림없는 수작!"

고관성은 부드럽게 검을 휘두르며 외쳤다.

그의 검을 따라 황금빛의 검막이 뻗어 나가며 암기를 튕겨냈다. 누각으로 침입한 무사들을 향해 물 흐르듯 자연스럽게 흘러가며 살수를 펼친 것도 순식간이었다.

"끄아악!"

"협—"

자객들은 고관성의 호위 무사들을 상대할 때와는 달리 무기력하게 바닥으로 나동그라졌다. 미처 검을 휘두를 시간도 없이, 바람처럼 스치고 지나간 고관성의 검에 난자되고 있었다.

"젊은이, 굳이 내 목을 원한다면 기회를 주지. 하지만 일단 이곳을 벗어날 필요가 있지 않을까?"

"……!"

화향검은 말없이 고관성을 바라보았다.

선택의 여지가 없었다. 자객들이 노리는 것은 고관성 한 사람이 아니었다. 자객들은 끊임없이 누각 위로 밀려들어 왔고, 그들의 검은 화향검을 외면하지 않았다. 불행한 것은 그들의 소속이 분명 천검궁이란 점이었다. 복장은 물론 공격 수법이 화향검 자신의 눈에 너무나도 익숙한 것이었기에 의심의 여지가 없었다.

"제발 동료들에게 검을 겨누게 하지 마라!"

차마 살수를 쓰지 못한 채 몇 차례 자객들의 검을 쳐내며 화향검은 씹어뱉듯 말했다.

하지만 소용없는 일이었다. 그들은 이미 상부의 지령을 받은 이상 공격을 멈출 리 없었다. 자객에게 있어 명령의 이행은 목숨만큼 소중한 일이니까.

"길을 열어주시오."

화향검이 쓸쓸한 음성으로 고관성에게 말했다.

"좋아, 나를 따라오게."

고관성이 화향검을 돌아보며 고개를 끄덕였다. 그의 주름진 얼굴에 담백한 미소가 그려졌다.

"죽음을 자초하지 마라!"

요대 사이에 검을 빗겨 꽂은 고관성이 연달아 쌍수를 쳐냈다.

콰콰콰콰쾅—!

자색 강기가 성하각의 마당에서 연이어 폭사했고, 그때마다 예닐곱 명의 무사들이 비명을 내지르며 튕겨 나갔다.

마치 배가 지나간 자리처럼 포위망이 갈라졌다. 그 길을 따라 내달리던 고관성은 한순간 신형을 솟구쳐 성하각의 담장 너머로 사라졌다.

"머지않아 찾아뵙겠노라고 궁주에게 전하거라!"

화향검이 고관성의 뒤를 따라 신형을 날리며 외쳤다.

고관성이 멈춰 선 곳은 북경 외곽에 자리잡은 죽림이었다.

풋풋한 풀 냄새로 가득한 죽림으로 봄날 오후 햇빛의 편린들이 박혔다. 댓잎의 그림자가 미풍에 흔들렸다.

야산 중턱에 자리잡은 죽림은 더없이 한적했다. 그 한갓진 곳에 일장여의 사이를 두고 마주 선 고관성과 화향검은 서로의 눈을 지그시 들여다보는 중이었다.

먼저 입을 연 것은 고관성이었다.

"왠지 자네를 죽이고 싶지 않아."

"나는 이제껏 죽이고 싶은 사람이 단 한 사람도 없었소. 그저 명령을 따랐을 뿐. 지금도 다르지 않소. 그러니 후회를 남기지 않으려거든 검을 드시오."

화향검은 한숨을 토해내듯 힘없는 음성으로 중얼거렸다.

　그의 손엔 네 자 길이의 검 한 자루가 들려 있었다. 백발도사의 검을 취한 것이다.

　검이란 참 묘하다. 방금 전 그 검은 화향검의 목숨을 노렸지만, 현재로선 그의 목숨을 지킬 유일한 무기가 되었다.

　'고관성… 알 수 없는 존재다.'

　화향검의 눈이 파르르, 떨렸다.

　어쩌면 적과 동지, 동지와 적의 관계 역시 검과 같은 것인지도 모른다. 때로는 목숨을 노리기도 하고, 때로는 목숨을 지키기도 한다.

　'어째서 궁주는 나를 제거하려 한 것일까?

　화향검의 입에서 긴 한숨이 새어 나왔다. 그는 역천휘와 고관성으로 인해 혼란을 겪고 있는 것이다.

　죽림으로 한줄기 바람이 스쳐 지나갔다.

　"하지만 궁금하지 않은가. 왜 역천휘가 굳이 나와 자네를 묶으려 했는지 말이야."

　"……!"

　화향검 역시 궁금했다. 왜 하필 고관성일까. 우연히 자신이 폐기될 시점에 만난 인물이 고관성일까, 아니면 자신이 폐기될 이유가 고관성과 연관된 것일까.

　검을 쥔 손에서 스르르, 힘이 빠져나갔다.

　"자네 이름이 화향검이라 했나?"

　"그렇소."

　"내력에 대해 들려줄 수 있겠는가? 어쩌면 역천휘가 자네와 나를 엮으려는 이유를 알 수도 있지 않겠는가."

　"궁주에 대해 많은 것을 알고 있는 것처럼 말하는군."

역천휘로부터 들은 이야기를 떠올리며 화향검이 비릿하게 웃었다.

눈앞의 사내는 한낱 색마에 불과했다. 그리고 지금은 내시다. 그가 역천휘에 대해 알고 있는 것이 많을 리도 없거니와 자신이 그와 엮일 이유도 없다. 하지만 만약 고관성에 대한 역천휘의 설명이 거짓이었다면?

화향검의 머리가 다시 혼란스러워지기 시작했다.

"어느 정도는 알고 있지."

"푸훗, 그럴 수도 있겠군. 궁주의 아내를 능욕하고 죽이기까지 했으니……."

화향검이 냉랭하게 말했다.

굳이 역천휘의 명령이 없었다 해도, 그런 자라면 죽어 마땅하다. 하지만 정작 고관성은 가볍게 고개를 저을 뿐이다.

"음. 한 가지 확실한 것은 역천휘가 결코 강호의 지존이 될 재목은 아니란 점이지. 지나치게 의심이 많고, 그로 인해 가까운 이들을 힘들게 하거든."

"……?"

"지금 자네가 혼란스러워하는 것 역시 역천휘 때문이 아닌가."

고관성이 씁쓸한 음성을 토해냈다.

뭔가 화향검 자신이 알지 못하는 일이 역천휘와 고관성 사이에 자리 잡고 있음을 눈치 채게 하는 말이었다.

하지만 화향검으로선 그런 일에 관여할 마음의 여유가 없었다.

"어차피 우리 사이엔 긴말이 필요없을 듯하오."

화향검이 느리게 한 걸음을 옮기며 검 쥔 손에 힘을 실었다.

어쩌면 그 순간, 화향검은 역천휘에 대한 배신감과 살기를 고관성에

게 전이시키고 있었는지도 모른다. 아니, 누구에게든 가슴속의 살기를
폭사해 내고 싶었던 것인지도…….

"그럴 수도 있겠군. 일단은 자네의 의견을 존중해 주지. 자, 덤벼보
게. 과연 자네가 나를 벨 만한 인물인지 알고싶어졌어."

"자, 그럼."

청량한 죽림의 공기가 조금씩 들끓기 시작했다.

검을 쥔 화향검의 손이 점차 황금색 기류에 휘말렸고, 검끝으로는
한 자 길이의 푸르스름한 검기가 형성되었다. 의식하지 못한 사이 그
의 내부에 있는 살기가 들끓어 오르고 있었던 것이다.

스팟—

한순간, 죽림을 적시던 댓잎 그림자를 가르며 섬전이 뻗었다.

"깔끔해서 좋군. 내가 원하는 유형이야."

고관성은 우각을 바닥에 고정시킨 채 가볍게 회전하며 화향검의 검
을 흘려보냈다. 하지만 바로 그 순간,

"회풍검(懷風劍)!"

화향검이 급격하게 검로를 바꾸며 고관성의 복부를 향해 검을 들이
밀었다. 그의 검은 어느새 거꾸로 쥐어져 있었다.

"……!"

뜻하지 않은 일격에 고관성은 내심 놀라야 했다. 나이에 비해 화향
검의 무위가 상당한 경지에 올랐음을 깨닫는 순간이었다.

하지만 고관성의 움직임은 연기처럼 신묘했다. 갑자기 흐릿하게 좌
수가 흔들렸다고 느낀 순간, 그의 검지와 중지는 이미 지그시 검신을
누르며 검의 방향을 틀고 있었다.

"갈!"

좌수가 검신을 비트는 것과 동시에 오른손의 장심에서 주먹만한 적황색의 경기가 격출되었다. 그 공격이 노리는 것은 영락없이 화향검의 가슴이었다.

퍽!

둔탁한 격타음이 죽림을 울리는 사이, 화향검은 피를 토해내며 일 장여 밖으로 튕겨 나가 대나무에 강하게 부딪쳤다. 대나무에 격중된 그의 신형은 활처럼 크게 휘어지며 바닥으로 내동댕이쳐졌다.

"흐아아—"

화향검의 입에서 단내가 풍겼다. 믿어지지 않는 결과였다.

"후, 쉽게 끝날 인연은 아닌 듯하군."

"……."

연신 피를 토하며 화향검은 고관성을 바라보았다. 한줄기 바람이 다시 죽림을 스쳐 지나가고 있었다.

3

정도무한종 본산.

일행은 근 십 리에 이르는 벚꽃 길을 따라 그곳에 당도했다. 몇 명의 위사들이 늘어서 있는 대문을 지나 당가륵이 안내한 곳은 무상각(無狀閣)이라는 현판이 붙은 작은 건물이었다.

사방에 들창이 난 무상각은 벚꽃에 반사된 햇빛으로 환하게 채워져 있었다. 방 중앙엔 하나의 커다란 원형 식탁이 놓여 있고, 한쪽 구석엔

작은 서탁과 문방사우가 놓였다. 벽면 곳곳엔 고풍스런 족자가 걸렸는데 하나같이 눈을 사로잡는 빼어난 작품들이었다.

"잠시 이곳에서 기다려 주십시오."

일행에게 차를 한 잔씩 따라준 당가륵이 정중하게 말한 후 방을 나섰다.

아무 말 없이 차를 마시며 일행은 들창 밖의 풍경에 시선을 주었다. 아무래도 손님으로 온 처지이다 보니 적응을 하는 데 얼마간 시간이 걸릴 것이다.

창밖에선 가끔씩 바람에 꽃잎이 날리고 있었다. 때 이른 낙화다.

지극히 평온하고 아름다운 풍경이었지만 너무 조용한 것이 오히려 어색했다. 무상각까지 오는 동안 일행은 수문 위사들을 제외하고는 사람의 흔적을 구경하지 못했다. 장원은 마치 폐허처럼 무거운 정적에 휩싸여 있었다.

하지만 모든 것이 제자리에 정돈되었고, 마당이며 건물 역시 깔끔하게 청소되어 있었다. 그것으로 보아 분명 빈집은 아니었다. 오히려 많은 사람들의 손길이 느껴졌다.

"다들 염불이라도 외러 간 걸까요? 사람 사는 집이 왜 이렇게 조용한지 모르겠습니다."

차 한 잔을 모두 비우고 나서야 성검이 입을 열었다. 그러자 나머지 사람들이 기다렸다는 듯 거들기 시작했다.

"그러게 말이다. 이건 조용하기가 절간보다 더하구나. 오호호, 하긴 사내놈들이 모여 사는 곳이라 그럴 수도 있지. 과거 내가 천년밀문에 몸담고 있을 땐 그래도 계집투성이여서 시끄럽기가 저자 못지않았거늘."

"소란, 하지만 그건 천년밀문이 여제자만을 받아들여서 그런 게 아니라 자네가 있었기 때문일 게야."

취봉접과 주허자가 가볍게 농을 늘어놓았고,

"헤헤. 초지야, 마침 꽃도 억수로 피었는데 우리 꽃구경이나 갈까?"

"흥, 너랑은 안 가."

주동선과 초지가 티격태격하기 시작했다.

"응? 너라니. 헤헤. 초지야, 오라버니라고 불러야지. 너 어렸을 때 내가 업어도 주고 누룽지도 주고 그랬어. 기억 안 나니?"

"기억난다, 이 돼지 같은 놈! 네가 내 밥 다 뺏어 먹고 누룽지만 한 조각 줬잖아! 그리고 업어준 게 아니라 도랑에 메다꽂느라 잠시 짊어진 것뿐이지. 호호, 그러고 보니 하나하나 새록새록 기억이 나는군! 넌 오늘부터 각오해야 할 거야. 초지일관 초지가 얼마나 기억력이 좋은지 깨닫게 해주지!"

초지의 눈이 믿을 수 없을 만큼 반짝이고 있었다.

"엉? 내가 언제……."

"십팔 년 전 입춘 전날 오시(午時), 십육 년 전 유월 초닷새 신시(申時), 같은 해 시월 그믐 미시(未時)……."

"그, 그날 무슨 일이 있었어?"

"호호, 너한테 쥐어터진 시간들이다, 이 똥돼지 같은 놈아!"

초지가 사특한 미소를 내비치며 말했다.

결코 어리버리한 초지가 아니었다. 놀란 것은 주동선만이 아니다. 의술에 관심이 많은 주허자 역시 놀랍다는 눈으로 초지를 바라보았다.

"허허. 취봉접, 초지가 과거 신동이었다는 것은 알고 있지만 이 정도로 섬세한 두뇌를 지녔으리라고는 생각지 못했네. 이 아이의 상태가 언제부터 이렇게 호전된 것이지?"

"쩝, 호전된 것은 아니야. 그저 신동이었던 시절의 기억만큼은 놀랄 만큼 선명하게 남아 있는 모양이더군."

취봉접이 씁쓸한 표정으로 나직하게 중얼거렸다.

한편, 일행의 소란스런 모습을 지켜보던 성검은 혀를 차며 가볍게 고개를 저었다.

'쯧쯧, 정말 개판이야. 마치 동방칠수의 아우들을 보는 느낌이군. 인간들이 어찌하여 이렇게 하나같이 우매한 것일까. 한때 불가에 몸담았던 내가 이런 아둔한 중생들과 함께하게 되다니……. 어허, 문득 심공 스님이 그리워지는군.'

성검은 마음에도 없는 소리를 속으로 중얼거렸다. 벌컥, 문이 열리며 낯익은 얼굴이 들어선 것도 그 순간이었다.

"에궁? 컥, 커흐읍—"

성검은 너무 놀라서 사레가 들렸다.

"성검아—"

"컥! 스, 스님……."

뜻밖의 일이었다. 무불사의 색승 심공이 모습을 드러낸 것이다. 일 년여 만에 전혀 예상하지 못한 곳에서.

"음회회회! 이 늙은이가 죽기 전에 너를 다시 보게 되는구나."

"스님, 그동안 기체후일양만강하셨는지요. 그나저나 보살 하나 없이 삭막한 이곳에 스님이 어쩐 일이십니까?"

"평생 지기를 만나기 위한 행차에 보살의 유무가 문제이더냐. 그나저나 그새 또 네놈의 신수가 훤해졌구나?"

심공이 성검을 덥석 안으며 감개무량한 표정을 지었다.

“스님······.”

새삼 마음이 따뜻해지는 것을 느꼈다. 따지고 보면 심공은 성검에게 있어 아비나 다름없는 이였다. 더구나 그는 아비 류추영의 평생 지기다.

“아, 그나저나 굉 사부는 왜 보이지 않습니까?”

“음회회, 굉우소는 당가륵과 담소 중이다. 네가 왔다는 소식을 전해 듣고 나만 이렇게 한걸음에 달려온 것이니라.”

“음회회, 그렇군요. 자, 우선 자리에 앉으시지요.”

성검은 일행과 심공을 서로에게 소개한 후 차를 따라 심공 앞에 놓았다. 차 한 잔을 비우는 동안 심공은 그사이 일어난 일들을 장황하게 늘어놓았다.

심공이 이곳 정도무한종의 본산에 도착한 것은 닷새 전이다. 굉우소가 보낸 전령을 따라온 것인데, 그가 도착했을 때는 이미 일검수의 소환 작업이 진행되고 있었다.

일해와 이망, 삼공과 사탈, 오통으로 불리는 해동국의 다섯 승려는 삼칠일에 걸쳐 소환 의식을 거행하는데, 앞으로 보름 후, 즉 일검수가 검은 소용돌이에 휘말린 지 꼭 일 년째 되는 날 그 의식이 끝난다는 것이다.

“스님, 그게 정녕 가능한 일입니까?”

“믿을 만한 이들이다. 그들은 소위 벽천오승(碧天五僧)으로 불리는 이들로, 불가에 몸담은 이들에겐 생불(生佛)로 알려져 있다. 불학에 관한 한 나 역시 빠지지 않는 인물이지만 감히 그들에겐 견주어지지 못한다. 결코 가볍게 여길 사람들이 아니야.”

“······.”

“작년에 네가 무불사에 들렀을 때 이야기한 바 있을 것이다. 그때의 짐작이 틀리지 않았어. 일검수를 집어삼킨 검은 소용돌이는 우주에 존재하는 또 다른 시공(時空)과 연결된 혈(穴)이다. 지나치게 강한 강기의 폭사에 의해 일시적으로 공간이 이지러지며 그 혈이 열리게 된 것이지. 그러면서 거대한 흡입력으로 일검수를 빨아들이게 된 것이고."

심공이 길게 한숨을 내쉬며 말을 마쳤다.

주허자는 관심을 가지고 심공의 말에 귀를 기울였다. 비록 도가의 인물이지만 주허자 역시 우주의 이치를 공부하는 사람인지라 어렵지 않게 심공의 설명을 이해할 수 있었던 것이다.

"대사, 그렇다면 일검수를 소환하기 위해 인위적으로 다시 그 혈을 열 수 있다는 이야기요?"

주허자가 가볍게 고개를 저으며 물었다.

"그렇습니다. 일 년 삼백육십오 일은 서로 다른 톱니바퀴가 맞물리는 하나의 주기라는 것이 벽천오승의 이야기입니다. 그 주기에 맞추어 일검수를 소환할 수 있다는 논리지요."

"하지만 그 반대의 현상도 있을 수 있지 않겠소? 과거처럼 혈이 열리는 바로 그 순간, 혈의 주위에 있던 이들이 그 세계로 빨려 들어가지 않겠냐는 이야기올시다."

"음회회, 지극히 당연한 말씀입니다. 어차피 두 공간 모두 같은 크기의 인력을 지닌 만큼 어느 한쪽이 빨아들이게 되겠지요. 지난번의 경험으로 보아 이번에도 이쪽 공간의 존재들이 그 세계로 빨려 들어갈 공산이 크겠고. 벽천오승이 굳이 삼칠일에 걸쳐 소환 작업을 하는 것도 그 때문일 것입니다. 이쪽의 인력으로 그쪽을 끌어들이기 위해."

심공이 미소 지으며 말했다.

“음, 일검수의 소환이라……."

일행의 표정에 이채가 어리고 있었다. 향후 강호의 판도를 결정지을 가장 큰 변수이기 때문이다.

『골초검』 제5권으로…

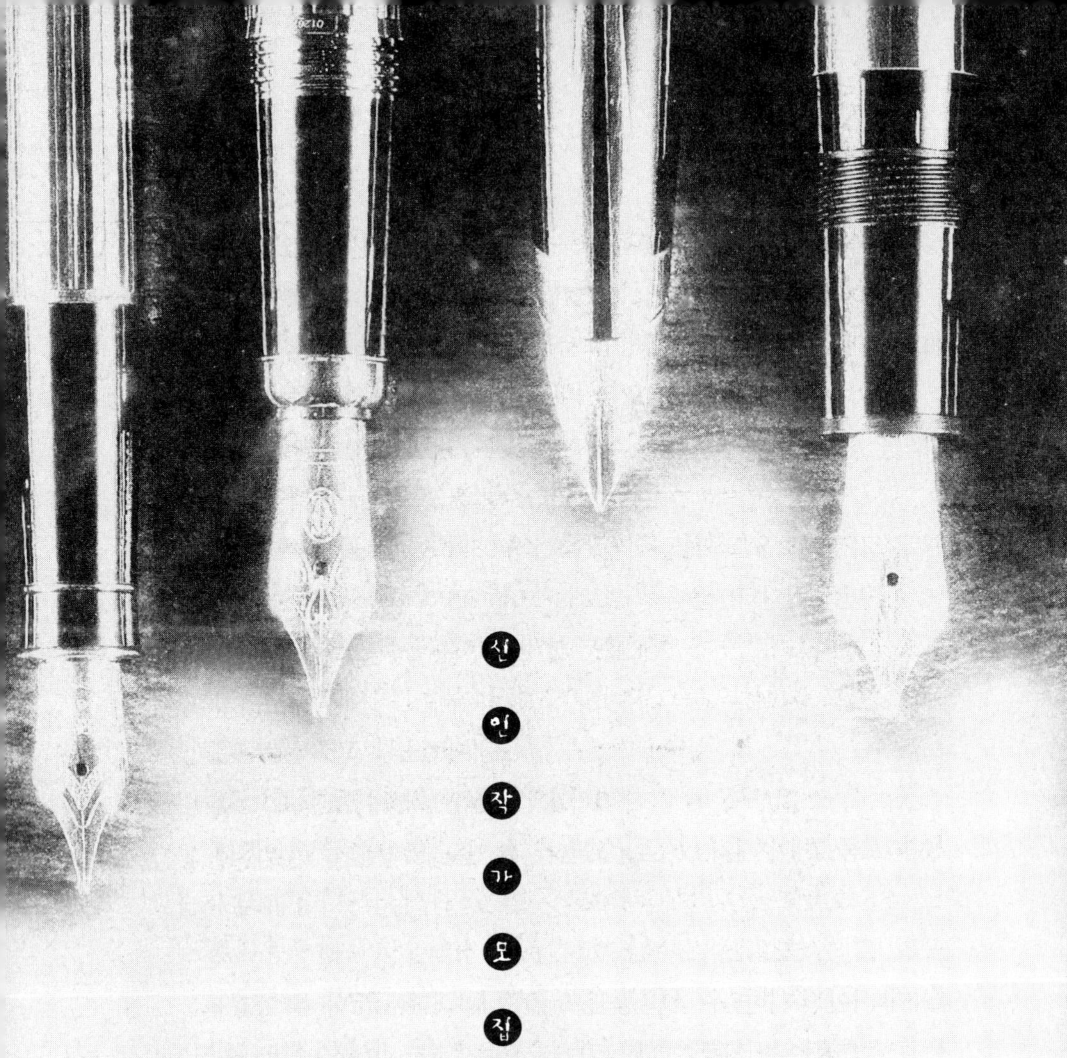

시작이 반이라고 했습니다.
작가의 길에 대한 보이지 않는 벽을 과감히 깨뜨리십시오!
청어람은 작가 지망생 여러분들의
멋진 방향타가 되어드리겠습니다.

저희 도서출판 청어람에서는
소설 신인 작가분들을 모집합니다.
판타지와 무협을 사랑하시는 분들의 많은 참여를 바랍니다.
소정의 원고(A4용지 150매)를 메일이나 우편으로 보내주시면
검토 후 출판 여부를 알려드리겠습니다.

주소:경기도 부천시 원미구 심곡1동 350-1 남성B/D 3F 우편번호420-011
TEL:032-656-4452 · **FAX**:032-656-4453
http://www.chungeoram.com
e-mail:chungeoram@chungeoram.com